Gij nu

Griet Op de Beeck

Gij nu

2018 Prometheus Amsterdam

Eerste druk 2016
Zesde druk 2018

Omslagontwerp Bart van den Tooren
Foto omslag Vee Speers, Untitled #15 uit *The Birthday Party*, 2007
Foto auteur Koen Broos
Zetwerk Mat-Zet bv, Soest
www.uitgeverijprometheus.nl
ISBN 978 90 446 3792 2

omdat wij niet mogen vergeten wat we weten

‘Perhaps it does us good to have a fall every now and then. As long as we don’t break.’

J.M. Coetzee, *Boyhood*

‘It’s so terrible to ask for anything ever. We wish we were something that needed nothing, like paint. But even paint needs repainting.’

Miranda July, *No One Belongs Here More Than You*

er moet betere ellende
bestaan dan deze zei ze
en ze lachte

EEN

'Er moet betere ellende bestaan dan deze,' zei ze, en ze lachte. Marcel kon er de humor niet van inzien. Colette was degene die al twintig jaar zeurde om een cruise. Hij had altijd stil verzet gepleegd, maar nu hadden hun drie kinderen deze reis geboekt als cadeau voor hun vijftigste huwelijksdag, en was er dus geen ontkomen meer aan. Hun jongste dochter had met glimmende ogen uit de folder zitten voorlezen: een vijfsterrenschip, genoemd naar een koningin, met tweeënzestig hutten en vier suites, een groot restaurant, een luxe lounge, een bar, een discotheek, een cadeauwinkel, een minigym, een wasserette, een bibliotheek met *reading room*, een zwembad met bar en grote zonneterrassen. En, o ja, er was in hun arrangement vierentwintig uur per dag gratis champagne. Elke nieuwe toevoeging had hem nog wat droefgeestiger gestemd. En hoe dichter de datum van afreis kwam, hoe hartstochtelijker hij ertegen op had gezien. Maar nu ze er eenmaal waren, deed hij zijn best om zich zo glimlachend mogelijk te schikken in zijn lot. Wat waren twee weken als je al eenentachtig jaar achter de rug had, tenslotte? En wat was er anders, in dit leven, dan je best doen? Hij deed het al zolang hij zich kon herinneren. Van toen hij probeerde de liefde te winnen van zijn moeilijk te vermurwen juf in het tweede leerjaar, het was hem nooit gelukt.

En toch had juist Colette commentaar. Het was al begonnen toen ze nog maar net arriveerden: dat er wel heel veel tapijt gebruikt was, overal, en dat ze niet wilde weten wat voor vuiligheid daar allemaal in kroop die geen stofzuiger er ooit nog uit zou krijgen. Dat het schilderij in hun kajuit evenveel met kunst te maken had als haar gebit met echte tanden. En dat ze nog liever ter plekke zand at dan naar de muzikale revue te moeten die 's avonds geprogrammeerd stond.

En nu liet ze zich zelfs gaan terwijl de ober erbij stond. Ook al begreep die vriendelijke man niet wat ze had gezegd, haar gezicht sprak eeuwig boekdelen. Onkreukbaar herhaalde de ober in voorzichtig Engels, dit keer met iets joligs in de stem, alsof hij iets leuks te melden had, dat er helaas geen tafels voor twee meer beschikbaar waren. Zonder een volgende reactie van Colette af te wachten, draaide hij zich om en liep in de richting van de grote tafels die centraal in het restaurant stonden. Zonder te fluisteren zei Marcels vrouw: 'Let op, nu gaan ze ons ook nog bij de bejaarden pleuren.' Ze naderden een tafel voor tien, waar al zes gasten zaten, en zijn vrouw kreeg, zoals meestal, gelijk: allemaal verkreukelde koppen.

In principe had Marcel niks tegen oudjes, alleen was het zo jammer dat ze altijd over vroeger wilden praten, en als je echt pech had: over de oorlog. Nog erger waren de details over kinderen en kleinkinderen die je nooit zou ontmoeten, en de omstandige verslagen van fysieke kwalen. Hoeveel senioren hij al tot in de groezelige details hun moeizame stoelgang had horen toelichten, of de complicaties na hun prostaatoperatie, hij werd er wee van in zijn maag als hij eraan terugdacht. Alsof op een bepaalde leeftijd samen met vlotte erecties, haar en wat centimeters ook alle schaamte zomaar verdwijnt. Toegegeven, objectief hadden zij ook hun leeftijd, maar zij waren in hun hoofd nooit ouder geworden dan een jaar of vijfendertig, en dat merkte je in alles, vond hij. Hij deed nog elke dag zijn yogaoefeningen en als het weer een beetje meezat, ging hij joggen. Respect voor de tempel, noemde hij dat lacherig als hij dan bezweet en edelmoedig naar adem happend thuiskwam, in de stiekeme hoop dat zijn elf jaar jongere vrouw zijn inspanningen zou waarderen.

De ober schoof een stoel naar achter, uit beleefdheid moest Colette wel plaatsnemen, al had zij vast liever mogen kiezen naast wie ze ging zitten. De ober stelde de drie andere echtparen voor alsof het vrienden van jaren waren: Arie en Jacobien, Thijmen en Nelleke, Gilbert en Simonne. De ober sprak de namen verontschuldigend uit, omdat hij wist dat het vast niet helemaal juist klonk zo, waarop Arie wat pedant zei: 'Much better already, much better.' Marcel en Colette schudden handen, forceerden wat ogenschijnlijke vreugde bij het treffen van dit gezelschap, en daar zaten ze dan: vier Nederlanders en vier Belgen, verenigd op de Nijl.

'Naar ik hoor is het eten op cruises van deze maatschappij voortreffelijk,' zei Nelleke, die vast iemand was die maar moeilijk de stilte kon verdragen. Al van bij het eerste woord zat Jacobien instemmend te knikken, en ze begon toen kirrend een verhaal over hun reis naar Toscane, en wat zij toch allemaal aan gastronomisch genot... Marcel stopte met luisteren. Nog los van het verhaal dat hem al op voorhand geen lor interesseerde, bleek Jacobien op haar kin en wangen haar te hebben staan, een wirwarretje van haren van pakweg een centimeter, beetje slordig ingeplant, zoals een man zou hebben met zielig weinig baardgroei die zich een week of drie niet had geschoren. En de haren waren ook nog donker, in tegenstelling tot die op haar hoofd. Sommige mensen hebben dubbel pech. Hoe minder hij ernaar wou kijken, hoe meer zijn blik ernaartoe werd gezogen, en net zij zat pal tegenover hem, tijdens de maaltijd. Terwijl Marcel manieren zocht om zijn appetijt niet helemaal te verliezen, vroeg Gilbert hem of zij ook van plan waren om naar de muzikale revue te gaan, straks.

In gedachten zuchtte Marcel, hij was te goed opgevoed om het ook daadwerkelijk te doen. Gilbert weidde uit over de prachtige shows die zij vorig jaar in Las Vegas nog hadden meegepikt, daarop leunde Marcel wat meer naar Colette, aan de praat met Thijmen. Hij rondde net zijn beleefde zin af, en toen hoorde Marcel zijn vrouw met dat uitgestreken gezicht van haar antwoorden: 'Zullen we anders een echt gesprek voeren? Daar hebben we misschien nog wat aan.' Marcel moest er in stilte om lachen. Dat was een van de redenen waarom hij van haar hield, dat boude nooit naar woorden hoeven zoeken van haar, die wat brutale charme die haar met ongeveer alles weg deed komen. Thijmen moest ook lachen. Hij had zijn gebit een tint te wit gekozen, vond Marcel, elke geloofwaardigheid voorbij.

'Toch?' zei Gilbert opeens, terwijl hij hem aanstootte.

Marcel antwoordde ja, omdat hem dat alvast constructiever leek dan nee. Daarna wou Gilbert weten wat zijn hobby's waren. Hij kende mensen die zulke vragen stelden, die hadden zelf een hobby waar ze eindeloos over door wilden zeiken. En toch hoorde hij zichzelf vragen: 'Ik doe niet echt aan hobby's, maar u misschien wel?' Het zou een lange avond worden.

TWEE

Marcel zag ze wel kijken toen hij de benepen fitnessruimte binnenkwam. Hun blikken gingen naar de ouderdomsvlekken, de treurnis van laatste haren op een kalend hoofd, de te ruim zittende huid, de potentiële hartaanval. Hij kon daar niet goed tegen, tegen vormen van meewarigheid. Hij begon met een paar stretchoefeningen, en probeerde te doen alsof het hem moeiteloos afging allemaal. Lopen vond Marcel eigenlijk iets voor buiten, maar hier roeide hij met de riemen die hij had. Het woord 'vakantie' ontsloeg hem tenslotte niet zomaar magisch van zijn plichten.

Hij klom op de enige nog vrije loopband en tikte wandelend op de toets die de snelheid bepaalt. Naast hem hield een vrouw zonder borsten die naam waardig een stevig tempo aan. Hij probeerde zich niet te laten intimideren, abstractie te maken van de blèrende muziek die uit de televisie kwam en hij begon te rennen. Hij dreef de snelheid hoger op dan hij normaal zou doen, en hij hield het ook langer vol. De onvermoeibare vrouw bleef maar doorgaan. Toen hij toch echt moest stoppen, vermeed hij lafhartig haar blik.

Marcel nam een koude douche en trok het hemd aan dat zij hem zo goed vond staan. Ze zou met haar boek op het dek zitten, bij de bar, had Colette gezegd. Het was een ruim terras met comfortabele sofa's en uitzicht op eindeloos water. De zon stond hoog, nergens een wolk te bespeuren, alsof alles was hoe het hoorde te zijn. Hij probeerde te begrijpen wat mensen leuk konden vinden aan al dit rondhangen in de plakkerige hitte, starend naar al dat blauw met die vage streep en daarboven nog meer blauw. Zeegezichten waren eigenlijk het saaiste wat bestond, vond hij. Hij speurde het dek af en zag haar opeens zitten. Alleen al haar hals zou hij uit duizenden herkennen. Ze zat met haar rug naar hem toe, en ze was aan het praten met een man in een rood-wit streepjeshemd. Toen hij dichterbij kwam zag hij dat het Thijmen was, alweer.

Marcel had de rest van die avond opgescheept gezeten met Jacobien en Gilbert. Toen hij na het dessert naar Colette een gebaar maakte van 'zijn we dan weg?' had hij verwacht dat Colette samenzweerderig glimlachend zou bevestigen, maar zij legde sussend een hand op zijn arm en praatte verder met haar buurman. En die twee hadden het niet over vroeger, kinderen of ziektes, dat kon je wel zien. En Thijmen maar glimlachen, met die lichtgevende tanden, alsof werkelijk alles wat Colette zei geestig was. Marcel had het nadien gerelativeerd, élk ander gesprek ziet er bijzonder uit als het jouwe al zeventien minuten over broodpudding gaat.

Marcel gaf Thijmen zijn stevigste handdruk en Colette kreeg een zoen vol op de mond. Even dacht hij dat ze zich extra had geparfumeerd, maar toen realiseerde hij zich dat het vast de mix was van haar normale geurtje met die dure zonnemelk. Zij hadden zich geïnstalleerd in één sofa, hij schoof zijn kuipstoel wat dichterbij.

'Als ge iets wilt drinken, moet ge 't zelf even vragen bij de bar,' zei zijn vrouw. Hij veerde meteen weer overeind.

'Een van jullie nog iets?'

Hij was niet de man die dan concludeerde dat zij hem weg wou hebben, hij bracht gewoon voor iedereen nog een drankje mee.

'Ja, wij nog zo eentje, toch?' zei Thijmen terwijl hij naar Colette keek.

Zij schoof knikkend haar glas naar het zijne.

'Absoluut.'

Waarop hij de champagnefluiten overhandigde. Alsof ze godverdomme samen op de tandem reden.

Marcel had eigenlijk zin in water, of espresso desnoods, het was tenslotte amper middag, maar onder geen beding ging hij daar voor lul zitten tussen die twee met zijn oninteressante glas water, dus bestelde hij tegen zijn zin drie glazen bubbels. Dat woord gebruikte hij nooit in het openbaar. Colette haatte het als hij 'bubbels' zei, dat vond ze zo fout trendy. En ze had ook een bloedhekel aan het woord 'trendy', ging ze dan verder, en daar moest ze dan hartelijk om lachen.

Hij draaide zijn rug naar de bar en hield hen in de gaten. Thijmen was jonger dan hij, maar wat betekende leeftijd als je eenmaal een bepaalde grens voorbij was? Achtenzestig of zesentachtig, wat deed het er nog toe? Zij waren mensen op weg naar het einde. En zo veel soeps was Thijmen verder ook niet, vond hij. Was hij een vrouw, hij zou er toch niet om het plezier naar gaan zitten kijken. Zijn witte haar, toegegeven, nog een flinke bos, waaierde wat artistiekerig alle kanten op, zijn neus was plat en breed, zijn ogen piepten klein vanonder wanordelijke wenkbrauwen en zijn oren waren buitenproportioneel, net als zijn benen overigens, waar geen eind aan leek te komen. En dun dat hij was, een vlaggenstok met een hoofd erop. In een cafégevecht ging hij zo onderuit.

Marcel kon er niet omheen: zijn uitstraling was die van iemand die zich door de band genomen gelukkig voelt. Hij had zulke mensen altijd benijd. Hij was er nooit in geslaagd om alle donkerte te bannen. Het sloop lang geleden tot in de verste hoeken van zijn hoofd, en daar hield het zich dan schuil, tot het weer eens zover was. Nu ging het al bijna een jaar goed, maar dat betekende verder weinig, wist hij. Colette verdroeg die episodes van hem, dat bewonderde hij in haar, ze had het toch maar al die tijd met hem uitgehouden.

Hij keek even achterom. De barjongen bleek uit het zicht te zijn verdwenen, alsof Marcel alle tijd had. En ondertussen bleef Thijmen maar praten. Marcel was meer een zwijger, iemand die luisterde. Een troef, dacht hij, voor veel vrouwen. Maar hij zag hoe Colette op haar kletsende gezelschap reageerde, met veel beweging in haar gezicht en die trek om haar mond die hij kende van haar. En toen moest ze ook nog smakelijk om hem lachen, net als gisteren. 'Waar blijven die glazen, vriend?' riep Marcel naar het lege gat achter de bar. Toen de jongen weer opdook, herhaalde hij de vraag in het Engels, geïrriteerder dan bedoeld. Meteen voelde hij zich schuldig. Fooien waren hier eigenlijk inbegrepen, maar hij gaf hem er toch een.

'Ziezo,' hij zette de glazen neer.

Het gesprek viel spontaan stil. Marcel legde even zijn hand op Colletes knie, zij kneep erin.

Thijmen hief zijn glas.

'Laten we drinken op wat we nooit zullen vergeten.' Hij keek niet naar Colette terwijl hij dat zei.

Marcel vroeg zich af of dat het niet juist erger maakte, hij bracht het glas naar zijn mond, maar zette het toch onaangeroerd weer terug.

'Goh, dat denkt een mens dan, hè, dit ga ik nooit vergeten,' Marcel zei het mijmerend, alsof hij aan vrolijk filosoferen deed in zijn vrije tijd, 'maar nooit is lang.'

Geen van beiden reageerde.

'Vaak valt zoiets dan toch tegen. Als ik ze me nog herinnerde, zou ik nu vast een heleboel voorbeelden kunnen geven.' Hij lachte geforceerd.

Zij dronken nog eens van hun glazen, alsof ze simultaan een dansje deden.

'Trouwens, waar is Nelleke?'

'O, zij heeft vriendschap gesloten met die Duitse van gisterenavond. Ze brengen samen een bezoekje aan de wellness. Ze gingen voor het totaalpakket, heb ik begrepen.'

Hij keek er zelfgenoegzaam bij, vond Marcel, alsof hij dat toch maar mooi had geregeld.

Er viel een ingewikkelde stilte. Colette nam nog een slokje en keek naar Marcel, hij bestudeerde de weinige centimeters tussen haar rechterbeen en zijn linker, en dwong zichzelf om elders te kijken.

'Thijmen is zijn hele leven piloot geweest, tot hij vorig jaar met pensioen ging.'

Ook dat nog, dacht Marcel, een piloot.

'Interessant,' zei hij, omdat hij wist dat Colette ook aan dat woord een hekel had.

Interessant was het om te weten dat de vuilnisbak daar stond, of dat er ontbijt geserveerd werd tot elf uur, maar de rest noemde je boeiend, fascinerend, opwindend, intrigerend of verleidelijk, vond zij.

Ze vertelde niet tegen Thijmen dat Marcel commercieel directeur was geweest, en ook niet dat hij al zestien jaar geleden met pensioen ging. Ze had er nooit wat van gezegd, maar hij had het altijd wel gevoeld, dat ze dat nu niet iets vond om trots op te lopen wezen, ook al omdat het bedrijf flexibel verpakkingsmateriaal produceerde. Hij had op zijn manier leren opgaan in de wereld van papieren buffers, schuimbuffers, verpakkingschips, luchtkussens, bubbelzakjes, bubbelfolie, luchtkussenfolie, maar hij wist ook wel dat het misschien niet de spannendste sector was voor een buitenstaander. Hij had dat goed proberen te maken door haar zo'n beetje alles te geven waar ze van droomde, wat hij zich met zijn salaris in de meeste gevallen kon permitteren. Behalve dan die cruise. Het moet zijn dat hij ergens iets had voorvoeld.

Marcel keek naar de vogels die door mekaar schreeuwend boven het schip zwermden. Steltkluten, volgens Thijmen. Hem kon het geen bal schelen hoe ze heetten, hij benijdde die beesten, omdat zij over niks hoefden na te denken. Hij benijdde het meisje dat met haar blote voeten nonchalant op het been van haar lief steunde terwijl ze hem toelachte, als was dat het enige wat ze die dag nog moest doen. Hij benijdde Nelleke en haar Duitse vriendin, die zich lieten verwennen in plaats van hier te moeten zitten toekijken. Marcel hoorde zijn vrouw net een scherpzinnig antwoord geven op een vraag van Thijmen die hij had gemist. Zeg iets, meng u nu toch in dat gesprek, zei hij in stilte tegen zichzelf, maar er schoot hem niks te binnen. Voor het eerst in zijn leven voelde hij zich bejaard. Hij nam een grote slok van zijn champagne, die was al lauw geworden. Dat krijg je met deze hitte, dacht hij, dan gaat alles naar de kloten.

DRIE

'Ik ben beledigd door de vraag alleen al,' zei Colette afgemeten. Ze keek in de spiegel en deed iets behoedzaams met een potlood aan haar wenkbrauwen, 'maar het is wel schattig dat ge jaloers zijt, dus ik vergeef het u.'

Hij zat op het bed het onderspit te delven, zoals meestal. Zij was de vrouw die hij nooit zou kunnen temmen, dat had hij in zijn speech tijdens hun bruiloft zo gezegd. Er werd gelachen toen, maar hij had dat gemeend, en het iets goeds gevonden. Hier, op dit harde bed in deze geruisloze luxekamer, vroeg hij zich af of dat niet toch iets over hem zei.

'Zo wint ge altijd,' zijn stem klonk schor.

'Het gaat toch niet om winnen. Ge moet gewoon niet onnozel doen. We zijn op vakantie. We maken plezier. Ik stel u toch ook geen vervelende vragen over Jacobien.'

'Jacobien heeft een baard.'

'Ja, erg hè? Ik wist niet eens dat zoiets bestond. En dat ze daar niks aan doet, hoe weinig zelfrespect kan een mens hebben. Arme Arie.' Ze giechelde.

Even voelde Marcel zich opgelucht. Gedeelde meningen gaven hem altijd een gevoel van samen.

'Thijmen is gewoon een...' – zij die zo zelden naar woorden moest zoeken, zocht naar het woord – '...fascinerende man. En beter entertainment dan de bingo, de karaoke en de jammerlijke shows die ze hier aanbieden.' Ze stak haar lange oorbellen in de gaatjes. 'Maar gij zijt er toch ook gewoon bij, meestal. Babbel dan gewoon mee in plaats van u te laten opeisen door mensen die ge niet de moeite vindt.'

'Ge kent mij toch. Ik ben dan...'

'Ik ken u inderdaad,' zuchtte Colette.

Marcel wou weten wat ze met die zucht bedoelde, en ook niet.

'Ik had gewoon gehoopt dat we op deze cruise dan toch tenminste lekker tijd zouden hebben voor elkaar,' hij zei het met een glimlach, in de hoop dat dat zou helpen.

'Alsof we niet al sinds uw pensioen almaar lekker tijd hebben voor mekaar.'

Ze deed haar mond half open, stiftte haar lippen uitdagend bordeauxrood, en liet de ene lip over de andere glijden. Dat had hij altijd een mooie beweging gevonden. Toen keek ze via de spiegel naar hem.

Haar blik verzachtte en ze zei: 'En die tijd hébben we hier toch ook, schat.'

Door deze vriendelijkheid vatte Marcel weer moed.

'Het is maar dat ge tot nu toe al elke dag, minstens één keer, ook met...'

Colette draaide zich om. Nu had hij zijn hand overspeeld, dat voelde hij wel.

'Komaan, Marcel, dat ge dat eens moet zeggen, tot daar, maar ge blijft maar doorgaan. Ge stelt u een beetje aan nu, vindt ge ook niet?' Ze klonk ergens tussen meisjeslief en geïrriteerd.

Hij wist als geen ander hoe hij dat moest lezen. Het was ook dat 'Marcel' dat hem van zijn stuk bracht, zo zei ze dat anders nooit.

Marcel moest aan de uitstap van vanmorgen denken. Als het aan hem had gelegen, waren ze niet eens meegegaan vandaag. Toen hij dat tijdens het ontbijt zo zei, vond Colette het heel begrijpelijk dat hij geen zin had, geen enkel probleem, zij ging wel alleen. Elders aan de tafel lichtte er meteen een gebit op. Marcel had zich herpakt en gezegd dat hij het nadien vast zou betreuren als hij deze kans zou laten schieten.

Nelleke liep voorop te smoezelen met de Duitse, Thijmen flankte Colette en praatte. De hele tijd. Alsof hij nu eenmaal iets moest met al die doorheen de jaren achteloos verworven parate kennis. Geen mens die zomaar zoveel weet over de tempel van Edfu, dacht Marcel. Geen mens die er overigens ooit zoveel over wílde weten, als je het hem vroeg, maar alle anderen hingen aan zijn lippen. Stroop was deze man, in een wereld vol vliegen. Op een bepaald moment nam Thijmen Colette bij de arm, deed haar een paar stappen terugzetten en zei dat ze voor de juiste emotionele ervaring genoeg afstand moesten nemen van de eerste Pyloon, wat zij vervolgens beaamde, waarop hij het in haar plaats begon uit te leggen. En nu vond Colette dat híj maar bleef doorgaan?

Zij nam haar telefoon om te kijken hoe laat het was.

'We moeten nu echt vertrekken, het is onbeleefd om de mensen te laten wachten. Trekt gij nog gauw uw kleren voor vanavond aan?'

Ze kuste hem op zijn voorhoofd en liep de badkamer in. Hij keek naar zichzelf in de spiegel, een mannetje van niks stond terug te kijken. Eigenlijk was hij niet van plan geweest om zich nog om te kleden, maar hij liep naar de kast.

'Ja, schat.'

Hij ging langs de hangertjes met hemden, koos het rood-wit gestreepte en haatte zichzelf erom.

VIER

Hij geloofde dat het Jacobien was die had gezegd dat ze deze avond absoluut moesten dansen. Marcel vond alles wat absoluut moest al bij voorbaat onprettig. En bovendien rommelde het in zijn darmen. Hij was nochtans, op advies van Jacobien, ziekelijk voorzichtig geweest. Zij vertelde al die eerste avond dat haar vrienden tijdens hun cruise de racekak hadden gekregen, zoals zovelen. Alleen al dat woord. Vanavond vreesde hij dat het monster ook hem te pakken had. Hij wou niks liever dan naar hun hut en daar gezellig wat keuvelen met Colette, en dat hij zich dan af en toe uitgebreid kon terugtrekken in het badkamertje en dat zij zou zeggen dat het niet erg was, van de geur.

Maar daar zat hij, in een donkere bar waar muziek werd gedraaid uit tijden die allang voorbij waren. Op de dansvloer stonden voornamelijk vijftigers en zestigers te swingen, de enige generatie die dat nog deed. Gilbert was ongevraagd naast hem komen zitten. Marcel voelde de onrust in zijn darmen groeien.

Tijdens het diner hadden Thijmen en Colette telefoonnummers en e-mailadressen uitgewisseld. Daarna had Thijmen ook die van Jacobien gevraagd, maar dat was vast voor de vorm. Marcel had zichzelf al in Abu Simbel lopen sussen met het idee dat het einde van de cruise stilaan in zicht kwam, maar er werden misschien wel plannen gemaakt voor een soort later. Hij probeerde te stoppen met denken en bestelde nog een glas wijn, dat vast niet goed voor hem was.

'Kom jij met mij dansen? Arie wil niet.' Jacobien brulde in zijn oor.

Ze probeerde hem aan zijn handen van het bankje omhoog te trekken. Bijna verloor ze zelf haar evenwicht. Niemand was nog nuchter, maar zij spande toch de kroon.

Hij voelde steken in zijn maag, of in zijn buik, ergens daarbeneden. Marcel likte nog liever vogelstront van het dek dan nu met de baardvrouw te moeten dansen. Hij glimlachte en maakte een beleefd gebaar van nee.

'Toe,' drong ze aan, alsof ze werkelijk geloofde dat hij haar alleen maar koket afwees opdat ze nog een tandje bij zou steken.

'Echt niet,' schreeuwde hij terug, en hij wees naar Gilbert, 'hij heeft volgens mij wel zin.'

Jacobien greep Gilbert beet, hij zwichtte meteen, en ze begonnen te slowen op een ritme dat zich daar verder niet toe leende.

Terwijl zij heen en weer bleven schuifelen, nummer na nummer, schakelden Marcels darmen opeens een paar versnellingen hoger. Hij veerde recht en spurtte naar de dichtstbijzijnde sanitaire voorziening. Het was zo'n toilet met vier urinoirs en twee wc's. De deuren begonnen op een centimeter of dertig van de grond en stopten ver onder het plafond. Marcel haatte openbare toiletten, en zeker die met zulke kleine deuren, het voelde alsof al wie een beetje moeite deed even gedag kon komen zeggen. Goddank was hij hier tenminste alleen, nu maar hopen dat dat zo bleef tot zijn darmen tijdelijk klaar waren. Zijn gedachte was nog niet koud of hij hoorde twee Duitsers binnenkomen, die dertig seconden later in krachtige stralen plasten terwijl ze over sexy vrouwen lalden die vast niet de hunne waren. Marcel maande zijn darmen aan tot stilte, waar die bepaald niet van onder de indruk raakten. Hij zat zich, te midden van zijn eigen geroffel, door een deur heen te schamen tegenover een stel onbekende dronken Duitsers.

Toen hij weer buiten kwam, leger en bleker, ging hij op zoek naar Colette. Hij maakte een rondje in de bar, zag haar nergens. Hij liep naar buiten. Op het terras vlakbij zaten wel wat mensen, maar geen Colette. En ook geen Thijmen. Marcel probeerde niet te panikeren en liep nog eens heen en weer. Nadien ging hij op het andere terras zoeken, daarna in de lounge, bij het zwembad. Niks. Er woei een stevige wind, alsof de wereld zijn onrust wou onderstrepen. Ze konden niet weg zijn, hij bleef rondlopen. En uiteindelijk vond hij ze alsnog, weg van alle drukte. Ze stonden samen aan de reling, starend naar het water dat even zwart was als Marcels gedachten. Hij kneep zijn ogen half dicht om scherper te kunnen zien. Zij waren het echt, geen twijfel mogelijk.

Marcel hield afstand, en keek. Hij wist niet of ze aan het praten waren, hij zag alleen hoe dicht bij elkaar ze stonden. En opeens draaide Thijmen zich naar Colette en raakte met zijn hand haar wang aan, hij liet hem daar even liggen. Het voelde alsof Marcel naar twee kanten tegelijk viel. Colette raakte met haar hand de zijne aan, draaide zich om en ging weg. Thijmen keek haar na, en tuurde dan weer in de verte, de ellebogen rustend op de reling.

Waar ging Colette naartoe? Naar de bar, op zoek naar hem? Of moest ze naar de wc en kwam ze zo weer terug? Was dat gebaar de afsluiter van het innige kussen dat eraan vooraf was gegaan? Hoelang waren ze al weg geweest? Hij had een behoorlijke tijd op het toilet doorgebracht, en nu hij er zo over nadacht, kon hij niet zeggen wanneer hij hen voor het laatst daadwerkelijk had gezien. Marcel was te oud voor dit soort onzin. En zij ook, vond hij.

Hij werd razend op zichzelf en wist niet goed waarom. Hij voelde zijn darmen narommelen. Hij vroeg zich af of wat hij voelde ook haat was, voor Thijmen, met zijn hand en zijn witte tanden en zijn mooie praten, een emotie die Marcel niet eens dacht te kennen. De wind hield aan. Het moest eens ophouden, dat waaien, hij werd er gek van, van dat fluiten van de wind in zijn oren. En van die darmen die zich bleven roeren.

Hij wilde hier niet blijven staren naar die schurk van een man, hij moest iets doen. Terug naar binnen, naar Colette. Ja, dacht hij, kom, snel, gewoon terug naar haar. Hij begon te rennen, sneller dan hij op de loopband had gedaan. Hij liep op Thijmen af, en daar moest hij gewoon de bocht nemen, in de richting die Colette uit was gegaan. Het kon hem niks schelen dat Thijmen hem zou opmerken, integendeel, het kon maar duidelijk wezen.

Hij spurtte met een souplesse die hemzelf verbaasde. Hij kwam dichter en dichter en toen hij afremde, vlak voor Thijmen, die zich net omdraaide, sloeg hij hem met volle vuist tegen zijn linkerkaak met alle kracht die hij in zich had. Thijmen keek verschrikt, heel even, dat had Marcel gezien, en toen verloor hij, de schriele man met zijn lange benen, zomaar zijn evenwicht en zwiepte overboord, alsof het niks was. Marcel hoorde een plons, een verre schreeuw. Hij moest iemand verwittigen. Hij keek het water in en nam akte van de suizende stilte. Hij loerde om zich heen, geen mens te zien. Zou iemand anders die schreeuw ook hebben opgevangen? Marcel zag en hoorde niks meer, behalve het schip dat verder gleed over de Nijl.

Hij stond te hijgen, zijn longen piepten. Hij dacht aan ongelukken op zee. Te veel gedronken, hop, overboord en nooit meer teruggevonden. Die dingen gebeurden. Zo veel gedachten brulden in zijn hoofd. 'Iemand vermoorden is gemakkelijk.' Dat had hij onlangs nog ergens gehoord, en er kwam nog iets achter, maar daar kon hij nu niet opkomen. Als hij nu iemand ging halen, was het misschien nog niet te laat. Het water was vast niet zo heel koud hier, en het was bovenal de kou die een drenkeling nekte, meende hij te weten.

Hij zag de hand weer voor zich, zoals die op haar wang lag, en dan haar hand weer op de zijne. Eerst een paar seconden zitten, dacht hij. Hij klom op de reling, zijn benen bungelden boven de zee, die gewoon bleef zwijgen, zoals ze dat al eeuwen deed. Hij voelde zich weer een jongen, even. Hij moest denken aan Colette, de vrouw die niet te temmen viel, en aan wat dat over hem vertelde, en over hen als echtpaar, aan de steltkluten die nergens over hoefden te peinzen, aan mysteries die nooit opgehelderd raakten, aan Thijmen en de kleine plons die ondramatisch had weerklonken, aan zijn dochter die voorlas uit de brochure over de cruise, aan geheimen die hij altijd had bewaard, aan al die keren dat hij het verkeerd had aangepakt, aan de wind die hem gek maakte, dat gefluit in zijn oren, wat was dat toch met dat gefluit?

Marcel sloot zijn ogen, zijn darmen hielden zich stil, alsof ze hem die rust wel even wilden gunnen nu. Hij voelde de klamme kilte van de nacht, en opeens wist hij het weer, wat er nog achter kwam: 'Iemand vermoorden is gemakkelijk, maar er daarna mee leven, dat valt nauwelijks te verdragen.'

zijn familie geloofde heilig
dat doen alsof eigenlijk ook
een kunst was

EEN

Dum dum da da dum dum da da dum dum da da... Waarvan kende hij dat deuntje? Hij kon het zo meezingen. En welke telefoon rinkelde er nu eigenlijk? Hij zag er niet meteen een liggen. Verdorie, moest hij weer uit zijn fauteuil om te zoeken. Hij duwde zich af aan de leuningen en kwam overeind. Hij haatte het als hij ergens niet op kon komen. Het moest die hoek zijn, dacht hij, hij stapte er gestaag naartoe, legde wat kussens opzij, hier alvast niet. Toen stopte het bellen. Dennis bleef staan, ontsteld omdat het tempo van de rest van de wereld weer eens te hoog bleek te liggen voor hem. Hij draaide zich om, maar vrijwel direct begon het opnieuw, en op dat moment stormde het zijn hoofd binnen: Mission Impossible, natuurlijk. Pas toen hij 'm daadwerkelijk zag liggen, besefte Dennis dat het gewoon zijn eigen telefoon was die overging, met die afwijkende ringtone gereserveerd voor het ziekenhuis. Zonder enige twijfel geïnstalleerd door zijn broer, die zelf zijn gevoel voor humor een van zijn grootste troeven vond, iets waar de rest van de familie hem maar niet formeel in tegensprak, zo waren zij wel.

Dennis nam op en hoorde de woorden waarvan hij al een tijdje niet meer geloofde dat hij ze nog te horen zou krijgen: er was een geschikt hart gevonden. Een geschikt hart. Hij liet de telefoon zakken. Terwijl hij de dokter verder hoorde praten, vaag tromgeroffel in de verte, staarde hij naar buiten, hij zag voor de zoveelste keer de getrimde buxusbollen, het paadje en het terras in grauwe stoepsteen, de kleine serre met de windhaan, het amalgaam van planten op rekken en de lantaarn die volgens zijn moeder leek op die uit de straten van Canterbury, waar zij het zo mooi had gevonden. Ze was begonnen met de herinrichting van de tuin kort nadat zijn diagnose werd gesteld. Ze moest meer dan ooit iets omhanden hebben. Dennis merkte het stilvallen aan de andere kant van de lijn op en bracht de telefoon weer naar zijn oor.

'Dennis?'

'Ja.'

'Dus gij komt dan naar het ziekenhuis?'

Bijna fluisterend antwoordde hij opnieuw: 'Ja.'

Hij hing op en keek verbluft naar zijn eigen borstkas. Daarna schakelde hij de telefoon met een bruusk gebaar uit en stopte 'm weg, achter de stapel tijdschriften op het dressoir. Zijn moeder was net even de deur uit, boodschappen doen voor vanmiddag, goed, dacht hij.

'Goh, nu ging ik speciaal naar die ene bakker, om zeker zo'n kaastaart met bosbessen en zo'n bodem van petit beurre te hebben, ge weet wel, die soort die gij zo graag eet, en nu was de laatste toch juist verkocht.' Zijn moeder duwde met haar rug de deur achter zich dicht en zeulde met onhandig veel tassen richting keuken. 'Sorry hè, jongen, ik had ze moeten bestellen, hè, ik dacht het nog.'

Ze ritselde met de tasjes, klepperde met kastdeuren, zette de radio aan en kwam toen de woonkamer weer ingelopen, begeleid door verkeersinformatie: 'Door een ongeval staat het verkeer stil op de buitenring rond Brussel, op de...'

'Maar ik heb wel een witte chocomoussetaart met framboos, een ijstaart van brownies en een appeltaart op grootmoeders wijze, ze zien er alvast fantastisch uit. Ik hoop dat ge dat ook goed vindt?'

Dennis vond eigenlijk niks van taarten, hij probeerde een glimlach.

'En voor de rest heb ik wel alles gevonden wat ik nodig had.'

Zijn moeder keek naar hem met de blik die hij zo goed van haar kende, een mengeling van tristesse en lichte paniek die geen glimlach weg kon spelen. Ze kwam naar hem toe, en terwijl hij achterovergeleund in zijn fauteuil zat, probeerde ze hem wat onhandig te omhelzen. Ze rook naar allesreiniger, en naar bloemkool. Hij voelde de boezem van zijn moeder tegen zijn maag, borstelig haar aan zijn wang, lange nagels in zijn schouders. Ondraaglijke intimiteit.

Ze kwam weer overeind, trok haar blouse recht, ook al zat die zoals het hoorde, eigenlijk.

'Hebt gij nog wat kunnen slapen dan? Want zo meteen staan ze hier, hè, ze hebben gezegd tussen halftwee en twee. Alleen van Marjan heb ik nog niet gehoord hoe laat ze er zal zijn, ge kent haar.'

Even werd het stil. Toen draaide ze zich weer om, zette een paar stappen in de richting van de keuken, en bleef dan staan, alsof afstand er weer was om toch te bewaren.

'En o ja, en ik moest van Moniek van Frank zeggen dat ze hun cadeau besteld hadden, maar vanmorgen bleek dat nog niet te zijn aangekomen. Ze zat daar enorm mee in, maar ik heb gezegd: "Dat is niet erg, Moniek, Dennis gaat dat verstaan, hij is allang geen kind meer, hè." Moniek kennende was ze gewoon weer te laat met die bestelling, maar dat heb ik maar niet geantwoord. Afijn, nu weet ge er dus al van, zeg haar misschien ook dat het niet erg is dan, straks, oké?'

Dennis knikte.

Lianne keek onderzoekend naar haar zoon.

'Ge ziet er precies iets beter uit vandaag,' haar ogen werden weer waterig terwijl ze dat zei.

Hij vreesde nog een omhelzing en mompelde snel: 'Ik moet weer naar het toilet.'

Dennis stond behoedzaam op.

'Ja, natuurlijk, doe maar, jongen, voor ze er zijn.' Frank noemde ze nooit jongen, terwijl Dennis toch de oudste was.

Terwijl hij door de gang slofte, riep ze hem achterna.

'Wilt ge buiten zitten om taart te eten straks? Dan dek ik daar de tafel. Maar het is misschien te warm, hè, toch? Of wat denkt ge? Beter niet, hè? Best binnen dan, iets koeler toch, en aan die tafel is ook meer plaats. Goed dan voor u, jongen?'

Dennis antwoordde niet, hij wist dat dat niet hoefde, zijn moeder voerde eigenlijk alle gesprekken voornamelijk met zichzelf.

Hij liet zich op de pot zakken en plaste zittend, want hij had ook voor zichzelf allang niks meer hoog te houden. Hij probeerde de benauwdheid weg te slikken die hem zelden of nooit verliet. Vermoeid wreef hij met zijn vingers langs zijn neus, legde zijn voorhoofd op acht vingertoppen en liet het daar wat liggen, want hier hoefde hij er niet bij stil te staan hoe een bepaald gebaar overkwam op zijn eeuwige, immer alerte toeschouwer.

Door de medicijnen moest hij vaker pissen dan een vrouw met een blaasontsteking, maar dat vond hij niet eens zo erg. Hij hield van het toilet, het was een van de weinige plekken in dit huis waar hij tamelijk ongestoord alleen kon zijn. Hij zag onder zijn handpalmen zijn knokige knieën, zijn dunne, witte benen, zijn dikke enkels, en hij wendde zijn ogen af. Het voelde niet als zijn lijf, die aanblik wende nooit.

Dennis probeerde niet te denken aan die man of vrouw die nu ergens kunstmatig in leven werd gehouden, voor hem. Zijn gedachten gingen onwillekeurig naar de lusteloze gangen van het ziekenhuis, naar die verpleegster zonder wenkbrauwen, overgecompenseerd met twee uitbundig zwarte potloodstrepen, naar de beelden van mondmaskers die verschenen en verdwenen boven zijn hoofd in die geagiteerde drukte van de operatiezaal vlak voor de ingreep, naar apparaten die sinister piepten. Hij voelde zich op slag nog uitgeputter dan hij al was.

Hij trok twee velletjes papier van de rol, en depte wat onbestemd langs zijn slappe lul. Hij bleef nog even zitten. Dennis wist niet wat het was met hem. Hij moest nu echt dringend zijn moeder van het nieuws op de hoogte brengen, zodat zij iemand kon bellen om met hen naar het ziekenhuis te rijden. Dringend.

Dennis klampte zich vast aan de kleine wastafel, trok zichzelf omhoog en keek in de spiegel. Hij zag zijn doffe blik, de blauwzwarte wallen onder zijn ogen, zijn volle, droge lippen, zijn grauwe vel. Boven zijn gezicht prijkte in krullerige letters: *Wens ook jezelf elke morgen een fijne dag.* Zijn moeder tolereerde in dit huis alleen optimisme in haar vele verschijningsvormen. Hij vroeg zich af wanneer hij nog eens een waarlijk fijne dag had gehad.

Met één hand trok hij zijn onderbroek weer op. Naast de vrolijke spiegel hing de verjaardagskalender, met een foto van een of andere roze bloem voor de maand mei, en de namen van tante Josée, Guust, het zoontje van Frank, Fenna, het dochtertje van de buren en de zijne, op de zesde, de zevende, de twaalfde en de twintigste. Hij werd vandaag vijfendertig. Hoera. Zijn vader, jarig op 29 mei, stond er niet op. Dennis vroeg zich af hoe het nu met hem zou gaan.

'Alles in orde daarbinnen?!'

Zijn moeder bevond zich zo te horen in de woonkamer, maar het leek wel of ze naast de deur stond, zij praatte consequent in kapitalen, alsof ze almaar hoopte dat alle buren haar ook konden horen.

Dennis riep luid: 'Ja.' Anders zou ze op de deur komen bonken, wist hij.

Hij ritste zijn broek dicht, spoelde het toilet door, waste zijn handen niet: elke handeling voelde voor hem als het beklimmen van de Mount Everest. Hij wachtte nog even tot hij zijn moeder weer de keuken in hoorde lopen, en keerde toen terug naar zijn fauteuil.

Eigenlijk had hij meer zin in het bed aan de andere kant van de kamer, maar de comfortabele fauteuil was onder meer gekocht voor als er bezoek kwam. Ook omdat de slaap onafwendbaar werd wanneer hij min of meer horizontaal ging. Min of meer, want normaal liggen kon hij al een tijd niet, dan kreeg hij amper adem. Als het aan hem lag zou hij hele dagen slapen. Overdag lukte het altijd, 's nachts daarentegen.

Dennis installeerde zich. Hij wou dat hij begreep wat er nu in zijn hoofd gebeurde. Voor één keer liep zijn leven haastig verder, en hij kon alleen maar vaststellen dat hij, in plaats van actie te ondernemen, ging zitten en naar de lucht keek, babyblauw met traag maar zichtbaar voorbijschuivende wolken, kraaien wiegend op de draden, en niet eens zo hoog een klein vliegtuig, van het type waar hij vroeger met de parachute uit sprong.

Wat had hij gehouden van dat moment waarop je uit die opening tuimelt en de wind je overmant. Daar lijkt het ook even of je amper adem kunt halen, tot je je overgeeft, en hoe je dan een aantal seconden alleen maar valt en raast en zweeft, wars van alle tijd. Zo vrij te zijn, hoe dat voelde, dat was hij nog niet vergeten, ook al leek dat allemaal drie levens geleden.

Dennis knipte met zijn vingers, alsof hij een ander tot de orde probeerde te roepen. Hij moest echt zijn moeder verwittigen, ze moesten zo snel mogelijk vertrekken.

TWEE

'Waar is mijn telefoon nu toch? Hebt gij die toevallig ergens gezien, jongen?'

Lianne beende van de woonkamer naar de keuken en weer terug. Dennis zweeg, en staarde naar die ene lade waarin de rommel lag die niemand eigenlijk ooit gebruikte. Hij had toch even ingegrepen, stel dat ze háár gingen bellen. Controle nemen was belangrijk voor wie al zoveel noodgedwongen uit handen gaf.

De voordeur zwiepte met zo'n heftige knal open dat de sleutel op de grond viel. Hier maakte alle nageslacht zijn entree zonder te bellen, dat was zo de gewoonte. Frank, Moniek en de drie kinderen met Geertrui in hun kielzog stapten de woonkamer in, en dat klonk alsof ze de hele straat mee naar binnen brachten.

'Geef nonkel Dennis eens een dikke kus,' schetterde Moniek.

Guust sprong wild op zijn schoot.

'Voorzichtig zijn met nonkel Dennis, wat had mama nu gezegd?'

Guust gaf hem ergens tussen kin en wang een natte kleuterzoen, en klauterde weer naar beneden.

De tweeling lispelde in koor: 'Gelukkige verjaardag,' en de meisjes legden elk een tekening op zijn schoot met veel onduidelijks in felle kleuren.

Daarna liepen ze opgewonden kwetterend naar de tafel waar chips en snoepjes klaarstonden.

'Goh, Dennis, iets vervelends,' begon Moniek terwijl ze keek alsof ze weer zeven waren en moest komen melden dat ze moedwillig zijn favoriete marmot in de toiletpot had verzopen.

'Ja, het cadeau, ik hoorde het. Niet erg, natuurlijk, niet erg.'

Dennis trok alvast een mondhoek verzoenend omhoog, maar Moniek liet zich niet zomaar geruststellen.

'Ja, maar, zijt ge zeker? Ik vond het zo vervelend, ik zei nog tegen Frank...'

'Straks is hij dood voor hij zijn geschenk heeft gekregen.' Dennis grijnsde.

Moniek probeerde haar bedremmelde blik te camoufleren met een uitbundige neplach, die door haar man op een berispende blik werd onthaald.

Frank kneep Dennis even in de schouder, en zei ernstig: 'Broertje, proficiat,' alsof hij zo de orde weer kon herstellen.

Dennis wou glimlachen naar Moniek om het goed te maken, maar die keek naar de kinderen, die iets omver hadden gegooid.

Geertrui overhandigde hem een in glanzend papier verpakt doosje. Een cd, zoals de vorige jaren. Zij begreep niet hoe muziek downloaden ging, dus veronderstelde zij dat dat voor de rest van de mensheid ook moest gelden. Hij maakte het open, en zei: 'O, die cd heb ik nog niet,' wat waar was. Ondertussen bleken ook Annemarie en Titus gearriveerd. Ze stopten Kiki, de baby van elf maanden, in de armen van Lianne, die meteen twee tonen hoger begon te kakelen tegen het kleine meisje.

Zijn zus kwam op haar hurken bij hem zitten.

'Niet te moe, gij?'

Dennis vroeg zich af wat ze hoopte dat hij zou antwoorden op die vraag, hij die het allang had opgegeven om woorden te vinden die aan een niet-zieke duidelijk konden maken hoe dat slow motion schijnbestaan van hem dan voelde.

'Ha, die heb ik nog niet,' zei hij toen hij de thriller uitpakte van een hem onbekend auteur, 'dankuwel.'

Heel lang geleden las hij nog wel eens zo'n boek als hij echt niks beters te doen had, nu kon het hem al op voorhand geenszins interesseren wie het dan had gedaan.

'Een beetje afleiding, dacht ik,' Annemarie trok haar gezicht in de richting van een in dit huis gebruikelijk soort monter.

Zijn familie geloofde heilig dat doen alsof eigenlijk ook een kunst was.

Annemarie veerde overeind.

'Is Marjan er nog niet?' vroeg ze aan niemand in het bijzonder.

'Zij heeft als enige niet laten weten wanneer ze precies zou komen, het is te hopen dat ze het niet vergeten is, dat zou weer echt iets voor haar zijn.' In de stem van zijn moeder vochten vrees en irritatie om de boventoon, zoals wel vaker als ze over Marjan sprak, de dochter die wel heel veel niet had gedaan zoals dan toch de bedoeling was.

Lianne kwam rond met koffie, gaf appelsap aan de kleintjes. Frank had zelf een biertje uit de keuken genomen en dronk uit het flesje, ook al wist hij dat zijn moeder daar een hekel aan had. Moniek brulde dat de kinderen buiten moesten spelen of rustiger zijn, waar ze zich verder geenszins aan stoorden, en Kiki had het op een zeurderig huilen gezet. Het klonk als gezoem van een man of dertig, zijn familie was in alles luid.

Hij zag de anderen lachen, mekaar aanraken, voorzichtig verontwaardigde blikken gooien, hun woorden inslikken. Zoals mensen doen in vanzelfsprekende soorten samen. Tussen hen en hem een paar kubieke meters ondoordringbare lucht. Hij was een huis, per ongeluk ergens verloren gezet in een vlakte, met grote bomen die het licht wegnamen en opgebroken straten eromheen. De klok tikte verder, dat wist Dennis wel. Misschien was hij alsnog gek geworden, misschien was dit het meest lucide moment in jaren, dat kon ook.

Sinds de telefoon voelde Dennis zich almaar opnieuw elf, die avond voor hij naar klarinetles moest terwijl hij weer niet had geoefend. Die weeë, knagend diepe onbehaaglijkheid. Hij observeerde al die mensen die hij al een leven lang kende en probeerde zich hun reacties voor te stellen. Zijn moeder zou vast en zeker beginnen te huilen, van geluk en van ellende, dat ging bij haar vaak samen, en dan zou Annemarie een paar tellen later gegarandeerd mee gaan doen. Geertrui zou belachelijk praktisch worden, Frank zou zijn vingers kraken, één voor één, de dwaze grap die aan kwam waaien deze keer toch maar voor zich houden en voorstellen om te rijden, omdat iets doen zijn manier was om niks van betekenis te hoeven zeggen. Hij zou Moniek opdragen om naar huis te gaan met de kinderen, alsof zij daar zelf niet op zou komen. Iemand zou sakkeren hoe ergerlijk het was dat Marjan ontbrak, en iemand anders zou haar meteen gaan bellen. Titus zou het niet nodig vinden dat ze allemáál meegingen naar het ziekenhuis, waarop Annemarie hem zou bijtreden, tot ergernis van Geertrui, die een giftige opmerking zou maken, waar Frank dan sussend op zou reageren in een poging om erger te voorkomen. Dennis hoefde zijn leven niet te leven, hij wist alles al. En het beste had hij al gehad.

Hij had eens gelezen dat vijf jaar na een harttransplantatie 78 procent van de patiënten nog leefde, en dan rekenden ze niet de mensen mee die stierven terwijl hun donorhart het op zich nog naar behoren deed. Er was een kans van pakweg één op vier dat dit sowieso het begin van het einde zou zijn. Als hij zich naar het ziekenhuis repte, natuurlijk. Zo dadelijk ging hij iets zeggen, dacht hij.

'Ah, eindelijk,' zuchtte Lianne toen Marjan arriveerde, niet zoveel later dan de rest.

'Dag mama.'

Marjan gaf haar een zuinige kus.

'Is Esther er niet bij?'

'Ze komt straks, ze moest nog iets afkrijgen.'

'O, spijtig,' antwoordde zijn moeder op een toon die geen twijfel liet over hoe onspijtig ze dat vond.

Marjan leunde naar Dennis, legde een hand op de zijne.

Ze fluisterde: 'Ik heb iets bij me, van papa, voor u, een doos.'

Ze wenkte met haar hoofd naar de hal.

Toen zei ze luider: 'Gelukkige verjaardag' en overhandigde hem met een plagerige grijns een papieren zak met zelfgebakken powerfood-koeken waarvan zij geloofde dat die de hele wereld beter zouden maken.

'Merci, zus, lekker.'

Van papa. Wat zou dat zijn? Liefst van al zou hij het nu in ontvangst nemen, maar dat kon niet zomaar. Als het woord vader nog maar viel, verkrampte zijn moeder alsof iemand haar kil de nek omwrong. Uit een subtiel afgedwongen solidariteit ging niemand nog bij hem op bezoek. Behalve Marjan, wat iedereen wist maar geen mens ooit uitsprak. Op een bepaald moment was Dennis wel weer begonnen met een aantal keer per jaar even op te bellen. Maar nu hij bij zijn moeder was moeten komen wonen, had hij hem al makkelijk anderhalf jaar niet meer gehoord.

'En gij, Dennis?' vroeg zijn moeder.

Hij kon geenszins raden waar ze op doelde.

'Voor mij is het eender,' mompelde hij.

DRIE

'Nee, Guust, wat hadden we afgesproken? Guust ging...?'

Het jongetje keek haar door zijn tranen heen verwonderd aan.

'Flink zijn,' beantwoordde Moniek zelf de quizvraag.

Guust blèrde onbedaarlijk verder, om iets wat hij wou en niet kreeg, het was Dennis ontgaan wat precies. Hoe meer Moniek tegen hem in ging, hoe luider het brullen werd.

'Guust, ge houdt nú op of ge vliegt in time-out. Ge weet dat ge in dit huis een flinke jongen moet zijn, want nonkel Dennis heeft zijn rust nodig.'

'Maar ik wou alleen...' het kwam er in schokken uit, en de gedachte werd niet afgemaakt.

Hij krijste vervolgens nog harder, dus nam Moniek hem quasihorizontaal onder haar arm, en verdween met hem de gang in, waar het luide huilen, weliswaar enigszins gedempt door de deur die nu tussen hen zat, in alle hevigheid doorging.

'Tja, ik wil dat ventje nu niet ongelukkig maken, maar ik vind het nog te vroeg voor taart, jullie niet? Jullie zijn hier amper een uur.'

Lianne liet even een stilte vallen, wachtend op de geruststelling van de bijval die ze hiermee dacht te zullen oogsten.

'Hij moet dat leren, dat een mens niet altijd krijgt wat hij wil,' zei Annemarie op plechtige toon.

Dennis hoorde de echo van zijn moeder, en opeens deed hij wat hij normaal nooit zou doen.

'Ik zou nu graag eerst dat cadeau van papa openmaken.'

Alle hoofden draaiden zijn kant op, alleen Marjan glimlachte.

'Wat is dat van papa?' Zijn moeder klonk eerder ontzet en triest dan boos, zoals altijd wanneer ze probeerde haar gelijk te halen.

Maar voor één keer ging Dennis zich niet laten vermurwen. Natuurlijk had zijn vader dingen gedaan die hoegenaamd niet door de beugel konden, dat wist iedereen. Maar toen zijn diagnose werd gesteld, gaf dat toch ook context aan de zaak, vond hij, al was niet iedereen het daarmee eens.

'Blijkbaar heeft papa iets voor mij meegegeven, en na hem al die tijd niet meer te hebben gesproken, benieuwt het mij wat dat dan is.'

Het wond hem op dat hij iets wou, hij die zichzelf had afgeleerd om wat dan ook te willen.

Lianne zweeg, keek om zich heen, ze leek te hopen dat iemand anders zou gaan beargumenteren dat dit toch echt niet kon, maar niemand reageerde.

Marjan stond op, kwam terug met een doos en zette die voor Dennis neer.

'Het gaat eigenlijk echt wel wat beter met papa,' ze aarzelde even, 'gezien zijn diagnose, bedoel ik, hij heeft nog waanideeën en zo, maar hij is veel... goh, hoe zou ik het zeggen, zachtmoediger geworden.'

'Ah bon, zachtmoedig. De man die jullie moeder...' haar stem sloeg over, 'alsof dat een excuus zou zijn voor wat hij mij allemaal...' In die woorden zat nog meer beven, de voorbode van een flinke huilbui.

Lianne stoof de keuken in, Geertrui liep haar achterna.

Dennis weifelde, maar nee, niet deze keer, dit moment mocht van hem zijn, vond hij.

Het was een heel gewone, saaie doos, stevig dichtgeplakt. Marjan sneed met de scherpe kant van een schaar de tape door, Dennis vouwde de vier kleppen open, de doos zat tjokvol. Bovenaan een enveloppe met daarop in een kinderlijk schools schrift: *voor mijn zoon Dennis,* en binnenin zat een kaartje: *omdat de wereld niet langer veilig is, voor u het eerste pakket, omdat uw leven sowieso al bedreigd is,* en dan daaronder: *van uw vader, die van u houdt.* In de doos vond Dennis een fluitje, een zaklantaarn, een mondkapje, ontsmettingsdoekjes, twee grote flessen water, batterijen, een radio, een kleine verbanddoos, een veiligheidshelm, een rolletje vuilniszakken waar een label op zat met *voor uw afval,* een rol grote vuilniszakken en ducttape met een label *om te isoleren tegen giftige gassen,* een strip pijnstillers, drie rollen toiletpapier, en helemaal onderaan vond hij ook nog een paar opgerolde biljetten met een elastiekje eromheen, 220 euro in totaal.

'Bon, overduidelijk nog altijd zo zot als een deur, dus,' zei Annemarie meewarig.

'Wat moet ge dan doen met dat fluitje?' vroeg Moniek.

'Hulpdiensten verwittigen dat er nog leven is onder het puin na het terroristische bombardement, zeker?' Frank lachte.

Eigenlijk had Dennis even wat extra zuurstof nodig, dat voelde hij wel, maar er was iets dringender nu. Hij bestudeerde de spullen opnieuw, nam ze één voor één vast, alsof hij ze straks daadwerkelijk zou moeten gebruiken. Hij las het kaartje voor de tweede keer.

Marjan keek hem aan.

'Tja, hij en woorden...' zei ze. 'Ik denk dat hij met dit pakket wil zeggen dat hij hoopt dat ge blijft leven.'

Dennis hoorde haar zeggen wat hij al wel had begrepen, maar het was dat begrip 'hoop'. Hij was daar allang mee gestopt, met hopen, want hoop was recht evenredig met angst, had hij ontdekt. Wie hoopt doet actief aan verwachten, en wie verwacht kan ook teleurgesteld worden, dus wie hoopt wordt constant geconfronteerd met de angst dat het allemaal níet zal uitpakken zoals gewenst. En dat viel in zijn geval niet te verdragen.

Dennis keek naar die doos vol hoop en hij voelde het komen, voor het eerst sinds lang, van ergens ter hoogte van zijn buik of dieper nog, een holle, schokkerige schreeuw. Zijn moeder kwam aangelopen, Geertrui achter haar aan, niemand zei iets, niemand raakte hem aan. Marjan duwde de doos tot tegen zijn benen, de doos van zijn vader, die eigenlijk nooit een vader was geweest, alsof ze hem zo probeerde te zeggen dat het goed was, dat hij mocht, dat hij niet bang hoefde te zijn. Dennis hapte naar adem, en zei uiteindelijk, haperend, terwijl iedereen hem aanstaarde: 'Ze hebben gebeld. Er is een hart.'

VIER

'Waar, Dennis, hier, tussen die rommel, bedoelt ge?' Lianne schoffelde nerveuzig in de lade, 'ja, ik vind 'm hier niet, hoe kan dat nu?'

Ondertussen stond Geertrui al te bellen. 'Dokter Aelbrecht,' hoorde hij haar snibbig antwoorden, alsof het de fout van de receptionist was dat Dennis had gewacht om iets te zeggen.

'En wanneer hebt ge die oproep gekregen?' Annemarie vroeg het met haar voorzichtigste stem.

'Een halfuurtje voor jullie hier arriveerden, drie kwartier?' Dennis deed niet zijn best om er verontschuldigend bij te kijken.

'Ja, of iemand anders van de dienst dan, hè, het is een noodgeval.' Geertrui knikte fanatiek: 'Ja, graag ja, snel.'

Op dat moment kwam Guust binnengelopen, hij was gevallen

in de tuin, geduwd door een van de meisjes, volgens hem, en dat moest hij duidelijk kwijt. Frank gebaarde geïrriteerd naar Moniek, waarop zij Guust een al te snelle kus op zijn hoofd gaf en hem weer de tuin in manoeuvreerde.

'Ja, dokter, de familie van Dennis Van Maldere hier, ik bel u...'

Ze hoorden iemand praten aan de andere kant van de lijn, maar wat hij zei viel niet te verstaan. Frank gebaarde dat ze de telefoon op speaker moest zetten, zij maakte alleen een geërgerd wappergebaar met haar vrije hand. Iedereen staarde naar Geertrui. Stiekem was Dennis voor één keer blij dat zijn bazige zus het bellen niet aan hem had overgelaten.

Dennis weigerde heel even om stil te staan bij slechte donorharten en trombose en infecties en bloedingen en mogelijke hersen- of nierschade en afstotingsreacties, wilde niet denken aan het vroegtijdige einde van zijn onontkoombaar korter dan gemiddelde leven. Hij dacht aan zijn oude appartement met die prachtige erker, waar hij nog met haar woonde voor alles om zeep ging, aan die zalige zomeravond op café met William, die hij in geen eeuwen meer had gezien, aan die ene eerste kus met haar nadat zij hem een onnozelaar had genoemd, aan zwemmen in die ene vijver met die treurwilg aan de oever, aan dat zalige gerecht met aubergine in dat ene piepkleine restaurant dat ze per ongeluk hadden ontdekt, aan de slappe lach die maar bleef duren, die ene avond, terwijl niemand nog begreep waar die vandaan gekomen was, aan die sprong waarbij hij langer dan ooit tevoren had gewacht om zijn parachute open te trekken. Ooit had hij het best goed gekund, dacht hij, leven, en misschien was dat toch ook zoiets als fietsen.

'Ja, maar, dokter, dat kunt u toch wel weer aanpassen dan. Hij...'

Geertrui werd weer onderbroken.

'Ja, maar hij ís gemotiveerd, enorm, en u weet toch hoe goed hij omgaat met medicatie en... Nee, klopt, maar mag een mens heel even panikeren? Eens een keer niet perfect reageren? Wat heeft hij allemaal meegemaakt de voorbije... Nee, dat snap ik, maar als u nu toch terugbelt naar...' Geertrui blies geërgerde lucht door haar neus naar buiten, dat maakte geluid. 'Kijk, dokter, ik aanvaard dit niet, zo simpel is het. Het was voor hem, u weet ook hoe dringend... Nog amper 15 procent, hè, de hartpompfunctie... Ja, ik weet dat het zou kunnen dat het hart dan toch niet geschikt... Ja, maar het kan toch ook...'

Dokters hebben altijd haast, dacht Dennis, zinnen mogen niet eens afgemaakt. Hij zag de blikken van zijn familieleden, allemaal op Geertrui gericht, waarschijnlijk omdat naar haar kijken veiliger voelde dan naar hem. Frank gebaarde in haar richting met een vinger van nee, alsof dat iets uit zou maken, Annemarie beet op een nagel, Titus stond frenetiek de baby te wiegen, zijn moeder hield een hand voor haar mond, Marjan zat gehurkt tegen de muur.

'Ja, ja,' haar toon eerder kwaad dan gelaten, 'ja, dan, niks aan te... Maar hij blijft dan wel..? Oké... We zullen wel moeten zeker... U ook.'

Toen hing ze op.

'Hij blijft wel ergens boven aan de lijst staan,' ze maakte het gebaar van aanhalingstekens terwijl ze 'ergens boven' uitsprak. 'Dokter Verswyfeld drong aan op een nieuw gesprek met de psychologische dienst, maar bon.'

Iedereen stond daar en zweeg. In de tuin liepen de kinderen rondjes in een kring terwijl ze zongen: 'Lang zal-ie leven, lang zal-ie leven.' Frank trok het schuifraam dicht.

'Het hart moest nog onderzocht worden, het kon best zijn dat het sowieso niet geschikt was, dat weten ze nooit zeker, hè.'

Moniek wreef Frank over zijn rug, Titus gaf Kiki aan Annemarie, die haar dicht tegen zich aan drukte. Dennis probeerde de golf van misselijkheid die opkwam dapper te bedwingen.

'Wat ik niet snap hè, jongen,' zijn moeder zette een paar stappen in zijn richting, 'is waarom ge in godsnaam...'

'Ja, moeder, dat is nu waar Dennis behoefte aan heeft, aan op het matje worden geroepen, alsof hij niet...'

'Ja, maar zo bedoel ik het ook niet, ik begrijp gewoon niet waarom hij...'

Marjan ging pal voor Dennis staan, alsof hij een kind was dat verdedigd moest worden.

'Nee?'

Ze keek haar moeder strak aan.

Op dat moment zwaaide de deur open. Esther hield een cadeau in fonkelend blauw papier in de lucht.

Ze zei: 'Sorry dat ik er niet vroeger ben geraakt, ik zat...' Ze voelde de springerige stilte en keek om zich heen. 'Oei, is er iets...'

Ze liet het cadeau zakken en stapte op Marjan af.

Omdat niemand reageerde, zei Dennis: 'Er was een hart, voor mij, misschien, wellicht, en ik heb te lang gewacht.'

Esther knikte, als om te bewijzen dat ze het begreep, ze keek bezorgd van Dennis naar Marjan en terug.

Het was zo lang geleden dat Dennis nog aan mooie vrouwenmonden had gedacht, en aan een eigen plek om te wonen, aan door de straten lopen, op de fiets vertrekken naar het werk terwijl de zon scheen, te veel eten omdat het gewoon te lekker was. Domme dingen die zo ver weg hadden geleken. Hij kende de bevrijding van op te geven, nu vroeg hij zich af of bevrijding misschien overschat werd. Hij had geen idee wat hij morgen zou denken, maar dat hoefde misschien ook niet.

'Mama, die taarten, wat denkt ge?' Hij zei het niet eens omdat hij voelde dat hij iets goed moest maken, niet eens omdat hij wist dat iedereen verlegen zat om woorden, niet eens omdat hij probeerde de goede zoon of de geschikte broer te spelen, hij wou best die ijstaart van brownies proberen eigenlijk. Hij schoof de doos van zijn vader omzichtig naast zijn fauteuil en liet zich door Esther rechtop helpen. Zij zouden zijn verjaardag vieren. Zij gingen iets doen.

het beginnen van de dingen dat was vaak
toch het mooist

EEN

'Het is een wereld waarin veel mensen veel miserie overkomt, en mij de meeste.' Roger lachte om zijn eigen kleine vondst, raspte langs zijn baard van drie dagen, vouwde de rekening dicht en legde die op zijn bureau. De hond sprong tegen zijn been, als om te zeggen dat ze het niet vond kunnen, van de wereld, en bereid was daar iets tegenover te stellen. 'Ja, ge zijt er nog, ik weet het.' Roger hoestte. Of het een droge hoest was, wou de apotheker weten, of had hij last van slijmen? En kwamen die makkelijk los? Roger had mompelend 'laat maar' geantwoord en alleen zijn pillen tegen te hoge cholesterol meegenomen.

Hij zette de radio aan, iets van Strauss, dat hoorde hij meteen, maar niet een van de bekendere composities. Vaag meeneuzelend liep hij naar de keuken. De hond drentelde opgewonden kwispelend achter hem aan, want ze wist al wat er te gebeuren stond. Roger nam een pak wafels en de echte boter. Hij legde er eentje op het aanrecht en smeerde er een dikke laag op, de kleine ruitjes mochten niet meer zichtbaar zijn. In de verte gingen de strijkers voluit, en op het moment dat ook de blazers inzetten voor wat extra plechtstatigheid, drukte hij er een tweede wafel bovenop, en sneed ze in twee helften. Het was een ritueel waar hij altijd weer vrolijk van werd. Van een derde wafel trok hij een klein stukje af en gooide het naar de onstuimige hond.

Hij legde de wafels weer naast de chocopasta en stopte de boter in de ijskast. Bij het openen van de deur merkte hij het opnieuw: daarbinnen stonk iets, maar wat? Hij snuffelde van compartiment naar compartiment, hij bestudeerde de paté en de kip curry, de twee grootste kanshebbers, die waren het alvast niet. Roger stond nog even roerloos naar de geelverlichte binnenkant te staren en deed toen de ijskast weer dicht. De hond keek hem zacht jankend aan. 'Nee, nee, niks van. Ge weet het heel goed: eentje, en dan gedaan.'

Hij nam een grote hap van zijn dubbeldekkerwafel en keek tevreden naar de klok: kwart voor vier. Hij had zijn middagdut gehad, en het was bijna tijd voor de televisie. Eerst nog even de krant erbij nemen. Tijdens het ontbijt bladerde hij erdoorheen om op de hoogte te zijn, 's middags las hij de stukken die hem terdege interesseerden. De hond ging op haar achterste poten staan en klauwde naar de krant. 'Ho-hond, af.' Het beest zette het op een licht verontwaardigd blaffen, net terwijl de commentaarstem op de radio vertelde wat de luisteraars hadden gehoord. 'Ik heb het gemist, zijt ge nu content?' Roger sloeg de bladzijde om. Hij ging nog zo'n wafel prepareren.

Dat hij met die schoothond zat opgescheept was zo'n beetje het enige wat hem eigenlijk best zwaar viel. Vooral als het regende, en hij evengoed drie keer per dag de straat op moest. Wat hem betrof mocht dat beest rustig in de tuin haar behoefte doen, hij zat er zelden en een gepensioneerde tuinman onderhield de boel voor een prikje, maar zijn vrouw zaliger had het dat mormel zo gewend gemaakt: een ochtend-, een middag- en een avondwandeling. Hij had geprobeerd om het de hond weer af te leren, maar ze bleef volhouden: rondjes draaien, tegen hem opspringen, janken, blaffen, veel erger dan snel even de straat op en af lopen. En het was ook niet slecht voor hem, dat wist Roger wel, een mens moet toch blijven bewegen.

Het was haar hond geweest. Hij vond het eigenlijk maar niks, dieren in huis, daar had je lang niet altijd controle over, en dat kon hij in het algemeen niet uitstaan. Maar hij was uiteindelijk toch gezwicht, toen, met die toestand met Sophie. Ze moest iets hebben om voor te zorgen, vrouwen zijn zo. Zijn echtgenote stierf te jong. Tumor in de lever, uitzaaiingen. Een paar maanden na de diagnose hield ze het voor bekeken. En toen zat hij ermee, natuurlijk, met die hond. Had hij geweten dat ze nog maar zo kort bij hem zou zijn, hij had nooit toegegeven, en hij was zeker gaan dwarsliggen toen ze het beest ook nog Tammy wilde noemen. Hij geneerde zich kapot als hij haar moest roepen, in het weekend, als hij naar zijn stacaravan aan zee ging en zij in de duinen los mocht van de riem. Dit specifieke genre hond dan ook nog, alles met zo veel haar was een anomalie, en het formáát. Als een vrouw met zo'n groot uitgevallen hamster rondloopt, denkt niemand er wat van, maar als een kerel het doet... Een man moet toch zijn reputatie hooghouden.

Hij was wel gestopt met dat dure eten te kopen. Zij liet alle logica verlammen door liefde als het op dat kleine kreng aankwam. Hem ging het niet alleen om dat geld. De porties van die dure potjes waren te groot voor één keer, en dan moest het overschot in de ijskast bewaard, tussen zijn paté en zijn kip curry, dat had hij altijd wansmakelijk gevonden. Droge brokken van de supermarkt, de goedkoopste, dat kreeg ze en daarmee basta. De eerste dagen had ze mokkend naast haar bakje gelegen. Maar in dezen wist hij dat ze wél zou zwichten. Beesten, dat vreet alles, als het maar genoeg honger heeft. En ook al was hij met het wandelen overstag gegaan, hij was de baas en niemand anders, zoveel mocht duidelijk wezen.

Bijna halfvijf, zag hij. Nog even en dan was het tijd voor zijn eerste programma. Hij begreep niet dat er vandaag de dag nog mensen bestonden die zich verveelden, met al wat de televisie zomaar in je woonkamer bracht. Hij programmeerde zijn twee videorecorders om alles te kunnen zien wat hij interessant vond, en soms moest hij toch nog verscheurende keuzes maken. Voor zo meteen had hij nog twee quizzen, een documentaire en een aflevering van een lang niet onaardige fictiereeks klaarstaan. Hij zag ze graag bezig, die mensen van die serie, zij konden er nogal een potje van maken, dat grensde aan het ongelooflijke. En alles trokken zij zich aan. Er werd wat afgejankt en geroepen tussen die bende, Roger moest er vaak smakelijk om lachen.

Hij geeuwde. Hij stond op en liep met zijn krant naar de berging bij de keuken, waar een doos stond voor het oud papier. Hij zou vandaag eens vroeg gaan slapen, dacht hij. Hij liep al een paar dagen vermoeider rond dan anders, hij wist niet goed wat het was. Hij schonk een pint in en staarde door het keukenraam naar buiten. Daar verdween de horizon tussen de rij hoge bomen, de lucht melkwit. Hij hield van de lente, alles jong en fris en nieuw. Het beginnen van de dingen, dat was vaak toch het mooist. Hij nam een slok, en likte het schuim van zijn bovenlip. Misschien had hij die tweede wafel toch beter niet gegeten. Hij greep naar zijn maag, al wist hij niet zeker of het ongemak wel daarvandaan kwam. Hij liet een ferme boer, dat luchtte op, enigszins toch.

De hond schurkte tegen zijn been aan, toen keek ze heen en weer van Roger naar de ijskast, alsof ze hoopte dat er vandaag eens vóór halfzeven zou worden gegeten. 'Maar nee, achterlijke, ik kwam alleen de krant bij het oud papier gooien.' Hij slofte weer naar de woonkamer. De hond bleef heen en weer trippelen in de keuken, hij hoorde het aan het getik van nagels op de stenen vloer. 'Kom hier gij. Met u druk te maken komt ge nergens in het leven. Leg u er maar bij neer, ik bepaal hoe de dingen gaan. Kom dan.'

De hond kroop uiteindelijk braaf in haar mand, Roger ging in zijn ligstoel zitten en klapte de rugleuning naar achter, zijn drie afstandsbedieningen lagen klaar, zo was het goed. Roger zette de televisie aan, regelde het volume, lekker luid, en dan de video. Toen de begintune klonk, met dat liedje dat zijn vrouw zaliger altijd meeneuriede, moest hij aan haar denken. Niemand die wist wat hij van haar allemaal had moeten verdragen. Hij keek even naar haar foto die ingelijst op het kastje stond, die had hij van de buren gekregen. Toen schetterden de laatste tonen door de kamer en richtte hij zijn blik weer op het scherm, het ging beginnen. Hij schuurde zijn schouders behaaglijk tegen de rugleuning aan, hij was er klaar voor.

TWEE

Of ze mochten binnenkomen, vroegen ze. Wat kon ze zeggen? Het klonk niet als een echte vraag, eerder als een beleefd bevel. Misschien dacht Sophie dat alleen maar door hun uniformen. Zij had het nooit begrepen, dat 'de politie, uw vriend'-idee. De weinige keren dat ze met hen in aanraking kwam, verliep het contact geenszins op een manier die uitnodigde tot samen Duvel drinken.

Een keer zat ze achter het stuur te bellen omdat het gesprek belangrijk was en haar carkit van meer dan driehonderd euro iedereen deed klinken alsof hij in Tadzjikistan zat. De agent die haar aanhield vroeg of ze misschien dacht de uitzondering te zijn, iemand die boven de wet stond? Hij keek erbij alsof hij een hekel had aan uitzonderingen in het algemeen en aan mensen die zich uitzonderingen waanden in het bijzonder. Voor ze de kans kreeg zich te verontschuldigen, had hij zijn betoog al voortgezet: of ze misschien niet besefte dat ze niet alleen haar eigen leven, maar ook dat van andere weggebruikers in gevaar bracht door een wagen te besturen terwijl ze niet gefocust was op het besturen van de wagen. Al zijn misschiens deden vermoeden dat hij er rekening mee hield dat ze wel degelijk wist dat ze iets verkeerds deed, en dat de medemens haar toch kon schelen, maar ook dit keer gaf hij haar geen kans om iets terug te zeggen. Hij haalde zijn boekje tevoorschijn, en deelde mee dat hij een boete uit ging schrijven. Hij vroeg haar papieren. Zij voelde zich weer vijf. Figuren die zichzelf autoriteit toedichtten, wie het ook waren, die deden nog altijd iets met haar.

De tweede keer had ze haar auto op een brede stoep geparkeerd. Er kon nog altijd een mama met aan elke hand een kind voorbij, wat op zich geen excuus was, dat wist zij ook wel, maar ze moest belachelijk dringend plassen. Al twee keer was ze het blok om gereden, en ze kon maar geen parkeerplaats vinden op wat in deze omstandigheden kon doorgaan voor een haalbare wandelafstand. Net toen ze uitstapte, stopte er een agent op een fiets. Ze vermoedde meteen dat hij erger zou zijn dan zijn collega's op motors of in auto's, omdat hij er vast zo eentje was die tijd had. Ze probeerde hem haar probleem duidelijk te maken, en zei zo vriendelijk als haar op knappen staande blaas het toeliet dat hij alvast de boete kon schrijven en dat ze zo weer terug zou zijn, als ze eerst maar heel even binnen naar het toilet kon. Hij keek haar verongelijkt aan, alsof hij deze arrogantie zelfs niet zou verdragen als ze binnen even een hartaderbreuk moest gaan krijgen. Hij begon aan een toespraak die naar haar gevoel een kwartier duurde. De dag nadien had ze een blaasontsteking.

En nu stonden ze daar: een man en een vrouw met pistool en wapenstok bungelend aan hun riem, en ze wilden tegelijk haar huis in. Ze deed met tegenzin de deur open en leidde hen naar de woonkamer. Terwijl ze stond te twijfelen of ze hun moest vragen of ze iets wilden drinken, zei de vrouw: 'Misschien moet u even gaan zitten.' Het leek haar heel raar om te gaan zitten terwijl zij gewoon bleven staan, fier rechtop, alsof zij hun beroep op elk bewaakt én onbewaakt moment eer aan wilden doen. En als ze hun vroeg om plaats te nemen, dan moest ze hun zeker iets aanbieden. Ze zag de inhoud van haar ijskast voor zich en hoopte dat het zover niet zou komen.

Sophie zweeg, ze maakte haar nek lang, rechtte haar schouders, alsof dat zou helpen. Toen zei de vrouw, bedrukt: 'We hebben vervelend nieuws voor u.' Ze draaide zich naar de andere agent, alsof ze bij hem wilde peilen hoe groot hij de kans inschatte op een hysterische reactie en of er dan, volgens de opleiding die ze hadden gekregen in het voeren van slechtnieuwsgesprekken, een manier was om dat risico in te dammen. De man knikte bemoedigend, en de wat muizige vrouw zei: 'Het gaat om uw vader. We hebben hem gevonden.' Ze nam een adempauze, alsof ze even wou checken of ze wel werd begrepen. 'Hij is overleden.' Ze perste haar lippen op mekaar, duwde haar hielen even van de grond en keek naar beneden. Sophie zag alleen nog haar kepie, haar mond en haar kin, een raar beeld.

De collega schraapte zijn keel en ging bedaard verder: 'Hij is gevonden na een oproep van een buur. Uw vader had 's ochtends noch 's middags de hond uitgelaten, wat hij blijkbaar klokvast deed, dus waren de buren gaan aanbellen. Ze kregen geen gehoor, maar de hond ging wel tekeer achter de nog ongeopende gordijnen. Ze voelden dat er iets niet klopte, en hebben toen alarm geslagen. Ze hadden uw gegevens niet, daarom belden ze ons. Vervolgens zijn wij ter plaatse gegaan, hebben de voordeur geforceerd, en vonden mijnheer in bed, in zijn pyjama.'

Sophie vroeg zich af waarom die agent de pyjama vermeldde. Nu zag zij de pyjama meteen weer voor zich, in slobberende badstof, bordeaux of grijs of kakigroen, rafelig aan de randen. Hij droeg al zijn hele leven dezelfde, ook omdat ze makkelijk tien tot vijftien jaar meegingen, vond hij. En een hond? Haar vader?

'De precieze doodsoorzaak is nog niet bekend, maar naar vermoeden heeft hij niet geleden. Hij lag er eigenlijk ontspannen bij.' Sophie probeerde zich voor te stellen hoe ontspannen iemand erbij kon liggen die al stijf geworden was. 'De buren hebben gelukkig snel en alert gereageerd, en het raam van de slaapkamer stond open, en dat met de temperaturen die nog altijd aan de winterse kant zijn, afijn, mijnheer is nog...' De man aarzelde even, alsof hij een beter woord zocht dan datgene wat op zijn tong lag, 'toonbaar.' De muis keek hem wat verwijtend aan, alsof hij hiermee gezondigd had tegen de regels van de opleiding slechtnieuwsgesprek.

'Neemt u maar even een momentje om tot uzelf te komen, het moet wel een schok zijn, zo'n bericht.'

Een schok? Sophie had geen idee. De agenten vonden haar zwijgen ongemakkelijk, of het uitblijven van tranen, misschien, dat kon ze aan hen zien.

'Het klopt dat u enig kind bent? En dat uw moeder al is overleden?'

Sophie knikte.

'Zijn er nog tantes of...'

'Nee. Alleen ik.'

Ze hoopte dat het bezoek stilaan voorbij was, ze wist toch wat ze moest weten nu.

'Hoe oud was uw vader?'

De vrouw bleef er blijkbaar van uitgaan dat Sophie het prettig vond om heen en weer te kletsen, ondanks de overduidelijke bewijzen van het tegendeel.

'Euhm, hij kreeg mij op zijn vijfendertigste en ik ben eenendertig, dus zesenzestig, ja, dat klopt.'

'Oei, zo jong nog.'

'De goeien gaan altijd eerst,' zuchtte de collega erachteraan.

Sophie beet op haar lip. De agenten keken naar haar alsof er overal glas lag en zij met blote voeten klaarstond om erin te trappen.

Ze vroeg zich af hoe zwaar die twee stonden te oordelen. Dat ze niet meteen de leeftijd van haar vader kon zeggen, dat ze niet bevestigde dat hij jong was en dat de goeien altijd eerst gaan. Dat haar vader gevonden moest worden door de-deur-inbeukende politiemensen die zich ook leukere dingen konden voorstellen dan op zoek te moeten gaan naar een lijk. Ze gokte dat vooral de spichtige vrouw zo haar gedachten had. Zij leek haar iemand die bij de politie was gegaan omdat haar vader ook zijn leven lang met trots had gediend.

De agenten bleven met hun neutraalste gezichten naar haar kijken.

'De buren hebben zich tijdelijk ontfermd over de hond, wij hebben hun gegevens voor u zodat u contact met hen kunt opnemen.'

'Zal ik doen.'

Ja, wat was dat met die hond? Haar vader had een hekel aan dieren. Hoe hard ze ook gezeurd had als kind om een kat, omdat ze om een hond niet eens durfde te vragen, en daarna om een konijntje dat buiten kon zitten, of desnoods alleen maar een waterschildpad.

'Bent u op de hoogte van de verdere procedure?'

Sophie schudde bedeesd van nee.

Zij keken alsof ze dat wel hadden verwacht.

'Mogen wij misschien even gaan zitten?'

'Euhm, excuseer, ja, natuurlijk.'

De vrouw nam haar pet af. Ze had onverwacht veel karamelkleurig haar in een door de kepie in de war gestuurde dot. Sophie zag haar denken: niet alleen een slechte dochter, maar ook nog een slechte gastvrouw. Ze trok twee stoelen naar achter, en vroeg of ze hun plezier kon doen met een Duvel, of een Fristi. Ze wou er wel bij lachen, maar dat lukte niet.

DRIE

Sophie wist niet meteen of ze hem wel wou zien. Toen haar moeder was gestorven, had ze spijt van dat groeten de dag nadien. Doden zijn niet meer de mensen die ze waren, alsof wat hen definieerde samen met alle warmte uit hun gezicht verdween. Een vriendin van haar zei hoe mooi ze dat juist vond: de mens ontdaan van alle willen en moeten en vrezen en wensen. Toen ze daaraan terugdacht had ze beslist dat ze dat misschien toch moest komen bekijken: haar vader ontdaan van alle impulsen.

Ze stond naast de draagbaar waar ze hem op hadden gelegd. Een grijswit laken met ingestreken kreukels omlaag geplooid vanaf de navel. Ze keek naar hem, naar de stilte die hij was geworden. En toch dacht ze dat ze ze nog zag, zijn wensen en zijn wil. Achter die gesloten oogleden, in dat dunne van zijn bovenlip, in zijn handen. Korte, brede vingers, de vingertoppen ergens tussen blauw en zwart, dofgouden trouwring, bruinige vlekjes. Ze wilde er eigenlijk niet naar kijken, naar die handen.

Sophie had het koud. Ze droeg nochtans thermisch ondergoed en een dikke trui. Ze vroeg zich opeens weer af waarom ze eigenlijk was gekomen. Ze had hem bijna twee jaar niet gezien, behalve dan op de begrafenis van haar moeder. Gemeld dat ze tijd voor zichzelf nodig had, dat ze wel een keer terug zou komen, maar niet wist wanneer. Omdat ze het niet durfde te zeggen toen, ook niet tegen haar moeder. Als ze hem zag werd ze weer het meisje dat goed voor hem wou doen. Het verleden was een dwingeland. En juist nu ze de paar voorbije maanden voorzichtig begon te denken dat die dag zou komen, was het onherroepelijk te laat.

Sophie weerstond de aandrang om weg te lopen. Ze keek inventariserend om zich heen. Geen ruimte die ontworpen was om mensen een behaaglijk gevoel te geven. Vuilblauwe tegeltjes aan de muren, grote witte op de vloer, centraal een kille inox tafel, met vlakbij een groot uitgevallen afvoerputje. Drie vuilnisbakken, prominent gepositioneerd, alsof het de mooie vazen waren die ze alle bezoekers wilden tonen. Tegen de wand een saai keukenmeubel, met een amalgaam aan flacons op het werkblad. En daartussen haar vader, op een brancard op wielen. Alles baadde in een overdosis tl-licht, alsof dit de plek was waar je alles goed moest kunnen zien. Ze keek naar de vreemde kleur van de make-up op zijn gezicht, naar zijn kleine gestalte. Hij was veel kleiner dan in haar gedachten, waar alles aan hem groot was, en overdadig, alsof ze dat perspectief uit haar late kleutertijd nooit had kunnen bijstellen.

Sophie vond het nog altijd moeilijk om zo over hem te denken, besefte ze. Het is onnatuurlijk om niet meer te mogen houden van een vader. Het is vreselijk om het ondanks alles toch te blijven doen. Alles wat ze dacht te weten wankelde. Dat was het ergste, vond Sophie, de schaamte die voortkwam uit nooit helemaal zeker kunnen zijn, bij gebrek aan harde bewijzen, al wees eigenlijk alles zo overduidelijk in die richting. Hij zou sowieso hebben ontkend, dat wist ze wel. Had ze de moed gevonden om het uit te spreken tegen hem, dan zou dat alleen maar zijn geweest om te zien hoe hij zou kijken. Want liegen met woorden is zoveel makkelijker dan met ogen.

Ze had gehoopt dat hij toch al een pak zou dragen, maar dat was vast iets wat zij nog moest bezorgen. Zoals zij ook de begrafenis moest regelen. Ze dacht aan de mensen die ze uit moest nodigen, de zaal die ze moest boeken voor nadien, het gesprek met een priester die wat fijne anekdotes wou horen om te kunnen gebruiken in zijn welkomstwoord. Alleen al het idee van handen schudden met buren, mannen van de biljartclub, vrouwen van het dorp die haar al zo lang niet meer hadden gezien. Zij zag de verwijten in de blikken, hoorde de scherpe vragen, voelde de beschuldigingen van hen die niks wisten en die meenden, zoals de meeste mensen, dat ze er evengoed iets van mochten vinden, al was het dan in stilte.

Haar vader ging nooit naar de mis, maar hij had het haar lang geleden allemaal uitgelegd: hij wilde niet gecremeerd worden, hij wilde een dienst in de kerk. Hij zou een lijstje in de kluis stoppen, de code was haar geboortedatum, zodat ze dat onmogelijk kon vergeten, met de mensen van wie hij wilde dat ze zouden speechen, en met de muziek. Zeker was dat het *Ave Maria* moest gespeeld, en *Panis Angelicus* van die componist met een G waarvan hij de naam altijd weer vergat, maar hij zou dat allemaal opschrijven voor haar. Zij moest dat regelen, want als ze dat overlieten aan haar moeder, dan, tja. Hij had samenzweerderig geglimlacht, weer een geheim dat zij twee deelden.

Sophie beet de nagel van haar duim los aan de zijkant, en trok hem eraf, en toen die van haar wijsvinger. Ze keek met afschuw naar haar vingers, en stak haar handen onder haar achterste. Ze gooide haar ene been over haar andere, en dan omgekeerd. Ze moest denken aan die hond. Alleen al het idee dat ze nu voor zijn huisdier moest zorgen. Ze ging weer staan, overwoog om het hem nu alsnog te zeggen, ook al kon hij het niet meer horen, die paar zinnen die ze voor eeuwig leek te hebben ingeslikt. Ze ademde in, ze keek naar hem, ze kon het niet. Of durfde niet. Of wou het niet. Ze wist het niet. Ze keek naar zijn gesloten ogen en voelde haar kaakspieren opspannen. Hij was er gewoon mee weggekomen, een almachtige vader, een gerespecteerd man tot de dag dat hij doodging. Dat besef: een uitslaand vuur, een steen door een raam, een bijl die hakt.

Haar oren suisden. Ze keek naar hem, naar dat ontblote bovenlijf, lange grijze haren op zijn borstkas, bruine vlekjes op zijn huid. Niks van dat alles wilde ze zien. Ze zuchtte schokkerig, liep een rondje om hem heen. En opeens trok ze het laken tot over zijn gezicht, ze haalde de rem van het linkerwiel, nam de brancard bij de uiteinden en begon te duwen. De klapdeuren gaven uit op de parking waar haar oude stationwagen stond.

Ze liep koortsig door tot bij haar auto, ontgrendelde de deuren, duwde de achterbank naar beneden, opende de klep achteraan, reed de draagbaar tot tegen de laadbak en duwde haar vader naar binnen. Ze stompte en sleurde. Een zuil van steen, zo'n lijf, onmogelijk te hanteren. Het laken bleef haken, ze moest in de auto kruipen om hem er helemaal in gesjord te krijgen. Ze trok het recht, en stopte het met haar vingers onder zijn rug en benen. Het voelde zo vreemd om hem aan te raken, zelfs met stof ertussen.

Sophie knalde de klep dicht, kroop gejaagd achter het stuur en startte, de stereo sprong vanzelf weer aan. 'I need another place, will there be peace', een van haar favoriete nummers, ze zette het meteen weer af. Ze gaf te veel gas, zwaaide wild de straat op en daar reed ze, met haar dode vader, zomaar door de straten waar hij zo vaak had gelopen. Het schemerde al, de hemel tussen donkerblauw en zwart, de kleur van zijn vingertoppen. De straatlantaarns sprongen aan, als hoop die plots begon te gloren. Ze moest het dorp uit, naar de grote weg, en van daaruit verder.

Ze probeerde te focussen op het rijden. Richting aangeven, rustig inhalen, geen gekke dingen. Wat was ze in hemelsnaam aan het doen eigenlijk? Ze greep het stuur met beide handen stevig vast, ze voelde haar hart kloppen in haar hals. Dit sloeg helemaal nergens op, ze moest omdraaien, teruggaan, hopen dat ze nog niks hadden gemerkt, hem terugrollen naar die onderaardse kamer en hem daar opnieuw parkeren, uit het oog. Terwijl ze dat dacht, zij die niet kon denken, trapte ze op het gas. Ze reed rechtdoor, nam een scherpe bocht. Wat ontbrak was storm en regen, water dat buiten oevers trad. Ze volgde pijlen naar de snelweg.

Toen ze de oprit nam, richting de kust, dat ging vanzelf, alsof ze het altijd al had geweten, begreep ze het. Voor één keer was zij het, zij die zou beslissen, alsof haar leven echt van haar was. Ze zag de witte lijnen op het asfalt, sporen om te volgen, naar daar waar zij aan moest komen straks.

VIER

Ze waren er vaak, vroeger, aan zee, in hun stacaravan in park Hof Ter Duinen, elk weekend en op vrije dagen, hele weken tijdens vakanties. Haar moeder deed niks liever. Ze maakte er lange wandelingen langs de vloedlijn, in haar eentje, en met de vriendinnen die ze daar had gevonden dronk ze bijna elke middag koffie, gebak erbij, of soms iets sterks. Ze wist hoe gek Sophie was op haar vader, zei ze, zij gunde hun die tijd samen, zij voelde zich niet beledigd, als moeder. Sophie herinnerde zich de blik die daarbij hoorde.

Ze nam de afslag, haar maag trok samen, ze was hier al zo lang niet meer geweest. Ze zag de lelijke nieuwbouwappartementen, de kerk die in de stellingen stond, de ingedutte hotels met ouderwetse namen, de tavernes met posters van mosselen op de ramen. Hier was te veel tijd akelig stil blijven staan. Ze reed een smalle zijstraat in, parkeerde op de hoek en stapte uit. Zij wist wat ze moest doen, onderweg had ze dat zo bedacht, zij was handiger dan veel kerels, altijd al geweest. Ze nam de krik uit de laadbak, daarmee kon ze de klus wel klaren, dacht ze. Ze spurtte de dijk op, hopend dat de eerste strandcabines er al zouden staan. Ze nam de trap naar het strand, banjerde in een rotvaart naar beneden. De zee, een en al geglinster, trok zich terug.

Meteen vijf, naast elkaar. Er kwam wat wrikken bij kijken, maar het waren deurtjes van niks, ze had er snel eentje open. Ze duwde de opblaaskrokodil opzij en nam de grootste schop die ze kon vinden, duwde het deurtje zo goed mogelijk dicht en rende terug naar de auto. Hijgend kroop ze achter het stuur. Alsof ze achtervolgd werd en elke seconde telde. Ze moest nog een stukje verder rijden, en dan naar links.

Ze zag de camping al van ver. Het bord met Hof ter Duinen, in sierlijk rood geschilderde letters, een tikje verweerd door zout en wind, rusteloos wiebelend boven de ingang. Het kleine houten huisje dat fungeerde als onthaal, kantoor, EHBO-station en winkeltje waar ze een lolly mocht gaan kopen als ze braaf was geweest. Als ze nu nog maar een lolly zag, keerde haar maag, dat ging vanzelf. Ze reed traag langs het domein. Al die identieke stacaravans in keurige rijen met geheime gordijnen en bloemen in bakken. De hunne lag dieper het terrein op, bij de vijver.

Sophie dacht aan de klaprozen die ze plukte in de berm, en hoe die dan meteen verlepten, wat broos was kon nooit winnen. Ze probeerde niet stil te staan bij de waanzin van haar vlucht, ze probeerde niet te begrijpen wat ze deed, ze reed alleen maar dieper en dieper de duinen in. Opeens knalde ze omhoog, een drempel. Ze hoorde een bonk achterin, keek snel even over haar schouder, ze hoopte maar dat het laken nog over hem heen lag. Wat verderop was er een kleine parking, daar zou niemand zijn op dit uur. Ze draaide de weg af, kwam tot stilstand, trok de sleutel uit het contact, voelde haar vader achter haar en hapte, misselijk en mismoedig, naar adem.

Er scheen wat licht schuw van de lantaarn tot in de duinen, veel had ze niet nodig. Ze stapte om de duin heen, stak de schop in het losse zand en gooide het opzij, en dan opnieuw. Op een halve meter diepte werd het zand natter, harder. Haar rug protesteerde, maar zij bleef doorgaan. Zij zag alleen maar zand. En toen dat ene beeld. En ze voelde de hand weer op haar mond, ze hoorde haar eigen gesmoorde roepen, een stille sirene die niemand had bereikt, ze rook die hand die stonk naar sigaretten en iets wat ze niet kende.

Meestal geloofde ze wel dat het dat meisje op die foto was overkomen, zij die in een rode bikini in de duinen speelde met een schepje en een emmertje, zij die op elke foto samen met haar vader door hem werd aangeraakt, een knie in een rug, een been tegen een bil, een hand om een arm. Dat meisje wel, maar haar toch niet. Er zijn zo veel soorten weten.

Sophie ademde zwaar, het gat werd almaar dieper, maar het was nog lang niet diep genoeg. Plots fel licht in haar gezicht.

'Mevrouw.'

Ze zag een zaklamp, en daarboven de silhouetten van mensen met kepies. Politie, twee keer in een week, dit kon niet waar zijn.

'Is dat uw voertuig daar, mevrouw?'

Ze klonken best vriendelijk, maar Sophie stak de schop weer in het zand, zij was een put aan het graven, en daar had verder niemand iets mee te maken. Ze voelde het zweet in haar nek. Zij ging niet antwoorden.

'Mevrouw, kunt u misschien even ophouden met wat u aan het doen bent?' Het klonk beleefd, maar evengoed niet als een vrijblijvende vraag.

De mannen daalden af, kwamen naast haar staan. Ze gooide een schop zand op de berg links van haar.

'We zouden graag willen dat u rustig even met ons meeloopt naar de wagen.' Sophies haar was losgekomen, het hing in slierten over haar gezicht, ze blies het weg, ze liet de schop niet los. Ze keek hen aan, deze dienaren van de wet. De wet die amper iemand kon beschermen.

'Geeft u die misschien even aan ons, dan praten we verder op de parking, daar is meer licht,' de agenten gebruikten hun zachte stemmen, als om de dieren in de duinen niet wakker te maken.

'Ik wou gewoon...'

Sophie zocht naar woorden, maar wat kon ze zeggen? Wat viel er te zeggen over een leven dat haar al een leven lang in de weg zat? Over dat wat niemand kan begrijpen, zelfs zijzelf niet. Over een vader die nooit doodgaat, omdat hij in jou is gaan wonen, omdat je vreest dat je eeuwig moet proberen om niet hem te worden. Over eenzaamheid met grote klauwen. Over angst die altijd terugkomt, in wisselende gedaanten, als ratten die de buit nu eenmaal hebben geroken.

'Kom maar.'

De ene politieman raakte haar schouder aan, heel even. Ze voerden haar mee tot bij haar auto.

'Vertel ons eens wat er hier aan de hand is.'

Ze keken eerder bekommerd dan berispend, vond Sophie. Die ene had best vriendelijke ogen en een onzekere snor, de andere, ouder, met opvallend lichte ogen, keek afwachtend. Ze hadden geconcentreerde blikken, alsof ze het echt wilden weten, wat er aan de hand was. Sophie bleef hen aanstaren. En plots barstte het los. Voor het eerst sinds het nieuws kon ze huilen, tranen liepen geruisloos langs haar wangen. Ze veegde de haren uit haar gezicht, en deed wat ze nooit gedacht had nog te zullen doen: ze antwoordde twee wildvreemden op die vraag. Ze sprak de zinnen uit die zo diep begraven zaten. Ze zei ze zakelijk bijna, alsof ze zeker wist dat zij haar gingen geloven. Even viel ze stil, ze dacht aan het kleine meisje dat zij toen was, het kleine meisje met het schepje en de emmer in deze duinen. 'En het was niet mijn schuld,' voegde ze er nog aan toe.

Sophie liet zich zakken op de motorkap. Ze keek achterom naar de schim in de laadbak van haar wagen, een dode man onder een laken, een vader die niks meer kon nu, ze proefde het zout op haar lippen, voelde de zware grond onder haar voeten, ze wendde haar blik weer af. Ze was nog nooit zo moe geweest. Ze keek naar de monden van de agenten en hoe die bewogen, naar de schop in de hand van de politieman, naar de sterreloos zwarte hemel. Er krijsten meeuwen in de verte, ergens schreeuwde een kind dat werd gehoord.

terwijl hij zich probeerde voor te doen als mens
onder de mensen

EEN

Hij probeerde zijn ogen dicht te houden, want zolang hij ze niet opendeed, was er niet weer een nieuwe dag. Dolo trok de deken over zijn oren, hij had het koud. Naar zijn gevoel had hij het al negen jaar lang koud, al van toen hij hier van die boot was gestapt. Hij wist het nog goed. Het was ochtend, mistig, grijs, en opeens begon het te hagelen. Om hem heen leek al dat water over te koken, zo kwaadaardig kletste de hagel naar beneden. Hij schrok ervan, maar Varma moest er keihard om lachen, hij was blij dat ze meteen getrakteerd werden op iets wat ze nooit eerder zagen. Toen bekeken zij alles van de vrolijke kant. Toen waren ze jong en geloofden ze dat de wereld nu eindelijk aan hun voeten lag, nadat ze achttien dagen hadden overleefd tussen de cacaobonen. Ze hadden koekjes, gedroogde vis en brood meegenomen, waar ze heel zuinig mee waren geweest, en toen het water na negen dagen op bleek, vonden ze een douche waar ze konden drinken van de lauwwarme waterstraal zonder dat ze werden betrapt. Zij moesten het geluk wel aan hun kant hebben.

Daar waar zij geboren waren, probeerde ongeveer iedereen weg te komen. Maar zij hadden het gehaald. Ook al stonken ze erger dan zieke dieren deden, ze voelden zich nooit eerder zo onoverwinnelijk als toen ze daar stonden, op die kade, klaar voor dat fonkelnieuwe leven. Zo zouden ze zich nadien ook nooit meer voelen, maar dat wisten zij nog niet. Zij hadden geen vermoeden van de narigheid die hun wachtte. Zij beseften niet dat mensen die hun eigen kinderen nooit ofte nimmer naar hun land zouden sturen, toch hadden beslist dat daaruit wegvluchten niet gepermitteerd was.

Dolo's hoofd bonsde, zoals meestal, bij zijn slapen. Er bestonden pillen tegen, maar die had hij niet. Hij legde een koude hand op zijn voorhoofd, wat niet hielp. Hij voelde zich versleten, uitgewoond, onbruikbaar, al had hij onlangs nog maar zijn eenendertigste verjaardag gevierd. Nu ja, gevierd. Naast hem liet Remzi een wind, een hele serie eigenlijk, gedempt geratel van een mitrailleur, ongegeneerd gelost onder een schrale deken, en dat in deze kleine kamer waar ze met zijn vieren sliepen. Er was amper plaats voor vier matrassen, overdag werden ze rechtop tegen de muur gezet om toch een beetje beweegruimte te creëren. Maar ze hadden een dak boven hun hoofd, voorlopig was er nog elektriciteit en stromend water, zij mochten niet klagen. Zelfs niet over de eeuwige scheten van Remzi.

Yasir en Zemar waren altijd vroeg op, en dan verdwenen ze samen. Dolo vroeg zich af wat zij buiten deden hele dagen, maar hij kon het hun niet vragen, ze spraken mekaars taal niet. Hij ging alleen de hort op als het echt moest. Meer dan zon of wind of regen voelde hij angst als hij door de straten liep. Een prooi, wachtend om verscheurd te worden. Wie almaar bezig is met niet gevonden mogen worden, krijgt op den duur sowieso het gevoel dat hij wel iets fouts moet hebben gedaan.

Dat een leven zonder papieren even hachelijk was als een leven tussen machetes en geweren zou hij nooit geloofd hebben als iemand hem dat vooraf had voorspeld. Met zijn vader was het ook zomaar opeens gebeurd. Het leek een dag als alle andere. Heldere hemel, verzengende hitte, in de verte het schreeuwen van de gierzwaluwen. Opeens hoorden ze iets. Zijn vader was naar buiten gestapt, had twee mannen gezien en gevraagd wat ze kwamen doen, rustig, beleefd. Wie hij misschien wel was, wilden zij op hun beurt weten. 'De eigenaar van deze grond,' had hij geantwoord. Daarop richtte die ene zijn geweer en vuurde een kogel af, zonder aarzelen, alsof hij een jas weghing, of een glas neerzette, met die achteloosheid. Dolo zag zijn vader neervallen, voorover, met zijn gezicht naar beneden in de stoffige grond.

Dolo bleef onbewogen daar, in de deuropening. Vliegen zoemden, de zon brandde. Hij had geen moed getoond, hij was doodstil blijven staan tot de mannen compleet uit het zicht verdwenen waren. Pas toen was hij naar hem toe gelopen, om zich heen kijkend, onzichtbaar rillend. Hij zag de zool van zijn vaders voet, bleek en grijs van het zand, dan zijn been, in een vreemde hoek geplooid, zijn brede schouders, zijn achterhoofd met zijn korte haar, de twee diepe rimpels in zijn nek, en daarna bemerkte hij ook het bloed, een donkere plas in het zand, zwart bijna. Alsof zijn hoofd hem maar met vertraging toestemming gaf om alles in zich op te nemen.

Dolo staarde naar zijn vader die daar zo lag, en hij wilde geloven dat het alleen maar een kwestie van wachten was. Wachten tot hij op zou staan en iemand de kogel eruit zou halen, de wonde verbinden, en dat hij dan nog even rustig aan moest doen, maar niet eens zo lang. En dat hij later nog vaak zou vertellen over die keer toen ze op hem hadden geschoten, een spannend verhaal voor in het donker.

Dolo stond daar nog altijd toen zijn moeder kwam aangelopen. Ze keek haar zoon niet aan, kroop boven op zijn vaders lijf, en bleef daar liggen, alsof hij een bed was waar ze doodmoe in was neergezegen en nooit meer uit zou opstaan. Zijn bloed kleefde aan haar armen en haar handen en er zat een bruinrode veeg op haar gezicht. Dolo had niet ingegrepen, alleen gekeken. Daarna had hij twintig dagen lang geen woord gezegd.

In de kamer naast hen begon Ismaël te huilen. Een grappig jongetje, zijn haren te lang, zijn kleine oren lager dan je ze zou verwachten, zijn ogen glimmend van aangeboren nieuwsgierigheid. Hij lachte veel. Hij kon nog maar net lopen, en zelfs wanneer hij viel, wat veel gebeurde, bleef hij schateren, alsof hij aanvoelde dat iedereen hier wel wat vrolijkheid op de achtergrond kon gebruiken. Maar 's ochtends was er dat ene uur waarop er niks anders mogelijk leek dan tranen. Het was niet dat Dolo dat niet kon verdragen, kinderen waren nu eenmaal kinderen, maar het bevestigde wat iedereen wist: ze zaten hier met veel te veel.

In alle hoeken en spleten van dit pand woonden er mensen, en er kwamen er nog bij. Het gezoem van zo veel talen, het nooit aflatende geloop, de voortdurende strijd om de laatste kom rijst, de laatste stoel, het laatste woord, doodmoe werd hij ervan. Hij kon het niemand kwalijk nemen, hij had niet meer recht om hier te zijn dan eender wie van hen, maar toch keek hij ontzet toe als er een nieuweling werd voorgesteld, toch was hij kwaad op de jongen die mee kwam eten van hun eten, ruimte in kwam nemen waar er al lang geen ruimte meer was. Soms verdween al zijn mededogen. Dan wilde hij alleen nog wegduwen, om zich heen slaan, diegene naar de strot vliegen die hem in de weg zat. Soms werd Dolo gewoon bang van zichzelf.

Omdat ze met zoveel waren, moest iedereen zich houden aan de regels, strenger dan hij ze ooit ergens had geweten. Wie niet binnen was voor acht uur kwam het huis niet meer in. Wie twee nachten niet hier sliep verloor zijn matras. Maximaal twee minuten onder de douche, geen tweede portie eten, de overschotten werden gerecycled. En na tien uur geen lawaai. Wat doorging voor lawaai werd telkens beslist door de twee hoofdverantwoordelijken van dat moment, mannen die probeerden te bewijzen dat ze van belang waren. Dolo vond het tegelijk aandoenlijk en triest dat zij nog niet begrepen hadden dat geen van hen er ooit ook maar vaagweg toe zou doen.

Dolo schikte zich. Alles was tenslotte beter dan de straat waar je als man zonder papieren moest proberen om totaal te verdwijnen. Hij dagdroomde wel eens dat hij zelf mocht kiezen wat hij die dag zou eten, of dat hij door de straten liep en prettig aan de praat raakte met iemand die hem staande hield, dat hij in een comfortabel bed kon slapen in een kamer voor hem alleen. Maar dat wegwaaien probeerde hij te onderdrukken. Elke vlucht uit de realiteit maakte de terugkeer naar de feiten weer dat beetje ondraaglijker.

Hij strekte zich uit onder de deken. Hij ademde zwaar. Hij wou een sigaret, maar om te kunnen roken moest hij naar buiten, dus bleef hij liggen. Remzi stond wel op, kreunend traag. Hij krabde zich uitbundig, ergens, Dolo wilde niet weten waar. Hij kneep zijn ogen dicht, vechtend tegen al het licht dat binnenviel in deze ruimte zonder gordijnen. Hij wou nog niet beginnen, want wie niet begon hoefde ook nergens klaar voor te zijn.

TWEE

Als hij over straat liep, werd het erger. Het soort chronische paniek dat zich vastzet in de keel, dat de maag vol beton stort, de nekspieren vastschroeft. Wie almaar bang is om alleen te blijven is al eenzamer dan de eeuwenoude eik in de onmetelijke vlakte. Wie zo heftig vreest van nul en generlei waarde te zijn, die telt sowieso al niet meer mee. Dat is wat angst doet: het brengt de dingen binnen in je dagen, ook als ze louter projecties zijn over een mogelijke toekomst, of waanbeelden die in wezen geen grond hebben. Dat had iemand hem in dat ene opvangcentrum waar hij jaren geleden had gezeten ooit gezegd. Dolo had het wel begrepen, dacht hij, maar een gevoel verdwijnt niet zomaar even door te snappen wat voor effect het had.

Dolo moest wel naar buiten, nieuwe tabak halen, want niet kunnen roken maakte ook alles erger. Zijn keuzes waren er altijd tussen slecht en slechter. Wanneer hij andere mensen zag, normale mensen die hier familie hadden, en werk, en een huis, en geld, verwonderde het hem hoe achteloos zij door de dagen leken te lopen, kakelend over niks, lachend aan de telefoon, druk kauwend op een mondvol van iets, gapend naar die ene etalage. Vroeger was hij jaloers geweest op hen allemaal, nu ontbrak het hem zelfs aan die energie.

Dolo draaide de hoek om, en liep het steegje in. Hij zag verderop een man zitten. Smoezelige kleren, dunne benen, een lang gezicht, veel kroeshaar dat alle kanten op stak. Er liep een rilling langs zijn rug, een lijf weet altijd meer dan het verstand. Hij kende die man, toch? Dolo begon wat sneller te lopen, verrek ja, hij wist het zeker: het was Varma, hij was het echt. Dolo kon het nauwelijks geloven. Hoelang was het geleden dat zijn vriend werd opgepakt en Dolo elk spoor van hem bijster raakte? Dolo riep zijn naam. Zijn stem sloeg over. Varma richtte even zijn hoofd op en liet het toen lusteloos weer zakken, blik naar de straatstenen. Hij droeg geen schoenen, die lagen naast hem op de grond, in zijn sokken zaten gaten.

Dolo ging op zijn hurken bij hem zitten. 'Varma, ik ben het, Dolo, ik heb u gevonden, waar hebt gij gezeten?' het kwam er bijna aarzelend uit, zo lang had hij zijn eigen taal niet meer gesproken. Varma keek hem even schichtig aan, toen staarde hij weer naar zijn handen. Een paar vingers met zwart omrande nagels gleden langs de duim van zijn andere hand, op en neer, alsof daar een of andere logica in zat. Geen teken van herkenning. 'Alles oké, Varma?' Varma trok zijn knieën op en wiegde heen en weer. 'Het is Dolo. Varma?' Varma antwoordde niet, kroop nog wat verder weg achter zijn ogen.

Dolo ging weer staan. Iets in hem wilde liefst van al doorlopen, zichzelf wijsmaken dat hij hem had verward met iemand anders, doen alsof dit land niet ook zijn vriend te pakken had gekregen, niet Varma, de positieve van hen twee, degene die altijd toch nog iets bedacht als alle mogelijkheden uitgeput leken. Dolo knielde weer neer. Hij wilde de namen noemen van alle meisjes die ze ooit leuk hadden gevonden, hem herinneren aan zijn moeder en hoe ze kon gieren van het lachen als zij twee onnozel deden, zo hard dat de buren het ook konden horen, over zijn drie kleine broers, die altijd achter hen aan liepen en hen imiteerden in alles wat ze deden, aan hoe trots zijn vader was geweest toen hij aan kwam lopen met die koe die hij eindelijk had kunnen kopen. Als iets Varma uit deze catatonische toestand zou krijgen was dat het, dacht Dolo. Of niet, natuurlijk. Dolo wist ook dat juist die woorden scherpe tanden konden hebben.

Dolo had zijn eigen moeder in geen maanden nog gebeld. Hij wilde geen contact meer met het thuisfront, de schande was te groot geworden. Zelfs voor het goorste zwartwerk werd hij niet meer uitgekozen, de jonge gasten met meer branie kregen daar de kans, en de woekeraars gaven hem geen leningen meer. Het was zeker een halfjaar geleden dat hij nog eens geld op had kunnen sturen. Dat ze hem thuis voor een egoïst versleten was draaglijker dan dat ze hem zagen als wat hij was: een mislukkeling, een investering van drieduizend dollar die amper iets had opgebracht.

Dolo keek naar zijn vriend en verstomde nog voor hij had gesproken. Varma bleef wiegend zitten waar hij zat. Dolo sprong nog eens rechtop, een trekpop die maar twee bewegingen uit kon voeren. Hij zou niet tot hem doordringen nu, zoveel was pijnlijk duidelijk. Maar hij kon hem toch niet zomaar aan zijn lot overlaten hier, helemaal alleen, ten prooi aan de koude straten. Hem meenemen naar het huis, dacht Dolo, dat moest hij doen, misschien zou hij daar wel wat opknappen, met de hulp van de dokter, die ze mochten bellen in geval van hoge nood.

'He, Varma, kom eens overeind, kom,' hij haatte de toon waarop hij tegen hem praatte. 'Hé, kameraad, we gaan op stap, kom, opstaan, kunt ge stappen?' Dolo stak een hand uit. 'Ga maar met mij mee, ik ken een goeie plek, daar zijt ge veilig.' Dolo wist eigenlijk niet of dat wel klopte, maar nu was alles wat Varma zou kunnen overhalen toegestaan, als hij daar tenminste nog ergens huisde in dat lijf, de vriend die hij al zijn hele leven kende. Varma reageerde niet, bleef suffig voor zich uit staren. 'Daar is er eten en drinken, en er kan eens een dokter langskomen.' Hij greep Varma's hand beet. 'Dan zijn we weer samen.' Dolo probeerde hem in beweging te krijgen, Varma werkte geenszins mee, Dolo bleef aan hem sjorren.

Even keek Varma hem recht in de ogen, en toen rukte hij zich los. Hij vloog overeind, brullend, en stampte Dolo tegen zijn been, alsof hij een indringer was die het bezit kwam stelen dat Varma niet bezat. Dolo verloor bijna zijn evenwicht, deinsde achteruit. Maar Varma was alweer gaan zitten, alsof hij zelf al niet meer wist wat hij zonet nog had gedaan. Hij schuurde met zijn schouders tegen de ranzige muur, zette toen zijn schoenen naast mekaar, en ging er met zijn hoofd op liggen. Hij trok zijn benen op, stak zijn handen tussen zijn knieën en sloot zijn ogen.

Dit kon niet waar zijn. Dolo moest het nog één keer proberen. Hij raakte zijn rug aan: 'Toe, Varma, ge moet echt meekomen.' Varma rolde om, sloeg met zijn arm in de lucht, en zette het weer op een brullen, een ijzingwekkend geluid, ergens tussen gillen en grommen. Pas minuten later zweeg hij weer.

'Varma.' Dolo zei het heel stil. Hij bleef naar zijn vriend kijken, ontredderd, ontdaan, verslagen. Alsof alle hoop hem voor de zoveelste keer weer helemaal werd ontnomen. Vroeger had Varma zulke grote dromen, studeren ging hij, en dan werken en een goed leven mogelijk maken voor zijn familie en zichzelf en de drie kinderen die hij zou krijgen met de mooiste vrouw die hij kon vinden. 'Gij, een mooie? En dat gelooft ge zelf?' Dolo had hem vroeger zo vaak geplaagd.

Er landde een duif vlak bij Varma's hoofd, die arrogant in het rond begon te pikken. Dolo stapte erop af terwijl hij 'kssh' siste, het beest drentelde gestaag verder, verplaatste zich amper. Snertvogel. Smerig dier. 'Blijf weg van Varma,' zei Dolo, alsof dat de duif alsnog op andere gedachten zou brengen. Hij achtervolgde hem even zonder veel effect, en pas toen hij hem echt een schop wou gaan verkopen, vloog de vogel op. Eigenlijk vond Dolo het jammer dat hij hem niet had kunnen raken.

Hij keek opnieuw naar zijn vriend, zoals die daar lag, puin klaar om geruimd te worden. Toen zag hij zijn vader weer voor zich, zoals hij daar had gelegen. Hij kon niks doen, dat was bekend terrein. Hij fezelde zijn afscheid om Varma niet opnieuw te ontregelen. Terwijl hij doorstapte probeerde hij aan tabak te denken, die sigaret was dringend.

DRIE

Dolo zat in de hoek van de kamer zwijgend naar de muur te staren. Het was niet dat hij niet wou praten, hij wist alleen hoe langer hoe minder wat hij zou moeten zeggen. Het was zijn kwaadheid die de woorden opat. Mensen vroegen hem ook zelden iets. Niemand hield van boze mannen. Zeker vreemden niet, en er waren hier alleen maar vreemden.

'Dolo, doet ge mee?' Linda, een benige vrouw met waterig blauwe ogen, was een van de vrijwilligers uit de buurt. Haar tanden hadden de kleur van gezouten cashewnoten en haar handen roken naar uien. Ze droeg ruimzittende jurken met drukke prints die haar niet flatteerden, en halskettingen die ze zelf had gemaakt. Zij kwam almaar aanzetten met ingezamelde kleding, dekens en eten, ze zat hier meerdere dagen per week. Dolo was niet echt dol op

Linda, evengoed moest hij haar wel bewonderen om haar inspanningen voor dit zootje ongeregeld, en om de vragen die zij onvermoeibaar bleef stellen aan iedereen. Maar nu wilde hij niks, hoogstens nog meer roken. Hij speelde met zijn aansteker, dat moet er in de ogen van Linda hebben uitgezien als een verzoek om bezig te worden gehouden. Alles zagen ze hier.

Linda, die in zwijgen blijkbaar instemmen las, nam hem bij de arm en wees hem vriendelijk de tafel waar grote stukken karton lagen, klaar om te beschilderen, voor morgen, want dan gingen ze betogen. Dolo geloofde niet in vredige optochten, maar iedereen die hier verbleef werd verplicht om mee te lopen. De gemiddelde dadendrang van allerlei leiderstypes in dit huis was nog toegenomen sinds de eigenaar van dit pand naar de rechter was gestapt. Hij liet het jaren leegstaan, maar nu zij er waren ingetrokken, was het hem opeens weer erg gaan interesseren. Ze hadden er streng over gewaakt dat ze niet de minste overlast veroorzaakten voor de buurt, maar dat kon de man niet milder stemmen. Het was maar een kwestie van tijd voor ze met zijn allen weer op straat zouden staan, zoveel wist Dolo al zeker.

Hij keek naar de kinderen in de hoek van de kamer. Zij leerden woorden en zinnetjes scanderen die ze vast nog niet begrepen, en morgen zouden ze als mascottes worden uitgespeeld, zo was hun leven waar zij nooit om hadden gevraagd.

Dolo zat naar de potten verf te staren, en omdat Linda zo'n vrouw was die geloofde in bezig blijven als de oplossing voor alles, ging zij pal voor hem staan en zei met een bedeesde glimlach dat hij eraan mocht beginnen, dat er op dat ene papier voorbeelden stonden van leuzen die hij kon overnemen. Alsof hij nieuw was in de klas. Dolo bleef haar aankijken. 'We mogen de moed niet verliezen,' antwoordde Linda. Dat deed ze vaak, reageren op niet-gestelde vragen, en dan gebruikte ze steevast het woord 'we', alsof ook haar lot in de weegschaal lag. Om Linda niet teleur te stellen nam

Dolo een borstel en doopte hem in de rode verf. Hij zat daar en schilderde woorden waar hij allang niet meer in geloofde, letter voor letter, op dikke stukken karton.

Ismaël trommelde met zijn vuistjes op Dolo's knie. Hij wou ook schilderen. Dolo nam het ventje op schoot en stopte de borstel in zijn hand. De kleine kirde en ging driest tekeer. Op het bord stonden alvast de letters 'SOLIDA', en daar ging hij vrijelijk met zijn rood overheen. Hij keek stralend op naar Dolo, als om hem om zijn vanzelfsprekende goedkeuring te vragen. Dolo glimlachte naar Ismaël, hij voelde aan het trekken van kleine spieren in zijn gezicht hoelang dat alweer geleden was. Hij legde zijn hand op het hoofd van het jongetje.

Op zich zou het nog kunnen: vader worden. Hij vroeg zich af hoe dat zou voelen: altijd nodig zijn in plaats van nodig hebben. Hij besefte dat hij het nooit zou weten, dat kon hij geen kind ter wereld aandoen. Ismaël doopte de borstel onstuimig in de verf, er spatte een klieder rood op het stuk tafel waar geen krant overheen lag. Linda kwam terstond aangelopen, haar halskettingen klingelden.

'Dolo, wat doet gij nu, dat is toch niks voor zo'n klein ventje.'

Ze nam de borstel uit de handen van Ismaël, keek naar het stuk karton alsof het een onherstelbaar beschadigd meesterwerk betrof. 'Tja, deze kunnen we weggooien.'

'Sorry.'

Ismaëls lipje ging richting huilen, maar Dolo draaide hem naar zich toe, gooide hem hoog in de lucht, en meteen lachte de kleine weer. Linda begon met een doek de verf van de tafel te wrijven en Dolo zette het kind op de grond. Ismaël liep zonder te klagen in de richting van de kamer waar hij sliep, alsof hij al eeuwen wist dat je neerleggen bij de feiten altijd het beste antwoord was.

Dolo keek naar Linda, die maar over het hout van de oude tafel bleef wrijven, alsof er goud tevoorschijn zou gaan komen als ze het maar lang genoeg volhield. Hij keek naar Asam, die wild gesticulerend kwam aanzetten met een stapel papieren, ongetwijfeld nieuwe handtekeningen voor hun petitie, hij straalde alsof hij net een olympische medaille had gewonnen, sommige mensen zijn gemaakt voor optimisme. Hij keek naar Hamad en Anka, en hoe zij met haar hele lijf achteloos tegen het zijne aan hing terwijl ze zacht aan het praten waren. Mooi, dat samen, vond hij. Want één hand kan niet klappen, dat besefte hij iedere ochtend weer.

Dolo nam de borstel van Linda over. Hij beende naar de kraan en hield hem onder het stromende water. Hij gleed met zijn vingers langs de ruwe haren, keek naar het rood dat in straaltjes langs het wit van de porseleinen wastafel sijpelde, als leven dat wegliep, zomaar, zonder reden. Gedachten knarsten, snauwden, sloegen onbarmhartig tegen de wanden van zijn hoofd.

'Het is goed zo,' zei Linda, ze nam hem de borstel uit handen en draaide de kraan dicht. Dolo zocht een handdoek, vond die niet. Hij veegde zijn handen af aan zijn broek, greep het aanrecht beet, de vingers gespannen, de knokkels wit, en alle broeierige gedachten klitten samen tot er nog maar één overbleef.

Dolo ging naar zijn kamer, trok zijn jas aan. Het was beslist, zo zou het gaan, en niet anders. Dus moest hij toch nog een keer de straat op. Hij had nog iets te doen.

VIER

Toen hij wakker werd, was zijn dunne deken doorweekt. Er bonkte iemand op de deur, drie keer, luid, het teken dat ze moesten opstaan. Ze zouden over een halfuur met zijn allen tegelijk vertrekken naar het startpunt van de betoging, zo was het de avond voordien gemeld tijdens het eten. Dolo vroeg zich af hoeveel kwartieren hij daadwerkelijk had geslapen. Hij keek naar de hoek waar hij zijn gisteren aangeschafte spullen had weggestopt onder zijn kleren, zo te zien lagen ze er nog. Hij probeerde de nachtmerrie uit zijn ogen te wrijven, en niet te denken aan wat kwam. Zijn oren gonsden. Hij had nog zoveel te vergeten.

Beneden op de stoep verzamelden de bewoners zich. Eén voor één druppelden ze naar buiten, ze versperden het voetpad, wachtend op de laatsten. Remzi maakte grappen waar een jongen die Dolo niet bij naam kende hartelijk om moest lachen. Yasir en Zemar stonden energiek te discussiëren over iets wat ze blijkbaar belangrijk vonden. Hamad en Anka hielden mekaars hand vast, de vingers verstrengeld als voor een gezamenlijk gebed. Dolo klemde de zwarte plastic zak tussen zijn benen. Hij had daarnet nog eens gecheckt of ze het goedje toch niet zouden ruiken, en ook nu merkte hij niks. Toch had hij bovenaan een T-shirt gelegd zodat niemand zou zien wat hij meezeulde. Hij stak zijn handen in zijn zakken en wachtte, verzonken in grote, ondeelbare gedachten.

Linda deelde de borden uit, maande de oudere kinderen aan om het spandoek te dragen. De kleintjes werden in nekken gehesen. Zelfs zwarte kinderen kregen sympathie, omdat ze kinderen waren, dat wist iedereen, dus werden zij schaamteloos naar voren geschoven. Toen Linda ook aan Dolo een bord wou geven, maakte hij met zijn hoofd een vriendelijk afwerend gebaar.

Hij wilde hier weg, weg van de grijzigheid van de straat, de afgebladderde gevels, het gifgroen van de graffiti op het rolluik van de voorgoed gesloten winkel, de onbestemd beige homp vlees die in de etalage van de shoarmazaak traag om zijn as wentelde, de Chinese tekens op het raam van het afhaalrestaurant aan de overkant, die naar het schijnt 'wasserij' betekenden, nog van de vorige zaak. Er was zo weinig dat de mensen iets kon schelen.

Dolo keek naar de lucht, waar grijs en wit vochten om de overwinning op alle blauw. Tenminste geen regen, dat was toch dat. Om hem heen druk gepraat, opgewonden kinderen op weg naar een feestje. Dolo voelde in zijn zakken de aansteker, twee muntstukken van verschillende grootte en de opgevouwen foto van zijn moeder die hij altijd bij zich had.

Ismaël kwam enthousiast op hem afgelopen, hij klemde twee armen om Dolo's been en wipte op en neer, zijn hoofd in zijn nek, zijn ogen vol verwachting, hij wilde opgetild worden. Dolo greep hem vast, zijn twee grote handen onder die kleine oksels. Hij keek hem aan, zo veel weerloosheid in één gezicht, dat viel amper te verdragen. Hij kuste het jongetje op zijn voorhoofd. Waren alle mensen maar zoals hij: open, verwonderd, vol vertrouwen. Hij moest goed om zich heen kijken straks, dat er zeker geen kinderen in de buurt waren. Hij gaf het jongetje aan Remzi, die hem met een theatrale zwaai op zijn schouders zette. Ismaël lachte breed, hij wou nog alles zien.

'Oké, iedereen is er, we vertrekken!' brulde Linda. De kleine menigte kwam langzaam in beweging, het was een goed kwartier lopen, schatte Dolo. Hij maakte vaart. Drukte, gevels, straten gleden van hem af. Hij keek naar niemand, klemde zijn kaken op mekaar, hield zijn tas goed vast. Toen hij het startpunt naderde, had hij het gros van de andere bewoners al afgeschud, zoals hij het ook wilde, zij mochten hoegenaamd niet in de buurt zijn.

Honderden mensen stonden samengetroept op het grote plein. Een bebaarde man galmde door een megafoon dat ze zouden starten over tien minuten. Hij eindigde met een leuze die wel strijdbaar moest zijn, Dolo kon het niet verstaan.

Hoe langer het duurde, hoe dichter iedereen tegen mekaar aan gedromd stond, Dolo hield niet van te dicht, en al helemaal niet nu. Wanneer ze zo dadelijk begonnen te lopen, kon hij zijn ruimte nemen. Hij kneep de plastic zak goed dicht. Hij streek met zijn schouders langs zijn wangen, bewoog zijn voeten heen en weer als een bokser voor de match. Hij probeerde niemand aan te kijken, te staren naar dat ene punt, waar duiven met een stuk of tien scharrelden in hun eigen stront. Weer die duiven, waar hij zo de pest aan had, aan hoe ze koerden aan zijn raam, 's ochtends veel te vroeg, hoe ze alles onder kakten, hoe ze koelbloedig rondtrippelden alsof de straat van hen was, zelfs als zijn vriend daar lag. De lafaards.

De megafoonman gaf het startsignaal in drie talen. Dolo drong naar voor om bij de kopgroep te geraken. Het tempo lag lager dan hij kon verdragen, eigenlijk, maar hij moest volhouden, wachten tot er camera's waren. En die zouden komen, dat had Linda gezegd. Hij liep door de straten en dacht aan de gore plekken waar hij had geslapen. Aan de superieure blikken van de agenten die hem argwanend bekeken terwijl hij zich probeerde voor te doen als mens onder de mensen. Aan de vrouwen die op naaldhakken uit dure auto's stapten en hem geen blik gunden als ze hem kruisten. Aan de dode ogen van de ambtenaren aan de loketten. Aan de roemloze doden die hij had gezien door de jaren, en de geur van die ene die daar al weken moest hebben gelegen. Hij dacht aan de plooien in de nek van zijn vader. Aan Varma. En wit van woede marcheerde hij verder. Een daad van verzet, dat was al wat hem nog restte.

Dolo zag hoofden, kromme ruggen en heen en weer zwaaiende armen. Het waren lichamen, geen mensen. Hij zag politie die niks ondernam, omdat de orde zich voorlopig zelf bewaarde. Hij hoorde betogers scanderen: 'So-, so-, so-, solidarité.' En opeens spotte hij ze: een cameraman en een kerel die zo'n grote microfoon aan een stok bediende. Dit was het moment waarop hij had gewacht. Nu moest hij doen waarvoor hij was gekomen. Hij vroeg om vergiffenis zonder te weten aan wie. Zijn bloed racete, zijn trui prikte in zijn vochtige nek. Hij wriemelde de spullen uit de plastic tas. Zijn handen beefden. In zijn hoofd bonkte het kwaadaardiger dan ooit tevoren. Hij mocht niet aarzelen nu, het moest snel gaan. Sneller dan dit.

Hij liep weg van de menigte in de richting van het lege voetpad. Hij moest iets roepen, maar wist niet wat. Hij nam de jerrycan, draaide de dop los, keek om zich heen, aarzelde even. Toen stortte hij de hele inhoud over zijn benen, zijn buik, zijn hoofd. Hij voelde de aansteker in zijn zak, nam hem eruit, rolde met zijn duim langs het wieltje, drukte het klepje in en liet los.

Zijn benen vatten meteen vlam, het vuur klom onmiddellijk. Hij brulde, luid, alsof hij wou dat zijn moeder hem aan de andere kant van de wereld ook kon horen. Hij hoorde het gesis van vuur dat zich een weg vreet langs een lijf. Hij rook de geur van verschroeid vlees. Hij zag hoe de camera draaide. Hij zette een paar trage stappen in de richting van de lens. Hij hoorde een paar mensen roepen. Hitte. Geknisper. Verzengende pijn. Zijn kleren brandden langzaam weg, de huid aan zijn armen rolde op alsof die er nooit hoorde te zitten.

En terwijl hij wankelend wachtte op het allesomvattende zwart, op het niks meer weten, waarvan hij droomde, vlogen er omstaanders op hem af. Met jassen en truien sloegen ze op de vlammen, op hem, hij smakte tegen de grond. Er gutste water over hem heen. Dolo hield zijn ogen dicht. Opgewonden stemmen. Heen-en-weergeloop. Nog meer water, veel dit keer.

Had hij gekund, hij had ze weggejaagd, al die mensen die hem toch niet konden helpen, maar hij was tot niks meer in staat. Een smeulend stuk hout dat bleef liggen waar het lag. Hij voelde de hitte verdwijnen, hij voelde hoe hij niks meer voelde. Ademen was moeilijk nu. Zijn kleren hingen in rafelige slierten om zijn lijf. Ze dwongen hem voorzichtig wat rechter, probeerden die resten stof uit te trekken. Hij zag een vreemd hoofd heel dicht bij het zijne dat vroeg of het ging. Of het ging, met hem, herhaalde de man. Dat er een ziekenwagen onderweg was. En of het ging. De man probeerde een paar talen.

Dolo zei niks. Hij staarde naar nergens. Hij hoorde een duif koeren. Een sirene in de verte. Hij was er nog. Godverdomme, hij was er nog.

wat niet meer wordt verwacht telt dubbel
had zij ontdekt

EEN

Zelfs wanneer ze in de spiegel keek, had ze tegenwoordig een glimlach op haar gezicht, als ze de trap afdaalde zat er bijna een huppel in haar pas, en nu en dan neuriede er zich zomaar een liedje naar buiten. Wat niet meer wordt verwacht telt dubbel, had Kathleen ontdekt.

Na haar scheiding was er eerst Emiel geweest. Hij leed aan de ziekte van Crohn. Dat was nooit officieel gediagnosticeerd, maar hij veronderstelde dat, gezien de onbetrouwbaarheid van zijn darmen. Hij durfde nooit naar een restaurant, ook de cinema was moeilijk, omdat hij vreesde halfweg de zaal te moeten ontvluchten, en naar vrienden van haar ging hij met tegenzin. Eigenlijk bleef hij liefst gewoon altijd thuis. En ook al hield zij ervan om de hort op te gaan, dat wilde ze er allemaal wel bij nemen. Als zij hem was, zou ze wel degelijk een specialist consulteren om het allemaal zeker te weten, maar Emiel bleef dat om een of andere reden weigeren, en wie was zij om mensen niet te respecteren in hun angsten. Maar dat hij amper over iets anders kon práten dan zijn stoelgang en zijn voeding, en dat hij naar het bestaan keek alsof het was uitgevonden louter en alleen om hem te kwellen, dat was na een tijd op haar eigen levenslust beginnen te wegen.

Toen kwam Barry. Hij nam maar één keer in de week een bad,

zoals hij dat vroeger had geleerd. Zijn baard reikte tot aan zijn borstkas, en die rook altijd minstens een beetje naar schuimloos afwaswater. Hij maakte graag grappen en was beledigd als ze daar niet om moest lachen, en hij nam nooit op als zij belde, ook niet die ene keer tijdens dat noodgeval toen ze het vier keer na mekaar probeerde. Tijdens de allereerste vrijpartij sloeg hij haar keihard in het gezicht, pas daarna kon hij klaarkomen.

Nadien vond ze Franz met een z, zo schreef hij dat zelf, ook al stond het anders in zijn paspoort. Hij vond het onverdraaglijk als zij niet dezelfde boeken las en mooi vond, dezelfde films verkoos, dezelfde nummers van Leonard Cohen graag op repeat hoorde, dezelfde toneelacteurs vereerde, als zij niet evenveel hield van de Thaise en de Japanse keuken, en vooral van dat ene gerechtje met kleine octopusjes, als zij niet zijn hekel deelde aan die ene buurvrouw met die lelijke hond en aan die presentator met zijn grote hoofd en die rare lippen. Zelfs als ze samen televisiekeken, richtte hij bij alles wat hij grappig vond zijn blik naar haar, alsof zijn glimlach pas kon bestaan als die werd gedeeld. Alsof hij maar kon bestaan als zij deel werd van hem. Maar Kathleen deed mee. Zij dacht minzaam dat haar wereld er maar groter van kon worden, en ze ontdekte dat meningen voor zichzelf houden eigenlijk lang niet zo moeilijk was als ze initieel dacht. Het was tenslotte met iedereen wel wat. Maar toen was hij begonnen met nordic walking.

Sylvain kon alleen maar over zijn ex-vrouw praten, naar wie hij, zoals hij dan declameerde met Kathleen in zijn armen, metéén zou teruggaan als zij hem nog zou willen, en dat hij dat vertelde omdat hij tegen Kathleen eerlijk wilde zijn.

En Wilfried, die keek haar nooit aan. Als hij tegen haar sprak, leek hij consequent een punt te zoeken ergens hoog op de muur schuin achter haar. Hij was buitengewoon intelligent, maar louter geïnteresseerd in technologie, eigenlijk, waar hij haar urenlang over kon onderhouden in wetenschappelijke termen, en dat deed hij dan ook. Hij omhelsde haar nooit, kuste alleen tijdens de seks, en als ze elkaar ontmoetten kneep hij twee keer hard in een van haar bovenarmen, zijn blijk van liefde, naar zij veronderstelde. Als er nu iemand dat deed, zo veel jaren later, werd ze opnieuw wat wee in de maag, zoals na te veel chocolade te hebben gegeten.

En ten slotte was er Mick geweest. Zij waren dol op mekaar, maar hij had vijf kinderen van drie verschillende vrouwen, die alle vijf één ding gemeen hadden: een hekel aan haar, en dat was hen na een tijd ondanks alles dan toch fataal geworden.

Op één na was het telkens de ander die haar had verlaten. Meer dan een afscheid was het telkens weer een aanslag op moeizaam bij mekaar gesprokkeld geloof in wat zij waar kon maken. De liefde had haar toegetakeld. Na Mick nam Kathleen zich voor om een happy single te worden. Dat was haar nooit gelukt.

Maar opeens dook Dries op, ontmoet op een feestje van een vriendin. Zij was haar jas kwijt en hij kwam haar helpen zoeken. Daarna stal hij een fles whisky uit de barkast en verdwenen ze samen de nacht in. Tot vijf uur 's ochtends hadden ze op een bank in het park gezeten. Ze hadden gelachen om dommigheden, dingen opgebiecht waarvoor ze zich schaamden, gesproken over dromen en soorten spijt, ontdekt hoe groot hun verwantschap was.

Toen ze eigenlijk al te moe waren om nog juiste woorden te kunnen vinden en wat zaten te staren naar het water, zagen ze een kwetterende eend met haar kroost. Ze ontdekten dat één kleintje niet meer bij de rest geraakte, en op dat moment was hij spontaan tot zijn middel het water in gegaan om het beestje met de rest te herenigen. Voor ze die vroege ochtend thuis arriveerde, had hij haar al een bericht gestuurd om te vragen of hij die avond voor haar mocht koken, en dat bleek hij dan nog uitstekend te kunnen ook.

Dries was de man die haar anders deed kijken naar wat ze allang meende te hebben gezien. Hij voerde haar telkens weer weg van alle soorten zelfhaat, gewoon door haar helemaal te zien en toch voluit van haar te houden. Tussen dunne lakens beminde hij haar met gretige tederheid, dwingend, warm, nabij. Hij vroeg haar nergens om, maar durfde gaandeweg meer aan te nemen van al wat zij hem zo graag gaf. Hij maakte haar week en blij, vaak tegelijk, hij deed haar stilstaan bij wat wezenlijk was, stuwde haar vooruit. Hij was de man van wie Kathleen niet meer geloofde dat hij bestond, die dan toch bleek te bestaan. Ze maakten plannen voor een wilde reis nadat ze de verhalen over zijn avonturen op tot de verbeelding sprekende plekken ademloos had zitten beluisteren.

Kathleen bleef maar wachten op dat moment wanneer zou blijken dat hij eigenlijk een seriemoordenaar was, of dat hij een dubbelleven leidde en nog een vrouw, drie kinderen en een cavia had in een andere stad, of dat hij stervende was aan een langzame erfelijke ziekte die hen straks wreedaardig uit elkaar zou rukken, maar ze kenden mekaar nu toch al vijf maanden en vier dagen en er was nog altijd niks boven water gekomen. Als er iets rechtvaardig was aan dit leven, bleven zij twee samen voor de rest van alle tijd, had een vriendin onlangs nog beweerd. Kathleen had haar niet tegengesproken.

Ze stond voor de spiegel in die ene jurk waar ze eigenlijk te veel geld aan had uitgegeven, en ze hoopte dat Dries 'm mooi zou vinden. Ze koos die schoenen met stevige hakken die hij sexy vond. En ze parfumeerde zich op zeven verschillende plaatsen. Zo meteen kwam hij haar ophalen voor een etentje bij zijn baas. Hij werkte nog niet zo lang in dat bedrijf, en ze voelde dat hij er wat nerveus over was. Ze hoefde niet mee als ze geen zin had, hij wist niet of ze zich wel zou amuseren daar, tussen de collega's, die saaier waren dan waspoeder, maar zij had erop gestaan. Ze stiftte haar lippen, deed de halsketting om die ze vorige week van hem had gekregen en trok alvast haar jas aan.

Buiten leek de regen van geen ophouden te weten. In het schijnsel van de straatlantaarn deed al dat water denken aan opwaaiend stof in het felste zonlicht, mooi was dat. Vroeger werd ze al mistroostig als ze 's ochtends nog maar hoorde hoe de regen tegen het raam tikte. Toen ze zijn auto zag naderen, repte ze zich naar de oprit. Ook al was het nog maar van gisteren geleden, zij was verrukt dat ze hem weer zag. Niks was mooier dan de ander telkens weer terugvinden.

TWEE

Kathleen was ongerust dat ze uit de toon viel met haar jurk. Het aperitief werd gebruikt in de lounge, zoals de baas van Dries dat noemde, een vierkante ruimte met veel glas, grenzend aan een ontzaglijke tuin vol oude bomen. Aan de wellustige sofa leek ook al geen eind te komen, er konden makkelijk acht mensen zitten. Kathleen weigerde alle hapjes omdat ze bang was om op de lichtgrijze stof te morsen. Dries deed geweldig zijn best en was er niet helemaal zeker van of dat volstond, dat zag zij wel. Het vertederde haar, ook omdat ze hem zo niet kende, hij was toch eerder het wat stoere laat-het-maar-aan-mij-over-dan-komt-alles-goed-type.

Aan tafel zat links van haar een kerel die John heette. Hij droeg zijn knalrode das luid, en rook naar camembert. Hij deed haar aan Franz met de z denken, maar toch probeerde ze ook met hem te praten.

Als voorgerecht kregen ze bouchotmosselen in een saffraansausje, en ook al waren mosselen zo'n beetje het enige waar Kathleen echt niet van hield, vooral sinds ze die ene keer een slechte mossel had gegeten, met alle gevolgen van dien, zij wilde het proberen om zeker niemand te beledigen, en eigenlijk vond ze het best lekker. Toen de ingehuurde ober de borden kwam halen maakte

Dries een grap waar de hele tafel hartelijk om moest lachen, en dat deed haar gloeien van trots. Dit kwam helemaal goed.

'Waar is het toilet, alstublieft?' vroeg Kathleen na het hoofdgerecht aan de baas van Dries.

'Je mag die boven gebruiken, het gastentoilet is net vandaag herschilderd, en dat is nog niet helemaal droog. Heel onhandig, vaklui zijn echt altijd later klaar dan ze beloven. De trap op, de gang door en dan de tweede deur links is de badkamer.'

Kathleen hing haar handtas om haar schouder en liep de wenteltrap op. Dit huis zag eruit alsof er eigenlijk niemand woonde, terwijl ze nochtans twee jonge kinderen hadden. Behoedzaam stapte ze de gang door. Voor de zekerheid klopte Kathleen aan en wachtte even.

De badkamer had ongeveer de grootte van haar slaapkamer, met een inloopdouche in zwart glas en een jacuzzi voor twee. Kathleen lichtte het deksel van het toilet op, en ook al keek ze niet eens echt, zij had het toch gezien. Ze dacht niet dat ze ooit al eens zo'n grote was tegengekomen. Niet dat ze al aan vergelijkende studies had gedaan, normaal bestudeerde Kathleen geen inhouden van toiletpotten, maar in dit geval was er niet veel nodig om het enorme gevaarte op te merken. Zoals het daar lag, uitdagend, gebiedend, onontkoombaar, leek het wel afkomstig van een beer, of een andersoortig zoogdier dat veel meer at dan waar eender welk mens ooit toe in staat zou zijn.

Meteen begon ze een beetje te zweten. Ze wou dat ze gewoon van hokje kon veranderen, zoals in het café. Onverrichter zake terugkeren naar beneden, dat ging ze doen, haar zin om te plassen was door deze gevulde pot spontaan verdwenen. Maar toen bedacht ze dat haar tafelgenoten haar expliciet hadden zien verdwijnen richting badkamer, dus wie er ook na haar dit toilet gebruikte zou denken dat zij dit hier zo onbehouwen had achtergelaten. Misschien was dat zelfs Dries wel, hij had maar een kleine blaas, dat was haar al opgevallen.

Kathleen trok door, het water kwam met gepast enthousiasme naar beneden gestort, maar bleef eerst even helemaal hoog, en toen halverwege de pot staan. Ze bleef tot haar eigen afgrijzen gebiologeerd toekijken. Na wat initiële stilstand leek er godzijdank toch weer minimale beweging in het water te komen, een zacht soort gepruttel, alsof het wel degelijk met man en macht probeerde die grote boodschap mee te nemen. Het pruttelen werd kolkend gesputter en uiteindelijk verdween het water, maar liet de drol onbarmhartig achter.

De spoelbak vulde zich weer. Zij vroeg zich af of nog eens proberen zin zou hebben. Straks bleef het water definitief zo hoog in de pot staan, dat was nog erger. Maar wat moest ze anders? Ze kruiste twee vingers, duwde nadrukkelijk op de grootste van de twee knoppen, en, zoals zij ook telkens als ze een kraslot kocht geloofde dat ze ging winnen, zo was ze er ook nu opeens van overtuigd dat de tweede poging een succes zou zijn. Ze hoorde het schuimende, zuigende geluid van water dat weer weg wou naar de zee. Maar onveranderlijk lag de bruinzwarte joekel daar, in al zijn uitgestrektheid.

De aanblik viel almaar moeilijker te verdragen. Ze keek weifelend de badkamer rond, op zoek naar iets wat haar zou kunnen redden. Aan de muur gemonteerd in een inox houder zat een wc-borstel. Theoretisch bood die mogelijkheden, maar als ze daarmee aan de slag ging, zouden er vragen rijzen over wie dit stuk design voor eeuwig had ontheiligd, en dat was bijna even erg. Ze zag twee drinkbekers op de wastafel, maar schudde alleen al bij de gedachte het hoofd. En toen viel haar blik op het emmertje met het schepje naast de drie badeendjes op de rand van de jacuzzi. Die behoorden vast toe aan de schattige kleuter van de baas van Dries die ze op de foto's had gezien. Even keek ze van het schepje en het emmertje naar het vuilnisbakje, klasseerde dat als het domste idee ooit. Er was natuurlijk nog een optie, maar ze moest al kokhalzen bij de gedachte.

Uit onbestemde wanhoop drukte ze nog één finale keer op de spoelknop. Het toilet maakte slurpende en kolkende geluiden, het klonk bijna hoopvol, vond Kathleen, en op dat moment werd er op de deur geklopt. Kathleens hart sloeg een tel over.

'Bezet.' Het klonk schor.

Muisstil bleef ze staan. Toen werd er aan de deur gemorreld.

'Bezet!' Loeiend nu.

'O, sorry,' riep er iemand terug.

Het was de vrouw van de baas van Dries zelf. Had Kathleen mogen beslissen wie van het gezelschap net nu het toilet wou gebruiken, zou zij de allerlaatste keuze zijn geweest.

Kathleen wachtte op het bevrijdende geluid van naaldhakken in beweging, maar ze hoorde niks. De vrouw van de baas van Dries bleef daar gewoon staan wachten op haar beurt. Niet helemaal onbegrijpelijk. Hoelang zat Kathleen al in deze badkamer ondertussen? Vast al tien minuten, of misschien wel een kwartier, wat de verdenking van Kathleen als producent van deze reuzendrol natuurlijk nog maar eens bevestigde. Ze bekeek hem nog eens, en nee, deze knaap was er vast niet zomaar op een paar seconden vlotjes uit gegleden. Er moest nu iets gebeuren. Het ondenkbare desnoods.

In haar handtas zat er altijd een stevige plastic zak, de planeet redden zit in kleine hoekjes. Bijna misselijk van ellende trok ze die zak om haar linkerhand, in haar rechter nam ze het schepje, ze ging boven de pot staan, haar gezicht wat schuin weggedraaid terwijl ze toch nog net kon zien wat ze deed, en zo mikte ze eerst de ene en daarna de tweede helft van de drol in de zak. Kathleen draaide de tas rond en rond om de ongewenste buit en plooide de uiteinden om. Vol afgrijzen checkte ze even of dat veilig was zo. Maar nee, hier kwam geen geurtje of drupje doorheen. Ze hoorde de vrouw van de baas van Dries kuchen aan de andere kant van de deur. Of het toevallig kuchen was, of betekenisvol 'ik-sta-hierwel-te-wachten-haast-u-in-godsnaam-kuchen' viel moeilijk uit te maken.

Kathleen trok nog een laatste keer door, hield het schepje in het stromende water, en legde het alvast ogenschijnlijk schoongewassen weer bij het emmertje. Ideaal was dit geenszins, maar ideaal bleek vanavond bepaald niet het codewoord. Nu het pakketje nog in haar handtas stoppen, handen wassen, en met een uitgestreken gezicht weer naar beneden.

Het viel nauwelijks te geloven wat ze had gedaan, maar zij liep toch maar mooi de kamer weer in, met haar onverdachtste glimlach. Alles voor haar Dries.

DRIE

Het was moeilijk om er haar gedachten bij te houden. Straks gingen ze bij Dries slapen, en zij moest nog van haar ongewenste buit af zien te komen. Nu en dan trok ze haar grote handtas wat dichter naar zich toe en snuffelde, voor de zekerheid, maar daar hoefde ze zich toch alvast geen zorgen over te maken. Tijdens het dessert zat ze almaar de andere gasten te bestuderen, met de prangende vraag wie van hen het specimen zou hebben voortgebracht. Terwijl ze aten was er niemand van tafel gegaan, en ze had compleet niet in de gaten gehouden wie tijdens het aperitief uit de lounge was verdwenen, zij had alleen oog voor Dries. Intuïtief wou ze alle vrouwen uitsluiten, maar die ene met dat rode haar en de schouders van een zwemster leek haar toch ook tot een en ander in staat. John achtte ze evenwel de grootste kanshebber.

Ze probeerde zich ondertussen niet af te vragen wat de anderen in het algemeen, en de vrouw van de baas van Dries in het bijzonder, maakten van haar ongezond lange afwezigheid van daarnet.

Naarmate de avond vorderde moest ze ook almaar uitbundiger plassen, want dat was er door alle beroerdigheid niet eens van kunnen komen, maar ze weigerde terug te keren naar het oord van onheil, wie weet wat ze dit keer in de pot vond.

Ze reden naar huis en Dries was blij met hoe de avond was gelopen. 'Iedereen was zot van u, hè, toen gij even naar het toilet waart hebben drie verschillende mensen het mij gezegd, hoe leuk ze u vonden.'

Zoals Dries keek terwijl hij dat uitsprak, daar alleen al kon Kathleen weer een week op teren. Zij zat met haar tas op schoot en probeerde haar ongemak kundig te verbergen. Ze moest zorgen dat er nog een pitstop werd ingelast, zodat ze het zaakje kon dumpen.

'Kunnen we nog even stoppen bij een nachtwinkel? Ik moet nog tampons kopen, ik ben ze vergeten en het zou kunnen dat ik ze morgenvroeg nodig heb. Sorry hè, stom van mij,' ze lachte.

'Geen probleem, lief, iets verderop is er eentje, denk ik.'

Dries parkeerde de wagen, jammer genoeg pal voor de winkel, maar ook binnen stonden er vaak vuilnisbakken voor wikkels van ijsjes en zo. Niet panikeren, dacht ze, het kwam wel goed.

Zij hield haar hand bij de klink.

'Zo terug.'

'Ik ga mee, ik heb nog zin in iets ongesofisticeerd zoets na dat veel te gezonde fruitdessert van daarnet, gij niet?'

Haar grijns was medeplichtig. Ze wou nog zeggen dat zij dat wel mee zou brengen, maar hij duwde de deur al dicht.

De regen spatte hoog op van de straat, zo hard kletterde die naar beneden. Dries maakte voor haar het portier open, hield zijn lange regenjas boven hun beider hoofden en zo spurtten ze de winkel in. Eenmaal binnen ging hij leunend boven de diepvrieskisten de ijsjes bestuderen. Kathleen liep naar het rek met de toiletartikelen, terwijl ze zocht naar een vuilnisbak, die er natuurlijk niet was. Verdorie toch. Kathleen moest van die zak af, hoe dan ook. Desnoods maar op eender welke plek waar ze het ongemerkt kon achterlaten, dit was een noodgeval. In gedachten zou ze haar excuses aanbieden aan de winkeleigenaar, die hopelijk de tas niet zou openmaken voor hij hem weggooide. Kathleen zag nog behoorlijk veel ruimte achter de shampoo en het badschuim, dit was misschien een optie. Ze hoorde de rinkel van de winkeldeur, o nee, nog iemand die kon opmerken wat ze aan het uitspoken was.

'Iedereen, op de grond, nu.' Twee mannen met bivakmutsen stonden naar hen te kijken, met elk een handgeweer op hen en op de eigenaar gericht. De ene draaide de deur op slot.

De andere brulde nog eens: 'Nu!'

Hun bewegingen waren springerig, hun lijven slungelig dun, het leken eerder jongens dan mannen, jongens die daar stonden te druipen als natte honden. Kathleen hoorde Dries achter zich neerzijgen. Zij ging op haar knieën zitten, en leunde toen snel voorover, omdat die kont in de lucht, recht in het gezicht van Dries, er vast niet aantrekkelijk uit zag zo. Ze draaide achterom en zag hoe Dries helemaal tegen de grond aan geplakt lag, met zijn gezicht weggedraaid van de overvallers en dus ook van haar. De vloer was nat en zat vol slijkerige sporen van alle schoenen die hier al de hele avond in en uit liepen, zij bleef zo'n beetje halfweg hangen, steunend op haar onderarmen. Naast haar de compromitterende handtas.

De man achter de toonbank bleef gewoon staan, met zijn handen in de lucht. Omdat hij niet dacht dat hij iedereen was, misschien, of omdat hij geen Nederlands sprak, of puur van de stress, wie zou het zeggen. De kleinste van de twee gooide een zak op de toonbank. Hij duwde zijn revolver tot vlak voor het gezicht van de man en wees toen met de loop naar de kassa. De uitbater begon meteen alle biljetten in de zak te stoppen. Een trieste toeschouwer bij zijn eigen teloorgang, die hij ook onmiddellijk aanvaardde. De kalmte van zijn berusting stak schril af tegen de nervositeit van de overvallers, twee hongerige tijgers in een te kleine kooi.

De kleine bewoog af en toe de loop van zijn geweer op en neer voor de ogen van de winkeleigenaar, alsof hij de man de juiste beweging moest voordoen. Kathleen vroeg zich heel even af of er misschien ergens zo'n discreet alarmknopje zou zitten om de politie te verwittigen. Maar een van de tl-lampen was kapot, het houtwerk aan de deur en het raam had dringend een lik verf nodig en de stofvlokken onder de rekken verraadden bepaald geen betaalde poetshulp. Hier was vast geen geavanceerd alarmsysteem te vinden.

Omdat de twee jongens maar bleven staren, kieperde de man nu ook het kleingeld in de zak. De kerels mompelden iets.

'Nog,' riep de langste tegen de uitbater.

Die schudde zijn hoofd. 'Alles,' antwoordde hij.

Hij wees naar zijn kassa, tilde het bakje op om te laten zien dat ook daaronder niks meer verborgen zat. Toen hield hij zijn handen weer boven zijn hoofd.

De kleine klemde met zijn rechterarm de man onder diens kin tegen de kast achter hem.

'Waar hebt ge de rest verstopt?'

'Niks, niet,' zijn stem klonk beverig nu.

Kathleen probeerde opnieuw achterom te kijken, Dries te zoeken.

'Niet bewegen,' brulde de lange tegen haar.

De kleine maakte kasten open, smeet er rommel uit. De andere leek geërgerd, hij floot tussen zijn tanden, liep voor de zoveelste keer naar de deur, draaide weer om, en Kathleen zag het gebeuren: hij gleed genadeloos uit over de natte vloer, zwieps met een been vooruit en zo met zijn achterhoofd tegen de tegels, hij vloekte.

'Djeezes,' brulde de kleine.

Karma, dacht Kathleen. De andere hielp hem rechtop terwijl hij het wapen op de eigenaar gericht hield, alsof hij zonder te kijken ook kon schieten.

'We moeten weg, man!'

'Ja, ja.'

Kathleen wou dat ze Dries kon voelen, al was het maar een vinger aan haar been of zo, ze schoof een voet discreet naar achter, dat zou hij vast wel opmerken, ze probeerde voorzichtig schuin een glimp van hem op te vangen.

Toen ze weer opkeek zag ze voor haar neus de bottines van de kleine.

'Jullie ook, alles afgeven.'

Hij gooide de zak op de grond.

'Komaan, man, dat duurt hier te lang,' sputterde de lange weer.

Hij wreef met een hand langs zijn achterhoofd, wat er belachelijk uitzag, zo met die bivakmuts ertussen.

'Geld, juwelen, telefoon.'

Zijn nerveuze bottines draalden op en neer.

'Komaan,' snauwde de andere geagiteerd.

Kathleen gebaarde of ze mocht gaan zitten. Hij knikte. Ze rommelde zenuwachtig in haar handtas, maar ze kon alleen maar die plastic tas voelen. Ze moest zo snel mogelijk alles wat ze kon vinden op de vloer leggen, zodat hij niet in die tas zou gaan kijken. Wat zou Dries wel denken? Hoe zou er ooit nog romantiek mogelijk zijn als dit aan het licht kwam?

De overvaller had ondertussen Dries' portefeuille, telefoon en horloge in ontvangst genomen. Maar zij vond niet wat ze zocht. Ze was nu toch niet net vandaag haar portemonnee vergeten? Ze vond een elastiekje voor haar haar, twee papieren zakdoekjes in de verpakking, een neusspray, een lippenstift, haar agenda, een paar losse munten, een individueel verpakt doekje voor intieme hygiëne en dat donkere geheim van haar, maar geen geld.

'We moeten nu weg, kerel,' riep de andere, alsof hij niks anders meer wist te zeggen.

'Mijn portemonnee ben ik thuis vergeten. Maar hier.'

Kathleen nam haar smartphone uit de zak van haar jas en schoof die voor zijn voeten. Ze maakte de halsketting los, ook al had ze die van Dries gekregen, stond haar oorbellen en haar armband af, die nauwelijks iets hadden gekost, alles om te vermijden dat hij om haar handtas zou vragen.

'Hoezo vergeten?'

'Wij komen van een etentje bij mensen thuis, ik had geen geld nodig.'

'En hier betalen, hoe zou dat gebeuren? In natura misschien?'

Hij graaide met een vinger achter het knopje van haar blouse en trok de stof vooruit. Kathleen vervloekte zichzelf dat ze haar jas niet had dichtgeknoopt. Hij bestudeerde grijnzend haar decolleté, ze kon zijn zweet ruiken, Kathleen trok bruusk met een schouder naar achter, klemde haar handtas onder haar armen.

'Geef mij die tas, kutwijf.'

Alles, maar niet die handtas. De overvaller kwam met zijn hoofd nog dichterbij, Kathleen hield haar adem in. De kilte van die twee ogen omrand door zo veel zwarte wol.

'Sorry, ik heb écht niks...' Haar stem trilde.

En opeens zag ze hem weer naar achter wijken en uithalen, met de kolf van het wapen. Een knal tegen haar slaap, gekraak. Kathleen viel neer, en voelde een bottine in haar maag trappen, en dan nog eens.

'Komaan, man, die handtas en weg, verdomme!'

De kleine stampte nog een keer, tegen haar nieren nu. Pijn kroop langs haar rug naar boven. Ze probeerde met haar handen haar gezicht te beschermen, de handtas nog altijd bij zich. Plots sprong de uitbater tegen de overvaller aan. De lange kwam dichterbij, hield bevend zijn wapen gericht. De twee mannen lagen worstelend op de grond, Kathleen wilde opstaan, stampte in de rug van de kleine met de hak van haar schoen, maar in geen tijd zat hij boven op de winkeleigenaar. Hij sloeg hem met volle vuist in zijn gezicht. Een doffe knak. De lange trok de andere aan zijn schouder. 'Zot, stop daarmee, komaan.'

De kleine leek niks te horen, stampte de man tegen zijn hoofd, die krijste alsof ze hem doodsloegen. Toen begon hij in zijn maag te stampen, en nog eens, en nog eens, en nog eens, tot de man braakte.

'Idioot,' de lange graaide naar de zak, trok de kleine hardhandig aan zijn schouder: 'mee, nu, kalf.'

De slungel liep naar de deur, en de andere stormde achter hem aan. De rinkel van de deur, en dan wazige stilte.

Kathleen kroop moeizaam overeind. Ze voelde aan haar voorhoofd, nattig, bloed. Ze was een beetje duizelig, maar bewoog zich naar de man toe. 'Mijnheer?' Zijn ogen waren dicht. 'Sir, are you okay sir?' Kathleen wist niet waarom ze dacht dat hij op Engels wel zou reageren, misschien omdat hij met een accent had gesproken daarnet. Ze schudde hem zachtjes aan zijn schouder, zijn gezicht zag er akelig uit, en het braaksel had een vreemde bruinrode kleur. Zijn borstkas ging op en neer, dat wel, goddank.

Ze stond op. Wat nu? Paniek was alle vanzelfsprekendheid die zomaar uit je wegvloeit. 'Dries?' Waar was hij eigenlijk gebleven? 'Dries?!' Ze moest hulp halen, een telefoon vinden. 'Drie-hies?' Ze liep naar de deur die naar de privévertrekken leidde. Binnen stond een ouderwetse telefoon. Er nam meteen iemand op, Kathleen deed haar verhaal, maar ze kende de naam van de straat niet. 'Dries?' Weer geen reactie. Uiteindelijk zag ze een enveloppe bij de telefoon liggen, ze dicteerde straat en huisnummer, ze was bang dat door haar gesukkel alle hulp te laat zou komen.

Pas toen ze de winkel weer in kwam, zag ze hem zitten, verstopt tussen de kast met conserven en de muur. 'Dries?' Hij reageerde niet, keek haar niet aan. Pas toen ze bij hem kwam zag ze dat het kruis en de binnenkant van de pijpen van zijn beige broek donkerder waren dan de rest.

VIER

Kathleen keek naar hem, naar hoe hij daar lag, nek en hoofd vastgegord op de draagbaar, de vreemde man die haar had gered. Het was te vroeg om iets te zeggen, verdere onderzoeken zouden het uitwijzen, zeiden de ambulanciers. Haar gaven ze een kompres, dat ze tegen haar hoofd gedrukt moest houden. Om de wond te hechten en haar hoofd te laten nakijken, kon ze met hen meerijden, maar ze zouden wel zo meteen vertrekken. 'Ik check even.'

Kathleen liep naar Dries, ze had nooit meer naar hem verlangd. Hij zat achteraan in de winkel op een krukje, met een deken om zijn middel gedraaid. Hij staarde naar de grond, zijn gezicht bleek, een hand aan zijn voorhoofd. 'Gaan we mee met de ziekenwagen? Of ik alleen en dat gij nadien komt? Of gaan we met uw auto naar de spoed? Gij kunt gewoon rijden, toch?'

Dries antwoordde niet.

'Ik moet iets zeggen tegen die gasten, ze staan te wachten.'

Toen hij ook daar niet op reageerde, klinkte ze naar de ambulanciers: ik blijf hier, dankuwel.

Dries zat daar alsof hij zijn eigen gewicht niet langer kon dragen. Zij die meesters waren in de betere gesprekken bleven almaar zwijgen. Hij vroeg niet hoe het met haar ging, zij vroeg zich af wat hem kon helpen, maar er schoot haar helemaal niks te binnen. Haar hoofd bonsde. Hij was gedegouteerd door haar, natuurlijk, zij die een dwaze handtas niet wou afgeven en zo verantwoordelijk werd voor het geweld tegen die heldhaftige man. Misschien moest ze toch maar opbiechten hoe het zat? Maar een verhaal over stront? Kathleen ging naast hem zitten. Ze schraapte haar keel om iets te zeggen, maar daar bleef het bij. Ze stond weer op, zocht naar een sleutel, zodat ze straks de deur achter zich konden dichtdoen.

Toen ze terugkwam zat Dries daar in precies dezelfde houding, zijn schouders hoog, in een kramp getrokken.

'Gaat het?' vroeg ze.

Dries gromde: 'Ja, het is hier allemaal dolletjes.'

Dat soort cynische kilte kende ze niet van hem.

'Ik had mijn tas moeten geven, het was gewoon...'

Hij keek haar niet aan, ze verloor de moed om die zin af te maken. Hij trok de deken nog wat verder over zich heen.

'Ik ben blij dat ze zich tenminste niet tegen u hebben gekeerd.' Ze gebruikte haar zachtste stem.

Ze legde een hand op zijn wang, hij trok zijn hoofd weg. Kathleen wachtte even, hoopte dat hij toch iets zou gaan zeggen. Ze wilde hem wel kussen, maar ze wist niet of ze het aan zou kunnen als hij ook dan achteruit zou deinzen. 'Zullen we vertrekken? Door hier te blijven gaan we ons niet beter voelen, toch?'

'Ga maar, ik kom.'

'Gij hebt de sleutel van uw auto, hè.'

'Ja.'

Hij maakte geen aanstalten om die aan haar te overhandigen.

Kathleen staarde rillerig naar buiten, naar het vlekkerige licht, de onscherpe wereld. De regen kletste kwaad tegen de ramen, een zwart-witte kat rende opgejaagd voorbij. De leegte van de straat ontregelde haar. Kathleen dacht aan de uitbater, aan zijn armen in de lucht, aan zijn gebrul, aan Dries en zijn afgewende blik, aan die weerzinwekkende kak in haar tas, en ze voelde een traan treuzelen in haar rechterooghoek.

'Ik zie u graag,' zei ze toen, ze hoopte dat hij dat zou horen.

'Ja, ja, ik kom.'

Hij kwam van het krukje af, wikkelde de deken opnieuw om zijn middel, en liep langs haar heen naar de auto.

'Vergeet uw handtas niet.'

Kathleen wist niet of die bittere ondertoon er echt was, of alleen bestond in haar verbeelding.

Ze had moeite om de deur op slot te krijgen, na wat gemorrel dropte ze de sleutels in de brievenbus. En tien meter verderop stond een vuilnisbak, eindelijk tenminste van die last verlost, dacht ze terwijl ze de zak door het gat duwde.

Kathleen ging naast hem in de auto zitten.

'Oei, ik maak hier alles nat.'

Luchtigheid wilde ze proberen, om zo het pad te effenen voor een gesprek.

Dries drapeerde de deken zorgvuldig over zijn broek, startte de wagen.

'Ja, als ge ook nog wat in de straat op en neer gaat wandelen natuurlijk.'

Kathleen wist niet wat te zeggen. Ze hoorde de richtingaanwijzer, zijn handen die langs het leren stuur gleden. Toen trok hij voor de zoveelste keer aan de deken. Zij probeerde door haar mond te ademen.

De ruitenwissers zwiepten op hun snelste stand heen en weer. Ze keek naar de weg, maar het enige wat zij zag was het gezicht van Dries, die weigerde haar aan te kijken, en het kapotte gezicht van de man van de nachtwinkel. Ze kreeg kramp in haar arm van dat kompres vast te houden, ze wisselde van hand. Als ze zich liet gaan, zou ze moeten klappertanden. De kou leek in haar te zijn gekropen, een metgezel die was gekomen om te blijven.

Wanneer hij straks opgefrist zou zijn, dan, dan zou het allemaal weer beter gaan. Dan reden ze naar de spoedopname voor haar hoofd, en daar zou hij haar hand vasthouden en zij zou zeggen dat ze straks het hele verhaal zou doen en dat hij haar dan wel zou begrijpen, en dan zouden ze samen informeren naar de eigenaar en te horen krijgen dat hij weer helemaal de oude zou worden, binnenkort al, en dan zouden ze elkaar omarmen omdat ze zo gelukkig waren, voor hem en ook gewoon, samen, en dan zouden ze babbelend als altijd naar hem of haar thuis gaan, dat zou niks uitmaken, zouden ze zeggen. En ze zouden de ander weer vinden zoals ze dat de voorbije vijf maanden telkens weer hadden gedaan. Zo zou het gaan, straks, als hij opgefrist was, dat wist zij zeker. Of toch bijna.

hij wist dat geduld iets was
wat je moest hebben

EEN

'Ik wil niet groot worden.'

Jason keek naar buiten. Hij liet zijn stoel balanceren op de twee achterste poten, ook al wist hij dat Myriam dat gevaarlijk vond.

'Niet groot worden?'

'Er gaan veel slechte dingen in mijn toekomst zitten, en weinig goeie.'

Hij haalde zijn schouders op, alsof hij dat nu wel zei, maar het hem verder weinig kon schelen.

'Slechte dingen?'

Hij haatte het als Myriam gewoon herhaalde wat hij zei. Dat deed ze vaak. En hij haatte het ook als hij van haar moest tekenen. Huizen, mama's, papa's, zichzelf, zijn hartje. En hij kon al niet goed tekenen. Jason zweeg. Hij liet zijn stoel zo ver achteroverleunen dat hij makkelijk kon vallen, terwijl de vloer van stenen was, en hij hield zichzelf maar met twee vingers zo'n beetje vast aan het tafeltje. Hij verwachtte dat Myriam er iets van zou zeggen, maar dat deed ze niet.

Soms was Myriam best lief, maar vandaag vond hij haar stom. Ze wou dat het over zijn mama ging, omdat zij morgen op bezoek zou komen. Jason had haar niet meer gezien sinds hij hier zat. En dat was nu al zo lang. Ze hadden sinterklaas gevierd, en Kerstmis en zijn verjaardag. Toen had hij knikkers gekregen, en een leesboek en er was taart met een klavertjevier voor iedereen, omdat het huis hier zo heette. Ook voor kleine cadeautjes moest je dankbaar zijn.

Hij vond Klavertje Vier een belachelijke naam voor een huis als dit. Hier hadden alle kinderen juist ongeluk. Bij sommigen hadden hun mama's of papa's hen gewoon zelf weggedaan. Zo erg. Zijn papa was er nooit geweest, dat was iets anders. Hij was misschien dood of misschien verdwenen of misschien op reis, dat wist Jason niet precies, maar hij dacht dat laatste. En zijn mama zou dat nooit doen. Zij had gewild dat hij altijd bij haar zou blijven, maar een mevrouw was hem komen halen.

Hij had zich in het gordijn gedraaid, en dan met de stof in zijn vuisten zo hard vastgehouden als hij kon, de rail was bijna afgebroken. Hij was heel lang blijven staan, in dat gordijn, en hij had hard geroepen en zo. Hij had gehoord dat de gemene mevrouw tegen zijn mama had gezegd dat ze beter mee kon werken omdat er anders agenten zouden komen om de klus te klaren. Als zijn juf 'klusjes' zei waren het altijd domme dingen die moesten gebeuren, niet kinderen afpakken van hun mama. Jason geloofde er niks van, van die agenten, die hadden vast wel wat beters te doen. Maar toen was zijn mama toch verdwenen en teruggekomen met een tas vol spullen. Kleren en zijn pyjama en ook een knuffel waar Jason nooit mee sliep, eigenlijk, een grijs konijn met heel lange oren. Misschien wist zijn mama dat niet, dat vond hij wel spijtig.

Ze had gezegd dat hij mee moest gaan en dat het wel goed zou komen. Daar was Jason niet zo zeker van, maar hij besefte wel dat kinderen toch niks kunnen kiezen. Hij stond daar bij die mevrouw en hij moest zijn best doen om haar niet te slaan of te stampen, want dat gebeurde soms als hij heel boos werd, maar dat zou het vast erger hebben gemaakt, en door daar hard aan te denken had hij zijn vuisten en zijn voeten stil kunnen houden. Toen hij wegging huilde zijn mama, dat had hij wel gezien. Jason niet. Zijn mama zei altijd dat grote jongens niet huilen en hij wou laten zien dat hij een grote jongen was en dat ze zich om hem geen zorgen hoefde te maken.

Jason had Paco nog dag willen zeggen, maar die rothond had zich weer verstopt, tussen alle vuilniszakken in de achterkamer waarschijnlijk, zoals meestal. Hij had hem niet snel genoeg kunnen vinden en de mevrouw zei dat ze echt moesten vertrekken. Hij vond Paco niet echt een rothond, eigenlijk meer een grappige hond. Hij hoopte dat mama niet vergat om hem eten te geven, want dat deed hij normaal.

'Jason?' Myriam keek naar hem met van die bezorgde ogen. Als ze zo keek, had ze meer rimpels dan normaal. Jason was bang dat, als hij bleef zwijgen, Myriam weer toneeltje zou willen spelen. Hij haatte haar soort toneeltjes. Hij vond dat ze die maar met haar eigen kinderen moest doen. Hij dacht dat zij er wel vier zou hebben, en dat ze allemaal samen in een groot huis woonden, met de papa die niet dood was, of verdwenen of op reis, en met een goal in de tuin, en een aparte computer voor iedereen en ook nog een eigen kamer met alle posters die ze graag wilden.

Myriam bleef maar staren. Ze wilde waarschijnlijk weten hoe hij zich voelde, want dat wilde ze altijd weten, zoals iedereen. En Jason wist dat wel, hij kon alleen niet de woorden kiezen die daarbij klopten, al dacht hij zo vaak luide gedachten. Het zou beter zijn als hij nu iets zou zeggen, want straks zou zij weer zelf beginnen te praten over zijn mama, dan zou hij weer boos worden als hij niet oppaste en misschien weer naar de time-outruimte moeten. Maar soms zei Myriam heel onware dingen.

Hij haatte die kamer. Er was niks, behalve muren en kussens en een matras en een opblaasmannetje waar je met een opblaasknuppel tegen kon meppen. Heel onnozel. Hij had er al zeker negen keer gezeten. Toen hij Marco had gebeten, zo hard dat er een beetje bloed was, aan zijn brede arm. Jason had haar geproefd, want Marco had overal heel veel haar, en ook een baard. Dat haar vond hij vies, zo aan zijn mond. Daarna had hij nooit meer iemand gebeten.

Hij moest ook in time-out toen hij op de neus van Dylan had gebokst. Dylan was de verschrikkelijkste jongen van alle jongens hier. Ze dachten eerst dat zijn neus gebroken was, maar toen zei de foto van het ziekenhuis toch van niet. Stiekem was Jason blij met dat nieuws, want hij was zelf ook wel wat geschrokken, al liet hij daar niks van merken. En Dylan had toen een extra dessert gekregen die avond, dus uiteindelijk was het nog niet zo slecht geweest voor hem, die boks.

En één keer had hij ook gestampt, naar Myriam. Maar dat was omdat zij het altijd maar over vroeger wou hebben, en vroeger was voorbij. Jason had het al zo dikwijls gezegd, en toch wou zij niet stoppen. Myriam was als een wesp die altijd maar terugkomt bij je glas cola, ook al probeer je die nog zo hard weg te krijgen.

Jason besefte wel dat hij niet mocht slaan, maar dan was het al gebeurd met zijn handen voor hij dat weer wist met zijn hoofd. Zijn mama had hij nooit geslagen, want zij was lief. En ook wel een beetje zwak. Ze moest dan overdag wat slapen. Of heel stil liggen, en dan keek ze raar uit haar ogen. Hij liet haar best met rust op die momenten, want als hij dan iets vroeg, bijvoorbeeld, dan leek het wel of zij hem niet zag, of dan zei ze dingen die hij niet begreep, en waar hij toch een beetje ongerust van werd. Jason had niet graag dat zijn mama zwak was, maar het gebeurde niet elke dag, of toch niet elke dag als hij het zag.

Nu en dan kwam Carl ook langs. Jason haatte Carl. Hij rook naar de frituur. En hij lag meestal in de sofa met zijn schoenen aan, en vaak bleef hij ook nog slapen, en hij kon heel hard schreeuwen. Als hij door de deur stapte, dan wou Jason dat hij meteen weer vertrok, maar dat gebeurde nooit.

Af en toe ging zijn mama weg. Dat hij van school kwam en haar nergens kon vinden. En dan duurde het heel lang voor ze er weer was. Dan keek Jason naar de televisie, en at hij Zwan-worstjes en dronk het sap op, dat vond hij lekker. En hij was ook niet echt alleen, want Paco liep meestal wel ergens rond. Hij probeerde altijd lief te zijn voor zijn mama, en stil en zo, in huis, omdat ze dan wel terug zou komen, naar hem.

Ze kon boos worden als hij te veel lawaai maakte, als hij te veel vragen stelde en als hij niet luisterde naar haar. Soms werd hij ook eens boos terug, maar meestal niet en nooit heel hard. Dikwijls ging hij dan gewoon krabben aan zijn benen, lang, tot het ging bloeden, daar werd hij rustiger van. Hij had eczeem, al van toen hij klein was. Naomi van zijn klas had eens een keer naar zijn benen gewezen en, met haar tong uit haar mond, een opgetrokken neus en een heel stout gezicht, geroepen: 'Kijk, hoe vies.' Hier kreeg hij zalf voor zijn eczeem, nu jeukte en prikte het niet meer zo erg. En hier was er ook elke dag eten. In het begin verstopte hij koeken, bananen en ook nog andere dingen onder zijn bed, om ze mee te kunnen nemen als hij terug zou gaan naar zijn mama. Maar dat had Marco toen ontdekt, en dat mocht hij dan ook al niet meer doen.

'Kom, Jason, nog een kwartiertje, oké? Dan moogt ge weer naar de groep. Laten we op het tapijt gaan zitten.'

Myriam gaf twee klapjes op de mat, alsof hij anders niet zou weten wat ze bedoelde.

'Oké dan,' zei Jason, die erger wilde vermijden, en hij zuchtte, zo hard hij kon. Myriam kneep hem in zijn zij, dat kietelde. Hij hield zijn lippen stijf op mekaar. Ze deed het nog een keer. Toen moest Jason wel lachen, alleen een beetje maar, ook niet te veel.

TWEE

Buiten was het pikkedonker. De maan heel klein, zoals hij een glimlachend mondje zou tekenen, maar dan rechtop. Hij had het gordijn weer opengedaan om naar de hemel te kunnen kijken, ook al wist hij dat hij moest slapen. Maar dat was moeilijk de avond voor zo'n belangrijke dag.

Steve was vandaag jarig geweest, hij had een potje gekregen met een vergrootglas om insecten in te doen, wat een cooler cadeau was dan zijn knikkers, en ook een leesboek. Hij mocht een wens doen, want alle kaarsjes op de taart waren uit. Bij Jason brandden er nog twee. Hij had gezegd dat hij een Wii wou, helemaal voor zichzelf. Dom van Steve, nu ging die wens zeker niet meer uitkomen, want hij had het hardop gezegd, en dat was tegen de wet van wensen en kaarsjes uitblazen.

Als Jason een wens zou mogen doen, dan was dat veel geld hebben om dan een huis te kopen voor zijn mama en voor hem, een groot huis waar alles lekker rook en mooi was, en geen vocht in de muren, en dan zou zijn mama zeker blijer zijn, dacht hij, en dan konden ze daar met zijn tweeën wonen, en misschien kwam ooit zijn papa dan wel terug van zijn reis, als hij niet dood was tenminste. Meestal zei mama dat hij er niet meer was, en dan mocht Jason geen extra vragen stellen.

Jason keek naar het konijn, dat mocht bij hem slapen, want dat vond de knuffel leuk en dan had hij minder enge dromen. Hij dacht aan zijn vrienden van de vorige school. Met Jesse mocht hij soms mee naar zijn huis om te logeren. Jesse had een stapelbed, helemaal voor hem alleen en voor zijn vriendjes als die bleven slapen. Eén keer hadden ze samen met de mama van Jesse koekjes gebakken die ze zelf mochten opeten. Dat was wel een beetje meisjesachtig, vond Jason, maar ook een beetje gezellig, en de koekjes waren mislukt van vorm, maar wel lekker.

Iemand mee naar huis nemen kon hij niet. Zijn huis was te klein voor vrienden. Jason wou dat zijn mama ook zo veel geld had als de andere mama's, dan zou ze voor hem zeker veel dingen kopen, en dan zouden ze ook samen gaan zwemmen in een zwembad met grote glijbanen en naar de bioscoop en naar de binnenspeeltuin. Jesse was al met zijn papa naar een heel spannende film geweest waar kinderen eigenlijk niet binnen mochten. Jason wist niet zeker of dat wel waar was, de mensen van de film zien toch dat je een kind bent en naar binnen gaat.

Hij wilde niet dat zijn vrienden wisten waar hij nu woonde. Het was sowieso te ver om op bezoek te komen. Myriam had gezegd dat hij een brief kon schrijven, of tekeningen maken om op te sturen, of een foto van zijn kamer doormailen, of van hemzelf, maar dat wilde Jason niet. Hij had beslist dat hij vanaf nu geen vrienden meer zou nemen.

Hij vroeg zich af hoe het met zijn mama ging. Ze moest eerst beter worden voor hij haar kon zien, hadden ze gezegd, dus zou het nu vast wel goed zijn. Misschien was ze niet meer zo dun en bleek, had ze niet meer van die grote ogen waar hij een beetje bang van was. Jason vond het niet eerlijk dat zij nu altijd maar alleen moest zijn, of ja, misschien af en toe met Carl. Alleen zijn is niet leuk, niet voor kinderen en niet voor grote mensen.

Er klonk lawaai op de gang. Jason hoorde iemand huilen. Dat gebeurde wel vaker, zeker met de kinderen die nieuw waren. Die eerste nacht lukte het hem ook niet om in slaap te vallen, al hield hij toen lang zijn ogen dicht, en probeerde hij goed stil te blijven liggen. Er waren allemaal rare schaduwen en enge geluiden en hij moest altijd maar aan zijn mama denken en ook wel aan zijn vrienden. En toen was de opvoeder – Jason wist niet meer hoe die heette, hij werkte hier nu niet meer – een soort van half boos op hem geworden. Dat hij nu echt moest slapen, had hij gezegd, met een luide stem en een vinger, en wenkbrauwen die stress hadden. Alsof je dat zomaar kon beslissen.

Als het morgen goed ging, het bezoek, zou hij misschien gauw weer bij haar mogen wonen. Myriam had gezegd dat ze in dat verband niet op de zaken vooruit mochten lopen. Dat vond Jason iets raars om te zeggen, maar hij begreep wat het betekende: dat hij weer eens geen echt antwoord kreeg op zijn vraag. Dat gebeurde zoveel met grote mensen. Hij trok het dekbed tot over zijn neus. Ook al was hij altijd wat ongerust dat hij weer een nachtmerrie zou hebben, hij wilde slapen nu. Want morgen moest hij heel flink zijn, en rustig. Zodat zijn mama hem nog wou, in hun huis. Hij ging op zijn zij liggen, trok het konijn dichter tegen zich aan en kneep zijn ogen stijf dicht.

DRIE

Toen ze werden gewekt had Jason nog maar een kwartier geslapen, hij wist het zeker. Hij wilde niet opstaan, en niet douchen, en niet ontbijten tussen alle kinderen die babbelden en riepen en druk deden. Vandaag was het nochtans zaterdag, en moest hij dus alvast niet naar school en 's ochtends de hele tijd haasten. Zijn mama kwam pas na het middageten, had Myriam gezegd. Hij wou dat hij had geslapen tot dan, dat hij zijn ogen opendeed en dat daar zomaar zijn mama stond, in zijn kamer, en dat ze een cadeau had meegebracht, nog voor zijn verjaardag.

'Kom, jongen, grote dag vandaag, we gaan eraan beginnen.'

Marco gooide de deur open, die knalde tegen de muur aan. Hij klonk helemaal vrolijk. Jason hield zijn ogen dicht en deed alsof hij nog sliep.

'Boe,' Marco brulde vlak bij zijn oor.

'O, man.'

'Komaan, sunshine.'

Marco trok de deken van hem af, schoof het gordijn open, en liep weer in de richting van de gang.

'Als ge er zo meteen niet uit zijt, zal ik de grote middelen moeten inzetten.'

Marco durfde soms zelfs met een waterpistool tekeergaan als je niet wou opstaan. Marco was wel cool. Jason kwam overeind, en zwaaide zijn benen uit bed.

Op zijn blote voeten liep hij met zijn handdoek naar de doucheruimte. Het bruine tapijt van de gang prikte. Hij stak een arm uit en liet de toppen van zijn vingers langs de muur glijden, alsof heel even alleen die wand en zijn hand bestonden. Hij haatte de douches hier. Toen hij binnenstapte zag hij het meteen: hij had pech vandaag, net nu stond ook Dylan daar. Jason zei niks, koos een cabine, klapte het deurtje dicht en drukte op de knop, het water begon te lopen. Het was niet warm genoeg, vond Jason, maar dat kon je hier niet zelf regelen. Hij draaide de zeepfles om, liet zijn hand vollopen met het roze goedje en waste zich. Hij deed het extra vandaag, zo echt overal.

Toen hij bijna klaar was, kwam er langs de onderkant een voet tot in zijn hokje. De voet was groot en wit, er zat een spleet tussen de grote teen en de vier andere, zonder enige twijfel die van Dylan. Jason reageerde niet, en bleef gewoon staan. Daarna kwam er een graaiende hand onder de wand vandaan. Jason stapte zoveel mogelijk naar rechts, dan kon Dylan er hopelijk niet bij. 'Jason,' hij liet het pesterig klinken. 'Jason ziet vandaag zijn mammie.' De hand bleef klauwen naar zijn voeten. Het water stopte, dat ging hier vanzelf. Hij drukte niet zoals normaal nog een tweede keer op de knop. Hij droogde zich af, knoopte de handdoek om zijn middel en wou zo snel mogelijk naar zijn kamer om zich aan te kleden.

Toen hij buiten kwam stond Dylan daar. Hij versperde de weg en grijnsde. Dylan was een grote, brede, witte jongen met enorme oren en veel te veel haar zonder duidelijke kleur. Hij zat twee klassen hoger dan Jason, en hij was al eens blijven zitten. Op school pestte hij ook iedereen. Dylan haalde zijn hand achter zijn rug vandaan, en daar hing zijn konijn, de twee oren in zijn vuist geklemd. Jason moest kalm blijven, zeker vandaag. Dylan liet de knuffel uitdagend voor zijn neus bungelen. Jason probeerde hem te pakken, al wist hij ook wel dat dat precies was wat Dylan wou. Dylan trok het beest weer weg. 'Ik denk dat dit konijn naar de wc moet. Het wordt moeilijk om ervoor te zorgen dat het niet in de pot valt. Ik denk dat ik een toilet kies waar de vorige niet heeft doorgetrokken.' Dylan lachte, zoals slechteriken op de televisie, niet omdat hij echt moest lachen. Als Jason niet oppaste, ging hij huilen. Hij hengelde nog één keer met een wapperhandje naar het konijn, en toen zei Dylan: 'Te laa-haat,' en draaide zich om. Jason hield het niet meer. Hij stampte zo hard als hij kon tegen Dylans knieholte. Dat had hij van Steve geleerd, dat trucje. Dylan viel voorover, met zijn hoofd tegen de deur van de douchecel. Jason griste de knuffel uit zijn handen, liep gauw naar zijn kamer, en gooide de deur achter zich dicht.

Dat werd gegarandeerd een time-out voor hem. Waarom had hij dat nu toch gedaan? Hij hoopte maar dat het bezoek niet werd afgezegd, wat zou zijn mama dan wel niet denken. Hij zou zelf naar Marco lopen, vertellen wat er was gebeurd, sorry zeggen. Ja, dat was een goed idee. Hij trok gauw een broek aan en een T-shirt en liep naar de doucheruimte.

Hij zag Dylan al bij Marco staan. Er zat een bult op zijn hoofd, zei hij met de stem van een klein kind, en zijn knie was een beetje rood, als je goed keek tenminste. Dylan deed zoals altijd alsof hij niks had gedaan. Jason was kwaad, maar dat mocht hij nu niet laten merken. Hij zei sorry tegen Dylan, en ook nog tegen Marco. 'Ga maar naar uw kamer, ik kom direct.' Jason probeerde te zien wat Marco ervan vond, maar hij had een gezicht waar hij geheimen goed in kon bewaren.

Jason had zijn bed al opgemaakt, zijn kousen en schoenen aangetrokken, en hij zat te wachten boven op de neus van het vliegtuig dat op zijn dekbed stond. Hij krabde niet aan zijn benen, hij zou niet roepen of iets anders doen wat niet flink was. Wat als zijn mama nu al onderweg was en rechtsomkeer moest maken omdat hij stout was geweest? Wat als ze dan kwaad op hem zou zijn en altijd blijven? Hij wachtte. Jason haatte wachten.

Toen Marco eindelijk bij hem kwam, moest Jason het hele verhaal nog eens vertellen. Hij eindigde met nog maar eens een sorry, die kon je nooit genoeg zeggen, wist hij. Marco begreep het wel, en voor deze ene keer hoefde hij niet in time-out, hij kreeg alleen een waarschuwing, omdat hij zelf naar hem toe was gekomen en zich nu zo rustig hield, en ook een beetje omdat hij een spannende dag voor de boeg had. Jason vroeg zich af wat een boeg was, maar dat vroeg hij niet. Hij liep met Marco mee om te gaan ontbijten, hij hoopte maar dat er nog hespenworst zou zijn.

VIER

Hij had hier nog nooit zo snel gegeten. Na één bord al gestopt, terwijl het spaghetti was, zijn favoriet. Steve had gevraagd of hij mee ging voetballen, maar Jason wou de wacht houden bij het raam. Rond twee uur zou ze er zijn, zijn mama. Iemand zou haar ophalen en hierheen brengen. Myriam had gezegd ‘rond’, dat kon natuurlijk ook vijf voor twee zijn, of twaalf na.

Hij keek naar de klok: negen voor twee, zeiden de wijzers. Jason ging zo op de vensterbank zitten dat hij de oprit goed in de gaten kon houden. Hij trok zijn knieën op, en sloeg zijn armen rond zijn benen. Hij vroeg zich af of mama Paco misschien mee zou brengen. Dat zou vast niet mogen hier. Hij probeerde in zijn hoofd te horen hoe zijn mama klonk, dat vond hij moeilijk. Jason was gegroeid sinds hij hier zat, zei Marco. Zijn mama zou daar wel van schrikken.

Op de oprit stonden zes auto’s, of ja, vijf en het busje van hier, en er bewoog niks, behalve de bladeren van de kastanje die daar stond, die zwiepten nu en dan zo'n beetje in de wind. Jason hield zijn voorhoofd tegen het glas, dat voelde koud. Hij probeerde goed te luisteren, om de motor van de auto te horen als die kwam aangereden. Af en toe was er een, maar die sloegen geen van alle links of rechts af. Hij hoorde gegil in de tuin, een van de ploegen had een goal gemaakt.

Het was al negentien voor drie. Het leek normaal dat op tijd komen moeilijk was. Misschien moest zijn mama nog langs een winkel, want het was tenslotte zijn verjaardag geweest, en hij had van haar alleen een kaart gekregen. Er stonden ballonnen op, en gefeliciteerd met een uitroepteken, en binnen had zijn mama geschreven: 'Voor mijn lieve, jarige Jason. Dikke kus, mama.' En ze had er een groot hart bij getekend, met daarin I love you, want zij wist dat Jason al Engels begreep. Die kaart stond op zijn nachtkastje.

Of misschien kon ze haar sleutels weer niet vinden om de deur van hun huis op slot te doen, dat gebeurde ook vaak. Of misschien had de mevrouw die haar moest brengen problemen met haar auto, dat die kapot was en dat ze langs de weg moesten wachten op hulp, daar kon dan niemand iets aan doen.

Jason ging staan, want zijn voet sliep van zo lang in dezelfde houding zitten, hij drukte zich op aan de vensterbank en probeerde zo te blijven hangen, daar kreeg hij sterke armen van. Hij wilde sterk zijn, dat was belangrijk. Marco kwam voorbij. Jason zag hem naar de klok kijken. 'Ga anders mee voetballen, ik roep u wel als ze er zijn.' Jason schudde zijn hoofd, hij ging nergens naartoe. Hij wou zijn mama zien vanaf de eerste seconde dat ze er was. Hij wipte op zijn ene voet, en daarna op zijn andere.

Twee voor halfvier. Jason wist dat geduld iets was wat je moest hebben. En wachten op iets heel leuks stopte met erg te zijn als het leuks er dan was. Hij keek door het raam. Buiten vlogen er allemaal vogels samen ergens naartoe, dat vond Jason mooi, want zij bleven altijd samen, tot ze helemaal in Afrika of zo waren aangekomen toch al zeker.

Hij probeerde zo lang mogelijk te wachten voor hij nog eens naar de klok keek, maar dan was het toch maar drie minuten later, of zes. Jason was nog zenuwachtiger dan voor zijn spreekbeurt over de veldmuis, of toen hij aan Marco moest gaan vertellen van Dylan.

En opeens zag hij een auto de oprit opdraaien, een witte, vuile Opel, dat moesten ze wel zijn. Jason sprong met zijn twee voeten op en neer, hij kon ze niet stilhouden. Zijn mama was er, helemaal echt. Hij trok zijn trui goed, hij zou heel heel lief zijn, dat ging lukken, dat wist hij zeker. Toen zag Jason een mijnheer de parking op wandelen, die had hij al eens gezien, dacht hij, maar misschien vergiste hij zich. Waar was zijn mama nu? Bleef ze in de auto zitten? Waarom dan? Was ze moe van zo ver rijden misschien? Of was ze weer wat zwakjes? Of wou ze hem gewoon een beetje foppen? De man stapte niet in de richting van de deur. En opeens wist Jason het weer: het was de mijnheer van toen de douches kapot waren, niet degene die zijn mama bracht.

'Marco, ik dacht dat ze er waren, maar het is die ene van de douches.'

Marco kwam vanuit de andere kamer naar hem toe.

'Jason, ik heb net telefoon gekregen, jongen, gaan we naar de stille ruimte?'

Hij werd er zenuwachtig van, waarom deed Marco zo? Hij wilde niet naar de stille ruimte, hij wilde wachten op zijn mama. Maar hij moest flink blijven, hij had al een waarschuwing gekregen vanmorgen, straks verpestte hij het zelf nog voor zij er was. Hij maakte vuisten van zijn handen en liep naar binnen.

Hij haatte de stille ruimte. Hij stampte zachtjes met zijn voet tegen het bankje, altijd maar opnieuw. Marco bleef eeuwen weg. Toen hoorde hij de deur, stappen in de gang, was het een verrassing? Was ze er nu toch? Had Marco alleen maar een raar gezicht getrokken om hem te plagen? Jason kon niet blijven zitten omdat er vanbinnen van alles juichte.

Terwijl hij stond te trappelen in de stille ruimte, kwam Marco binnen, met achter hem aan... o nee, het was Myriam maar. Ze gingen elk aan een andere kant naast hem zitten. Zij slikte, er bewoog een dingetje in haar nek.

'Ik heb een beetje verdrietig nieuws, Jason. Er is iemand naar het huis van uw mama gegaan om haar op te halen voor het bezoek, maar ze was er niet...'

'Maar dan moeten jullie haar bellen.'

'Ja, dat hebben we geprobeerd, maar ze nam niet op. Die mevrouw heeft lang gewacht, maar tevergeefs.'

'Ze dacht misschien dat het een andere dag was?'

'Nee, er is gisteren nog contact geweest om te vermijden dat er iets mis zou gaan.'

'Als ze weggaat, komt ze altijd terug.'

Myriam zweeg.

Daar kon Jason niet tegen, waarom zei ze nu niet: ja, inderdaad?

'Komt mama dan morgen?'

'Het is niet zo goed dat uw mama de afspraak heeft gemist, en dat we haar niet kunnen vinden, we moeten nu bekijken hoe het verdergaat.'

Jasons keel werd zwaar opeens.

'Maar ze is gewoon weg en ze komt dan weer terug. Dat doet ze soms, maar ze komt altijd weer terug.'

'Ja, dat hopen we.'

Hopen we? Het beviel Jason niet wat ze nu zeiden. Hopen is voor wat je niet zeker weet, en hij wist het zeker, want het was al altijd zo geweest.

Hij wilde wel dingen vragen, maar hij wilde er tegelijk ook niet over doorpraten, want hij kon er niet tegen dat ze hem nog ongeruster zouden maken. Hij tikte met de hiel van zijn linkerschoen tegen het bankje.

'Is het omdat ik vanmorgen niet flink ben geweest, met Dylan?'

'Nee, het is niet uw schuld, Jason,' zei Marco, 'dat moogt ge echt niet denken.'

'Of mag ze van jullie nu niet terugkomen, gewoon omdat ze het eventjes vergeten is of dat er iets kleins tussen gekomen is of zo?'

Hij keek met zijn vuilste blik naar hen, dat wist hij wel, maar daar kon hij niks aan doen.

'Wij hopen dat gij uw mama gauw kunt terugzien.'

Wéér dat hopen, en wéér geen echt antwoord, hij haatte het als ze dat deden.

Hij haatte Marco en Myriam. Hij beet op zijn lip. Hij maakte vuisten, beneden, waar zijn handen waren, achter het bankje tegen de muur, daar waar ze het niet konden zien. Hij voelde tranen zitten in de hoeken van zijn ogen, maar hij wou niet huilen. Hij wou echt niks meer zeggen, hij wou niet naar Marco of naar Myriam kijken, zij moesten weg, uit zijn ogen. Hij wou zijn mama zien. En die was er niet. En ze wisten niet waar ze was. Grote mensen waren niet te vertrouwen.

Eigenlijk wou hij liefst helemaal niet meer denken aan zijn mama, want dat hoefde niet, want het was niet erg. Hij zou haar gauw gewoon zien. Jason zou geduldig wachten, en zich heel goed gedragen, want dat moest. Myriam en Marco bleven naar hem staren, daar moesten ze mee stoppen, straks werd hij toch te boos. Marco legde een hand in zijn nek. Die hand was zwaar, vond Jason. Hij stond op, ze moesten hem loslaten.

'Als ge vragen hebt, moogt ge die stellen.'

Myriam keek weer met haar bezorgde ogen, ze mocht zo niet naar hem kijken.

Jason hoorde buiten kinderen roepen, hij keek naar de tekeningen aan de muur. Tekeningen van de zomer waren het. Hij vond ze lelijk, zeker die van Dylan. Er waren er maar drie met een zon, en de meeste kinderen gebruikten veel bruin en zwart en rood, maar dat zijn kleuren van de herfst. De zijne hing er niet tussen, hij had geen zomer willen tekenen.

Jason moest aan Paco denken. Hij vroeg zich af waar die dan was. Even overwoog hij om dat te vragen, maar dat wisten ze natuurlijk ook niet. Zij wisten niks. Jason zweeg en liep naar de schuifdeur. Misschien moest hij toch mee voetballen. Hij stapte naar buiten, de zon scheen zo hard dat het meteen al warm werd in zijn hoofd. Hij stond op de stenen voor het gras. Hij zag Steve keihard lopen met de bal. Jason stampte met zijn ene voet tegen de andere, almaar opnieuw. Hij keek naar de grond, en dan naar al die kinderen met hun ongeluk, met mama's en papa's die hen niet meer wilden. Zo veel ongeluk had hij tenminste niet.

Hij mocht vast in het team van Steve als hij dat wilde, hij moest het alleen maar vragen. Hij liep het veld op, naar daar waar Steve was, zijn voeten waren klaar om te stampen.

ook wanhoop kan opraken
had zij ontdekt

EEN

Als hij vertrok, werd het weer makkelijker om van hem te houden. Elke ochtend zwaaide Elisabeth naar Jack wanneer hij in het busje zat. Ze wist eigenlijk niet waarom ze dat bleef doen. Vanaf zijn vaste plaats keek Jack nooit meer in haar richting, ook al omdat Jolientje zich meteen op hem stortte als ze hem zag. Aan haar was alles groot en breed. Haar voorhoofd, waar een massieve, donkerblonde pony overheen werd gekamd, haar benen, die mekaar in de weg leken te zitten als ze liep, haar ogen, die achter haar brillenglazen bijna het dubbele leken van wat ze waren. Toch noemde iedereen haar Jo-lien-tje.

Nu ja, Elisabeth had weinig recht van spreken. Zij wilde per se een stoere naam voor haar jongen. Terwijl ze Johan, die meer hield van Johannes of Sebastiaan, daarvan probeerde te overtuigen, fantaseerde ze een lijstje bij mekaar van wat haar Jack allemaal zou zijn, de perfecte mix van hun gelukte stukjes. Wat de charmezanger allang wist, dat dromen bedrog zijn, daar moest zij toen nog achter komen.

Bij wijze van begroeting duwde Jolientje haar gezicht tegen dat van Jack en, met de bril onhandig tussen hen in geklemd, gaf ze hem een reeks opzienbarend natte kussen. Jacks wangen glinsterden van haar speeksel, maar hij liet het gebeuren. Dat moest wel betekenen dat hij het niet onaangenaam vond, want als iets hem niet beviel, dan wist je dat meteen, dan zette hij het ongenadig op een krijsen, hoog en ijl, alsof een zwerm meeuwen aan het vechten was om de laatste korstjes brood. Hij hield dat vaak makkelijk twintig minuten vol omdat Elisabeth maar niet kon raden wat hem nu precies dwarszat. Wanhopig werd ze daarvan, die eerste jaren. Maar ook wanhoop kan opraken, had zij ontdekt.

'We zijn bijna klaar om te vertrekken,' riep Erna. Het was Elisabeth niet duidelijk wat hen daar dan nog van weerhield, maar zij glimlachte naar Erna, en zwaaide een laatste keer. Aan de overkant liep een zwangere vrouw voorbij, ze zag er intens gelukkig uit, vond Elisabeth. Ze herinnerde zich de eerste foto's die Johan had genomen van haar met haar buik. Zij had een holle rug gemaakt om 'm toch maar groter te laten lijken, en hij had haar daar treiterig om uitgelachen. Ze kocht een vuistdik boek over de ontwikkeling van het kind, en las meteen door tot het laatste hoofdstuk van deel één: zes jaar, omdat een mens maar beter voorbereid kon zijn, vond zij. Nadien had ze het boek op zijn nachtkastje gelegd, daar was het vervolgens onaangeroerd blijven liggen. Urenlang had zij rondgeslenterd in het soort winkel dat verdacht veel leek op de woonwarenhuizen die ze formeel verachtte, twijfelend aan het nut van luieremmers en wipstoelen, om er uiteindelijk van elk eentje te kopen. Hem leek het volstrekt overbodig maar hij liet haar, nu en dan schamper commentaar leverend, begaan. Terwijl ze daaraan dacht, besefte ze hoelang vroeger wel geleden was.

Het busje vertrok en Elisabeth stapte weer naar binnen, in haar huis, dat tot vijfentwintig over drie van haar was. Dan brachten ze Jack weer thuis. Maar daar hoefde ze nu nog niet aan te denken, dacht ze, wat betekende dat dat precies was wat ze deed. Hun huis was het eerste op de avondroute – ze had het altijd vreemd optimistisch gevonden, de keuze voor dat woord 'avond', alsof de dag dan al bijna ten einde was. Johan had dat een meevaller gevonden, een dagverblijf zo dichtbij.

Hem veroveren was geen sinecure geweest, Johan was toch het type dat al jarenlang bindingsangst liep te cultiveren, maar uiteindelijk zwichtte hij toch. Of zij hem had gekozen omdat hij echt de man der mannen was, of omdat de veertig vervaarlijk naderde, durfde ze niet te zeggen. Ze had tegen vriendinnen en familie over hem gejubeld tot ze het zelf ook oprecht was gaan geloven, dacht ze nu wel eens. Zichzelf dingen wijsmaken, daar was zij vroeger een kei in.

Ze keek om zich heen en wist wat ze eigenlijk moest doen nu: opruimen. Na de ochtendrush met Jack deden de keuken, bad- en woonkamer nog het meest denken aan een plek waar net een vrijmoedige huiszoeking had plaatsgevonden. Eerst koffie, dacht ze, of beter thee. Op het kastje lag de nieuwe editie van het modeblad waarvan Elisabeth hoofdredactrice was geweest, het zat nog in de plastic verpakking. Het viel haar zwaar om het te lezen, want het bracht alles weer terug. Het lekkere gedebatteer op redactievergaderingen, de kick van een geslaagd coverontwerp gedrukt te zien, het kakelend plezier met Janet op kantoor, de shows in Milaan, Parijs, Londen of Tokio, waar ze ontwerpers ontmoette.

Amper twee maanden was ze weer aan de slag geweest toen Jack naar het ziekenhuis moest met een longontsteking. Janet had eens gezegd dat het leek of de baby nooit iemand aankeek, zij had het beter aangevoeld dan Elisabeth zelf. Na het verdict van de artsen hadden Johan en zij gepraat, elk aan een kant van het ziekenhuisbed. Hij runde een bloeiend advocatenkantoor waar de mensen op hem rekenden, zei hij, feitelijk, alsof zij dat nog niet wist. 'Dus ja.' Ze wist nog hoe hij dat had doen klinken, dat 'dus ja', en hoe hij daarbij had gekeken: met iets meelijwekkends in de blik, een beetje zoals hij keek naar haar moeders golden retriever als die met zijn poot op Johans been kwam vragen om een stukje van wat haar echtgenoot op dat moment in zijn mond aan het stoppen was.

Haar man gaf nooit iets aan de hond, want zo zou hij dat storende gedrag nooit afleren, dat zei hij elke keer nadat de hond met zijn onkreukbaar optimisme toch maar weer eens een poging had gewaagd. Hij veegde een paar keer met de bovenkant van zijn hand langs zijn broek, daar waar de poot had gelegen, en zei tegen haar moeder dat de hondenschool eigenlijk toch een must was, zeker voor eigenaars van zulke grote beesten. Hij geloofde dat iets genoeg herhalen volstond om de ander tot het enige ware inzicht te brengen.

Elisabeth had zichzelf nog een tijdje voorgehouden dat het best zou lukken, allebei werken en voor Jack zorgen. Dat was voor ze zich een beeld kon vormen van wat dat allemaal met zich meebracht. Als Johan moe thuiskwam van zijn werk, zei hij vaak dat hij jaloers was op de vrijheid die zij had, en dan nam hij een kleine pauze tussen 'ja' en 'loers' en liet het zo klinken alsof die zin om een uitroepteken vroeg.

Elisabeth vulde de fluitketel en zette hem op het vuur. Ze opende het kantelraam, stak een sigaartje op en staarde naar buiten. Ze rook de herfst. Er viel veel zon op de struiken in de mist, alsof de wereld nog maar aan het beginnen was met weer te bestaan. Zij kwam zelden of nooit in de tuin die hen de stad had uit gedreven. De gedachte aan een zoon die moest rennen en voetballen en trampolinespringen had haar, de vrouw die zo hield van bruisend leven en cafés, restaurants en winkels altijd vlakbij, verzoend met het idee van verhuizen. Nu haatte ze dat keurig getrimde, kundig aangelegde stuk natuur, met dat terras en die grote tafel in teak, die acht stoelen en die barbecue voor al die feestjes die ze nooit gaven. Bij mooi weer ging Johan wel eens met Jack naar buiten om te ravotten, zo noemde hij dat. Hij haalde hem uit zijn rolstoel, legde hem op een deken in het gras, en lachte dan voor twee, zo leek het op plezier.

Vroeger, toen hij nog in zijn eerste rolstoel zat, ging ze wel eens met hem de deur uit, te voet naar het centrum. Ze mocht zichzelf niet opsluiten nu, daar was iedereen het over eens. Dus maakte zij abstractie van het gedoe, trotseerde de blikken en probeerde te geloven dat het haar goeddeed, lekker buiten. Maar toen was er dat incident bij de slager, en daarna ging het niet meer. Johan had gezegd dat ze het niet aan haar hart mocht laten komen, dat zij als intelligente vrouw toch beter wist. Ze had hem willen slaan toen. Die nacht kon ze de slaap onmogelijk vatten, zij begreep opeens dat die eenzaamheid dus voor altijd zou zijn. 's Ochtends onder de douche had ze gehoopt dat ze overdreef, dat wist ze nog.

De ketel floot, eerst nog voorzichtig, daarna uit volle borst. Ze haalde een zakje pepermuntthee uit het doosje, hing het in een hoog glas en goot er water op. Ze overwoog een stukje cake voor erbij, trok de deur van de keukenkast al open, maar duwde die meteen ferm weer dicht. Ze ging aan de tafel zitten en wierp een laatste blik op de kast met daarachter de wellustige cake die ze zo voor zich zag, in die doorzichtige verpakking van de bakker. En toen bedacht ze voor de vierde keer dat ze nu toch echt die bloemen eens weg moest doen, die waren inmiddels zo droog als de woestijnen, je kon de verrotting bijna tot aan de tafel ruiken.

Ze roerde in haar thee, het lepeltje tingelend tegen het glas. Aan de overkant van de straat liep Alida voorbij met haar boodschappentrolley. Officieel waren die alweer een tijdje in, maar niet alle trends getuigen van goede smaak, wist zij. En die van Alida kwam ook nog in het beige met bruine ruiten, wat het allemaal nog erger maakte. Elke dag tussen negen en halftien stapte ze in een treuzelig tempo voorbij, met haar trolley, alsof een mens elke dag boodschappen zou moeten doen. Ze vroeg zich af of Alida vluchtte van haar Rafaël, of van de leegte die haar thuis omringde ondanks Rafaël. Ze probeerde er niet bij stil te staan dat ze iemand was geworden die op de hoogte bleek te zijn van de gewoontes van mensen uit de buurt.

Elisabeth wipte haar stoel met een paar korte, schokkerige bewegingen dichter bij de tafel. Ze zag Alida uit het linkerraam verdwijnen. Nu was er helemaal niks meer te zien. Behalve de smakeloze villa van de overburen, de struiken voor hun villa, die maar niet wilden groeien, de roodbruine bladeren in de bermen, de doodstille straat. Ze vouwde haar handen en kneep ze samen. Ze wou echt blijven zitten, maar toch stond ze terwijl ze dat dacht al op en holde naar de keukenkast, nam de cake, een mes, en sneed een plak van een centimeter of twee af, legde het mes neer, keek naar de cake, en sneed er daarna nog een af. Ze beet meteen een hapje van het eerste stuk. Met de twee plakken als een feestelijk torentje op haar vlakke hand ging ze weer aan tafel zitten. Ze nam grote happen, maar kauwde traag op al die mollige zachtheid. Haar wangen bolden op, omdat het eigenlijk te veel cake was voor één mond. Gelukkig maar dat niemand haar zo zag. Met een gevoel van spijt stak ze het laatste stukje in haar mond.

Ze keek om zich heen, ziek van haar eigen vraatzucht. Schaduwen maakten de rommel groter. Als het er netjes bij lag was het een prachtig huis, stijlvol ingericht, daar had Johan haar de vrije hand in gegeven. Dat kon ze wel, vond ze zelf. Nog één, een allerlaatste, dacht ze, en ze nam de cake weer uit de kast, de verpakking knisperde, een dun stukje dit keer.

Omzichtig nam ze weer plaats op haar stoel. Ze kauwde met haar ogen dicht. Ze nam zich voor om nooit meer cake in huis te halen. En zo dadelijk ga ik opruimen, dacht ze, zo dadelijk.

TWEE

Erna bediende met fonkelend enthousiasme de laadlift, wat Elisabeth altijd merkwaardig had gevonden, alsof er iets opwindend zou zijn aan de zoveelste rolstoel lossen. Ze gaf een klapje tegen de muts van Jack, en zei: 'Dag lieverd, tot morgen en geniet nog van je dag, jij.' Tegen de volwassenen sprak ze normaal, met ge en gij, maar tegen de kinderen gebruikte ze het keurig Nederlandse jij en jou, dat in dit land verder alleen op radio en televisie nog te horen viel, alsof deze jongens en meisjes klaargestoomd moesten worden voor een carrière in de media.

Erna keek breed glimlachend naar Jack, alsof zij echt geloofde dat hij ging genieten van de rest van zijn dag. Elisabeth bedankte haar en de chauffeur. Ze zwaaide naar Jolientje, die met haar bril, neus en tong tegen het raam gedrukt naar Jack zat te staren.

Ze duwde de rolstoel naar binnen en probeerde iets te bedenken om Jack te vertellen of te vragen. Johan praatte voortdurend tegen hem. Hij beschreef wat hij deed terwijl hij het aan het doen was, en daarna vulde hij in wat Jack daarvan zou vinden. Altijd bevond die ingebeelde reactie zich ergens in het spectrum van enthousiast: 'Nu zijt ge wel benieuwd hè, Jack.' 'Dat gaat leuk worden hè, jongen.' 'Dat hebt gij graag hè, ventje.' Het woord 'leuk' gebruikte Johan verder nooit, alleen tegen zijn zoon.

Elisabeth zette de rolstoel tussen de sofa's, nam zelf plaats in de verste van de drie en keek naar Jack. Er zat kwijl op zijn wangen en zijn kin, het zijne of dat van een van de andere kinderen, dat viel geenszins uit te maken. Ze stond niet meteen op om een tissue te halen. Dat afvegen was tenslotte een soort dweilen met de kraan open. Voor dat kwijlen moest er een oplossing komen. Vooral Johan twijfelde nog of ze moesten kiezen voor medicijnen, botox, het verwijderen van de speekselklier of die relatief nieuwe techniek, waarbij de zenuw van de speekselklier werd doorgesneden. En hij vond dat ze die beslissing niet mochten overhaasten.

Jack sloeg met zijn hand op het blad van de rolstoel, dat bedoeld was als een soort tafeltje. Niet dat het veel functie had, wat je er ook op zette, het lag er binnen de vijfenveertig seconden gegarandeerd weer af. Of Jack bewust of onbewust dingen weg mepte, wist ze niet. Ze kon zelfs niet raden of hij in de gaten had dat hij nu weer bij zijn moeder was. Meestal dacht ze dat hij Erna en Ramona van het centrum sowieso verkoos boven haar.

De kerkklok sloeg vier keer. Zou ze nu alvast beginnen aan het eetritueel? Dat kon namelijk uren duren, door al dat knoeien en verslikken. Zij had bij hun vorig bezoek gehoopt dat de arts een PEG-sonde zou aanbevelen, of een mickey-button, maar zolang Jack niet te mager was, deed hij dat uit principe niet. 'Dat is een laatste redmiddel,' had hij gezegd, met iets bemoedigends in de blik, alsof ze daar tenminste nog niet aan toe waren, aan laatste redmiddelen. Elisabeth vroeg zich af wat er na het laatste redmiddel kwam.

'Eerst de pamper, dat is een plan,' ze zei het niet alleen hardop, maar ook luider dan noodzakelijk. Ze voegde er meteen op zachte toon aan toe dat ze ondertussen zijn voelkussen zou zoeken. Jack zette het op een zuchten. Ze verkoos het zuchten alle dagen boven het krijsen, maar ook dat viel geenszins te onderschatten. Hij liet geen klein zuchtje ontsnappen, hij zoog zijn longen vol en liet fel alle zuurstof weer los, dat klonk als een kermend soort langgerekte diepe a. In het begin dachten ze aan een probleem met zijn longen of zelfs zijn hart, maar dat was het allemaal niet.

'Misschien voelt hij zich gewoon niet zo goed in zijn vel momenteel,' zei een jonge assistent met een opzichtige bril.

'Denkt u? Mij lijkt een jongetje met een verstandelijke en motorische beperking, actief noch passief taalbegrip, slecht zicht, epilepsie en eet- en slaapproblemen nochtans alle redenen te hebben om zich goed in zijn vel te voelen.'

Ze had hem de hele tijd strak aangekeken. De jongeman was geschrokken van haar reactie, dat kon ze wel zien. En zij schrok op haar beurt van de zijne. Ze zag het monster dat zij aan het worden was weerspiegeld in zijn afkeurende blik. Ze had vriendelijk geglimlacht om het goed te maken. De hoofdarts had haar van de weeromstuit een dvd toegeschoven over communiceren met je meervoudig gehandicapte kind. Op de coverfoto stond een meisje dat eruitzag alsof het amper beperkingen had. Hij legde het hoesje voor haar neus, en tapte er met zijn volle hand een paar keer op, alsof het plastic ding haar hand was en hij aan vaag troosten probeerde te doen.

Meer dan een maand had ze gewacht om de dvd te bekijken. Op het felverlichte scherm van haar computer zag ze blije moeders vertellen over het speelgoed dat ze zelf maakten voor hun kind, omdat alleen zij wisten wat hen prikkelde. Ze vertelden ook over het wonder van praten door middel van pictogrammen. Een vrouw met onverzorgd haar en een grijs gebit demonstreerde hoe ze wist of haar dochter komkommer wou, of een koek, of rozijntjes. Het plaatje waar het meisje het langst naar bleef kijken, droeg haar voorkeur weg. Elisabeth zag een kind met een hoofd als een driehoek en heel veel tanden tamelijk onopgewonden naar nergens kijken. De moeder gaf toe dat het niet altijd makkelijk was, maar je werd er na verloop van tijd toch beter in. De vrouwen in de film jubelden over wat ze consequent hun 'bijzondere kinderen' noemden, die 'misschien veel niet konden, maar wat ze wél konden, dáár ging het om, dáár moest je als ouder naar blijven zoeken'.

Elisabeth had tijdens het kijken velletjes van haar vingers getrokken, het bloedde op twee plaatsen. Zij probeerde zich Jack voor te stellen ten overstaan van een geplastificeerde foto van een banaan, een beschuit en een potje yoghurt, en ze kon zich hoegenaamd niet voorstellen dat het iemands geluk zou vergroten, laat staan het zijne.

Johan reageerde verontwaardigd, die ene keer toen zij zei dat Jack volgens haar ontzettend ongelukkig was. Zij had gerepliceerd met de vraag of hij echt dacht dat zij ongelijk had of zichzelf probeerde te ontzien. Johan had haar niet aangekeken, hij was opgestaan en had een dure fles wijn opengetrokken. Hij was teruggekomen met een onelegant vol glas. Hij had haar niet gevraagd of zij er ook een wou. Nog altijd zwijgend was hij een kwartier later een tweede gaan halen.

Jack stopte niet met zuchten. Ook niet nadat ze zijn luier had verschoond, zijn voelkussen tussen zijn armen had gestopt en Händel had opgezet, op volume zestien, de geluidssterkte die hij volgens Johan verkoos. De discussie over hoe hij dat meende te weten had ze lang geleden opgegeven. Als ze hem nu zou beginnen te voeren, was het gegarandeerd een nog grotere ramp dan normaal. Maar het was inmiddels tien over vijf, veel langer kon ze moeilijk wachten of zijn hele slaapritueel kwam in het gedrang en dan was de ellende echt niet meer te overzien. Elisabeth raakte zijn wang aan, even, hij sloeg haar hand met zijn arm weer weg. Dat ging wellicht per ongeluk.

DRIE

Haar oude T-shirt was doorweekt van het zweten, dat vond ze zo vies. Ze trok 'm uit, ze moest zo dadelijk in de dressing een andere zoeken. Ze liet haar slip zakken, een dor gevalletje met een versleten elastiek, en nam plaats op de bril. Vroeger hield Elisabeth van de nacht. Leeggelopen straten verdronken in het licht van de lantaarns, gedempte geluiden van al wat zich nog niet overgeeft aan dat tijdelijke einde, en dan thuiskomen, nog een paar laatste mails beantwoorden, ondertussen de fles wijn van gisteren leegmaken, en ten slotte weggekropen onder een behaaglijk dikke dons alleen maar slapen, nergens aan denken. Dromen deed zij niet toen, of tenminste, ze herinnerde zich nooit wat. Nu ging ze vaak naar de hel en terug in die al te zuinige uren.

Sinds Jack was er niet één nacht geweest waarin ze niet het bed uit moest. Ze had een hekel gekregen aan de geluiden van het donker: het zware ademen van Johan, het onheilspellende beuken van de wind tegen de ramen, het schrikwekkende schreeuwen van de vogels, het kraken van de babyfoon, het nijdige huilen van Jack als hij weer wakker was geworden.

Ze zag Johans onderbroek naast de linnenmand liggen en besliste om die niet op te rapen. Hij was die avond om twintig over negen thuisgekomen. Hij had met een sms laten weten dat hij vertrok, daar had hij een standaarddingetje voor, waardoor hij maar twee tikjes nodig had om dat mee te delen: 'ben vertrokken x'. Zij had diepvrieslasagne in de oven gezet. Toen hij zijn jas aan de kapstok hing, en zij riep dat het over vijf minuten klaar zou zijn, bleek hij al te hebben gegeten. Naar die goeie Vietnamees geweest met Els en Donald. Daar had hij geen standaarddingetje voor, om dat te melden. Zij kon zich niet herinneren wanneer zij samen nog eens naar een restaurant waren gegaan.

Hij had uitgelaten geklonken, vast door de wijn die hij al bij dat eten had gedronken. Hij had haar vluchtig gezoend op haar schouder, waar nochtans een trui omheen zat, wat de zoenbaarheid der dingen bepaald niet vergrootte, leek haar, en hij wilde weten of ze een fijne dag had gehad. Even overwoog ze om te vertellen wat er vanavond allemaal weer was gebeurd met Jack, even wou ze zeggen dat ze het niet meer zag, dat lange leven dat nog wachtte, even wou ze vragen of hij haar vast kon houden, innig, zoals vroeger. Ze zocht zijn blik, hij draaide zich om en stopte de kurkentrekker weer in de lade. 'Het bestaan zoals we het kennen,' zei ze toen, met iets van vaag glimlachen erachteraan, waarop hij verdween om even naar Jack te gaan kijken. Elisabeth stond op, nam dat bord lasagne mee naar de sofa, hees het op haar knieën, en nam een hap, en daarna nog een, ook al had ze een uur eerder al een portie op.

Twintig over vijf, nog veertig minuten en ze moest officieel weer op. Dan zou de wekker aflopen, dreinend. Johan zou langs zijn kin krabben, geeuwen, rechtop gaan zitten, zijn ellebogen op zijn knieën, en dan zou hij met een plotse beweging opstaan, gezwind bijna. Dan het geluid van een fikse straal, daarna een paar plonsen, klokvast was haar man, de wc die doorspoelt, het pletsen van zijn platvoeten op de tegels, het ruisen van de douchestraal en dertig seconden later het zeurende zoemen van de elektrische tandenborstel. Johan poetste zijn tanden terwijl hij douchte, hij noemde dat tijdwinst. Elke ochtend waren de geluiden dezelfde, dat maakte ze bijna bedreigend soms.

Als zij bij hem in de badkamer kwam zou hij voor de spiegel staan. Terwijl zij plaatsnam op de warme wc-bril, zij die warme wc-brillen haatte, zou hij zijn kin staan in te zepen, daarna zou hij een scheermesje nemen en met gelijkmatige, snelle bewegingen zou wit schuim plaatsmaken voor gebruinde huid. Elisabeth zou naar het mesje staren, zoals meestal, naar hoe scherp het was, en hoe het zomaar langs zo'n kwetsbaar stukje mens gleed, alsof er nergens gevaar dreigde. Als hij bijna klaar was, zou hij vragen of zij lekker had geslapen, alsof hij echt geloofde dat het antwoord eens een keer 'ja, heerlijk' zou zijn.

Elisabeth hoorde Jack kreunend bewegen. Ze hield haar adem in, alsof dat zou helpen. Het bleef rustig nog, dat was een hoopvol teken. Elisabeth staarde naar het trieste slipje aan haar voeten, naar de blubberbuik die ze had gezworen nooit te krijgen, naar haar slappe borsten en haar tepels, treurig naar beneden wijzend, en naar de spiegel, waar ze goddank niet in kon kijken, en opeens schoot ze in een schreeuw waar ze zelf van schrok. Tranen leken van overal te komen, snot liep uit haar neus, alsof ze van zichzelf nog één keer mocht huilen en daarna nooit meer. En zij bleef zitten op de pot, alsof ze mee weg wou spoelen met al het andere afval. Geef mij maar aan de vissen, dacht ze. Ze liet haar handen doelloos op haar benen liggen.

En dan kwam er toch voluit gebrul uit de kamer van Jack. Ze droogde haar gezicht met wat wc-papier, veegde haar neus en haar kont schoon, trok het klamme T-shirt maar weer aan en liep naar Jacks kamer, de vloer koud aan haar voeten. Haar schouders schokten nog een beetje na.

Ze knipte het licht aan. Een paddenstoel begon vrolijk te schijnen. Zij was tegen geweest, in de winkel, want paddenstoelen geven toch geen licht, vond zij. Johan had haar schuin aangekeken en was gaan afrekenen. Ze zag hoe Jacks frêle lijf verstijfde, zijn gezicht was blauwig, zo dadelijk zou het schokken beginnen. Een flinke epilepsieaanval. Ze kende de routine, ze kon haar uitvoeren in haar slaap: Jack op zijn zij zien te krijgen, of toch minstens zijn gezicht kantelen, zodat het speeksel weg kon lopen, anders zou hij zich verslikken, met alle mogelijke gevolgen van dien.

Elisabeth liep naar hem toe, leunde een tikje voorover, zag zijn akelig verkrampte spieren, de spanning in zijn gezicht, en opeens bevroor ze. Ze staarde naar haar gekwelde jongen en deed niks. Draai hem op zijn zij. De stem in haar hoofd klonk dwingend, zoals die van haar moeder vroeger als alle geduld echt op was, maar zij bleef staan waar ze stond, haar ogen tot spleetjes geknepen. Ze keek naar Jacks vaalbleke vel, naar zijn dunne haar, zijn kleine hoofdje, veel kleiner dan dat van andere jongens van tien, naar de rode vlekken in zijn nek, naar het lijfje dat begon te schokken nu. Elisabeth bleef roerloos staan. Alsof ze vacuüm was getrokken. Ze hoorde haar eigen ademhaling, het sputteren van Jack.

Ze zag hem voor zich zoals hij de laatste keer krijste bij de dokter, en zoals hij daar eergisteren zat, zijn armen vastgegespt omdat hij al zeventien keer de lepel had weg gemept voor die zijn mond bereikte, zoals hij schuimend tekeerging toen hij voor het eerst in de nieuwe rolstoel moest, zoals hij geluidloos kon huilen soms, terwijl zijn hoofd grillige bewegingen maakte. Grijp nu toch in, mens, snel.

Ze moest aan Kelle denken, een jongen die in Jacks leefgroep zat, hij was een week of tien geleden overleden, opeens, aan SUDEP, sudden unexpected death in epilepsy. 's Ochtends dood gevonden in zijn bed. De precieze oorzaak kan in zo'n geval niet worden vastgesteld, gestikt of iets met het hart waarschijnlijk. Jack spartelde in zijn bed. Doe dan iets. Elisabeth bewoog geen vinger. Er was ook nog dat jongetje met dat donkere haar, hoe heette hij ook weer, Levi, of Liam, bezweken aan status epilepticus, een ernstige epilepsieaanval waar hij niet meer uit was gekomen. Ze hadden pas door het elektro-encefalogram gezien dat de epilepsie continu was, ook al schokte zijn lijf allang niet meer, je kon er vaak als ouder echt niks aan doen.

Jack maakte een raar geluid. Nu. Komaan. Zijn hoofd. Maar zij leek te vernevelen, op te lossen in de lucht. Dit zal slecht aflopen, zei de stem. En opeens viel Jack stil. Zijn hoofd draaide van haar weg en verdween in zijn ademdoorlatende kussen. Zijn gezicht was weer wittig in plaats van blauw. Hij schokte nog een keer na, en begon toen dreinerig te huilen. De aanval was voorbij.

In een reflex zette ze de babyfoon uit om Johan niet te wekken. Elisabeth bleef waar ze was. Ze keek naar haar zoon, naar haar handen, die niks hadden gedaan. Buiten kraaide de haan van de buren, een beetje schor, alsof hij twijfelde of de nieuwe dag al wel was aangebroken. Jacks huilen werd luider. Ze moest een luier halen, na zo'n aanval had hij zeker behoefte aan een nieuwe.

Elisabeth draaide zich om, ze liep naar de deur, behoedzaam, alsof ze de vloer aan het testen was. Ze greep de klink vast, drukte haar voorhoofd tegen het hout, dacht: even nog, en bleef zo staan. Alsof de lauwe nacht zichzelf zou doen vergeten. Alsof er nog ontsnappen mogelijk was.

mensen gilden alsof ze op een rollercoaster zaten
maar dan zonder het plezier

EEN

Het was niet wat ze voor zichzelf in gedachten had gehad, en wat erger was: nog minder wat haar moeder voor haar in gedachten had. Toen Chloé haar opbelde om te vertellen dat ze terug zou komen, was ze halverwege de inleidende zin toen haar moeder zakelijk meldde dat er een andere lijn binnenkwam. Chloé kreeg het themaatje van *Für Elise* te horen, in de ijzingwekkende tonen van een goedkope synthesizer uit de jaren tachtig. Met elke *Für Elise* die opnieuw begon, voelde ze haar adem amechtiger worden. Ze prutste aan haar nagels, nam een kop koffie, keek naar de cover van de krant en legde die weer weg.

'Jezus, uw dochter moet iets vertellen, kom nu terug aan de lijhijn.'

'Ik ben terug aan de lijn.' Er klonk geen lach onder die woorden.

'Nee, het was niet tegen...'

'Kom maar gewoon to the point, liefje, ik heb zo meteen mijn volgende vergadering.'

Chloé zag haar moeder voor zich, staand naast haar bureau, spelend met de leesbril die aan een ketting om haar nek hing. Ze vatte acht maanden verzwegen relationele ellende dan maar in één functionele zin samen: 'Christophe en ik hebben er een punt achter gezet,' ze wachtte haar moeders reactie niet af en gooide er meteen het moeilijkste deel van de boodschap achteraan: 'en ik geloof dat ik in deze omstandigheden niet hier wil blijven.'

Haar moeder zweeg een paar tellen, wat niet haar gewoonte was.

'Waarom niet?'

'Ik heb hier behalve wat oppervlakkige kennissen niemand, en ik kan thuis vast ook een interessante job vinden, dit was natuurlijk wel een buitenkans, maar...'

'Ik had altijd gedacht dat gij van al mijn kinderen het meest die power had, die drive. Maar goed, het is uw leven, natuurlijk, ge zijt oud genoeg om uw eigen beslissingen te nemen.'

'Ja,' antwoordde ze bij gebrek aan beter.

Net die semiverzoenende zin mepte Chloé uit balans. Zij kreeg van haar moeder op haar jonge leeftijd de toestemming om haar leven om zeep te helpen, om te berusten in de onafwendbare mislukking van haar carrière, wat hetzelfde was. Chloé zocht naar woorden om zich te verweren, maar het enige waar ze aan kon denken was dat ze zelfs niet eens de hele waarheid had verteld.

'Hebt ge uw zaken al geregeld?'

'Ja, ik vertrek hier over vijf dagen.'

'Ah zo.' Weinig mensen konden zo veel bittere teleurstelling kwijt in twee zulke korte woordjes. 'Veel succes nog dan, en ik zie u wel verschijnen.'

'Ja, dag mama.'

Chloé dacht dat ze de kiestoon al hoorde voor ze helemaal was uitgesproken, maar dat kon ook haar verbeelding zijn. Ze keek naar buiten, naar het rode trappenhuis aan de gevel van het appartementsgebouw aan de overkant, de vrouw die in het portiek in hoog tempo stond te roken, de graffiti op de zijgevel van Carpet Culture, de one way-bordjes op de hoek van de straat. Ze hield van deze plek. En nu moest ze hier weg. Ze nam een glas water, ging weer op haar knieën bij de platencollectie zitten en vroeg zich af of ze die ene van David Bowie die ze van hem had gekregen nog wel wilde, eigenlijk.

De vrouw van stoel 12E vond dat ook haar handbagage nog in het tjokvolle compartiment moest passen, ook al leek de praktische werkelijkheid dat nogal formeel tegen te spreken. Ze duwde hartstochtelijk tegen haar koffer en versperde ondertussen de weg. Chloé zette alvast haar telefoon op vliegtuigmodus. Een bericht van Christophe: of ze niet wou vergeten om haar helft van de drie voorbije weken huur te storten. 'Groet, C' stond erachter. Nooit eerder had hij haar gegroet, nooit eerder ondertekend met de letter van zijn naam, alsof ze hem anders zou verwarren met een van die andere mannen met wie ze de voorbije twee jaar in Brooklyn een appartement deelde. Chloé stak de telefoon in haar tas. De handbagage van de 12E-mevrouw puilde er nog bijna voor de helft uit, maar zij was inmiddels gaan zitten. Problemen overlaten aan een ander is ook een soort van oplossen, moet zij hebben gedacht.

Chloé ging op zoek naar haar zitplaats, achttien was het hier, nog iets verder, daar: 23C. De andere stoel was al ingenomen. Ze probeerde een beleefde glimlach in zijn richting, maar ze wist niet of dat haar wel aan het lukken was. Eigenlijk zou zo iemand toch twee zitjes moeten betalen. Ze probeerde haar gezicht zo neutraal mogelijk te houden terwijl ze met afschuw al dat vlees aanschouwde: de buik gespannen, alsof er dringend weer wat lucht uit moest worden gelaten omdat de kans op knappen toch te groot was, zijn twee korte armen gekruist op zijn ballonbuik, zijn kin elk verder zicht op een eventuele nek belemmerend, zijn linkerbeen uitpuilend tussen de armsteun en de stoel, daarmee haar helft contaminerend. Hoe konden mensen het zover laten komen, zij begreep dat niet.

Zij had al jong geleerd hoe belangrijk zelfcontrole was. Op de harde manier, maar dat was toch vaak de beste. Ze werd zes en mocht een feestje geven. Om vier uur gingen ze aan tafel, en zij wou van elke taart een stuk, zei ze, omdat ze niet kon kiezen tussen chocolade, banaan en appel. Dat dat te veel zou zijn, werd er geantwoord, waarop zij begon te brullen, verontwaardigd dat ze op haar verjaardag niet gewoon haar zin kreeg. Daarop zette haar moeder haar prompt een bord voor met drie grote stukken, en ze werd verplicht om die allemaal op te eten.

De bananentaart was de laatste, die werkte ze met een rood hoofd van de inspanning naar binnen terwijl haar moeder haar aankeek, ongenaakbaar. Meer dan een halfuur had ze de hik gehad, en daarna kotste ze vier keer opnieuw de toiletpot vol. Het verhaal werd elk familiefeest opnieuw verteld, met veel aandacht voor alle wansmakelijke details, alsof het een hilarisch hoogtepunt uit haar jeugd betrof. Chloé moest wel toegeven dat ze sindsdien altijd verantwoorde eetkeuzes had gemaakt. Discipline aan de dag leggen was gewoon een optie waar je ook voor kon gaan, vond zij.

Ze overwoog om een andere plaats te gaan vragen, maar aan de drukte te zien zat het vast helemaal vol. En één ding was nog erger dan naast deze man moeten zitten, en dat was naast deze man zitten terwijl hij wíst dat ze geprobeerd had om van plek te veranderen. Ze stopte haar koffer weg en probeerde te vergeten dat dit een vlucht van bijna negen uur was, ze probeerde zich niet af te vragen hoe hij zou ruiken, en hoe luid zijn gesnurk zou klinken, straks.

Ze zag hem aanstalten maken om iets te gaan zeggen. Ze zou zich voordoen als een toerist die de taal nauwelijks meester was.

'Euhm, miss, euhm, if you would like, I can give you my seat, near the window, if you would...'

Chloé keek hem aan met de domste blik die ze in huis had, ze hoorde meteen aan zijn Engels dat hij ook uit België kwam en contempleerde haar volgende stap.

'Als u liever aan het raampje wilt zitten, sta ik met plezier mijn plaats af.'

Hij glimlachte, zijn tweede onderkin zakte nog een verdieping lager. Hij had haar zwijgzaamheid geïnterpreteerd als eentaligheid. Nu kon ze moeilijk anders dan in het Nederlands antwoorden.

'Heel vriendelijk, maar niet nodig, dank u.'

Chloé stopte haar handbagage weg. Ze hield sowieso al niet van vliegen. Zeggen dat ze bang was zou overdreven zijn, maar een beetje turbulentie en ze werd al misselijk, ze hoopte maar dat ze gauw in slaap zou vallen. Huiverig nam ze plaats en drukte haar lijf zoveel mogelijk naar links in de stoel. Terwijl ze haar veiligheidsgordel vastmaakte, zag ze hoe de zijne om zijn bovenbenen geklemd zat, hoger lukte blijkbaar niet. Het gaf hem iets onbeholpens dat haar niet vertederde.

Chloé dacht terug aan het bericht van Christophe, het maakte haar nog kwader dan daarnet. Ze vroeg zich af of boosheid zou helpen.

TWEE

Bram had het gangpad angstvallig in de gaten zitten houden, één ding stormachtig hopend: dat het niet een jonge vrouw zou zijn. De gêne was deel geworden van zijn leven, even vanzelfsprekend als de pijn aan zijn knieën en zijn rug, maar tegenover vrouwen van zijn leeftijd, mooi of lelijk, dat maakte niks uit, verloor de schaamte elke bodem. En toen kwam zij, niet alleen een jonge vrouw, maar ook nog een versie met een gekmakend gave huid, een doordacht kapsel en de perfecte schoenen.

Toen ze ging zitten, drukte Bram zich driftig tegen de wand van het vliegtuig aan, ook al besefte hij dat die geste haar weinig soelaas bracht. Hij voelde haar afgrijzen zonder haar nog langer aan te hoeven kijken. Het zat in haar neusvleugel, die de hoogte inging toen ze hem zag, in de beknoptheid van haar antwoord, gevolgd door het zogenaamd nonchalante wegkijken, in het geforceerde van haar glimlach, in de kramp waarmee ze haar knieën in de richting van het gangpad hield. Hij wou dat hij iets kon doen om het beter te maken, maar hij wist niks te verzinnen.

Bram zag achter het netje van de stoel voor zich de wortelcake zonder toegevoegde suikers zitten die zijn zus voor hem had gebakken, verpakt in glinsterend zilverpapier. Het zou hem rustiger maken als hij nu alvast een stukje tot zich kon nemen. Maar met haar naast zich durfde hij niet. Hij hield sowieso niet van eten in het bijzijn van anderen, want dikke mensen, dat is een ongeschreven wet, mogen dat eigenlijk niet. Durfde hij in een winkel een van de blokjes kaas nemen die klaarstonden om te proeven, dan staarden andere klanten hem aan alsof hij het hele bordje leeg ging roven. Liep hij over straat met een ijsje met één bolletje op een hoorntje, dan zag je voorbijgangers ervan uitgaan dat hij er eerder al drie in recordtempo had weggelikt. Zat hij op restaurant en bestelde hij een salade, dan stelde de ober een vraag als: 'Daar heeft mijnheer graag frietjes bij?', maar hij liet het klinken als een mededeling, en noteerde die portie al voor Bram geantwoord had.

Zijn zus was tijdens zijn bezoek opeens beginnen te snotteren. Hij had gedacht: omwille van de toestand met hun moeder, maar terwijl ze haar tranen droogde vertelde ze hoe bang ze was dat hij jong zou sterven als hij zo doorging, en dat hij op dat halfjaar nog zoveel was aangekomen. Zijn zus was de liefste persoon die hij kende. Zij en zijn moeder.

Bram had het moeilijk gevonden om haar tien dagen achter te laten, al had zij geen benul van tijd. In het rusthuis las ze een hele voormiddag dezelfde vier bladzijden van de krant, als ze klaar was, ging ze gewoon weer naar het begin, want dan was zij alles toch weer vergeten. Maar het ging om het principe, vond Bram, ze moest elke dag een vertrouwd gezicht zien.

Nu ja, hij had een goeie reden: hij ging op bezoek bij zijn zus, met wie hij maar twee keer per jaar tijd doorbracht, één keer met de kerst, als zij een week met haar gezin naar België kwam, dan logeerden ze bij de ouders van haar man. En dan een keer in het voorjaar of in de zomer, als zij hem uitnodigde bij haar thuis. Ze betaalde zelfs zijn ticket als hij daar geen geld voor had, zoals dit jaar. Een aanslag op zijn eergevoel, maar daar wilde zijn zus niks van weten. 'De sterkeren moeten zorgen voor de zwakkeren, zo blijft de wereld draaien.' Zijn zus was echt de liefste.

Hij was al een jaar of negen toen hij voor het eerst ontdekte dat het niet normaal was, eigenlijk, dat zijn zus bijna zestien jaar ouder was dan hij, en dat zijn vader straks met vervroegd pensioen ging. Florian had hem er als eerste mee uitgelachen, en gauw waren veel andere kinderen gevolgd. Zijn moeder noemde hem haar godsgeschenk. Na de geboorte van zijn zus had de gynaecoloog onpoëtisch meegedeeld dat het daarbinnen allemaal om zeep was, dat ze zich ermee moest verzoenen dat het bij dat ene kind zou blijven. Zijn moeder droomde van een groot gezin en had zich al die jaren afgevraagd waarom God haar toch die straf liet torsen.

En toen, op haar drieënveertigste, werd ze zwanger. Een wonder, minder mocht het niet heten. Zijn moeder was maandenlang panisch dat het mis zou gaan. Maar toen hij eindelijk geboren werd, was zij er zeker van geweest dat Onze-Lieve-Heer iets bijzonders met hem van plan moest zijn, en dat zij op deze wereld was gezet om haar zoon daarin bij te staan. Dat had ze vaak zo gezegd. Hoe ouder hij werd, hoe duidelijker bleek dat hij alleen maar uitblonk in grenzeloze middelmatigheid. In die zin vond hij de alzheimer van zijn moeder eigenlijk een cadeau. Zij was te vroeg haar helderheid verloren om met zekerheid te kunnen weten dat het hoe dan ook hopeloos was met hem.

Bram zag op het scherm getekende figuren demonstreren wat passagiers moesten doen bij onheil. Hij had zich er al mee verzoend dat een standaardreddingsvest een lijf als het zijne vast niet drijvende zou houden. Hij rook de wortelcake tot hier, die van zijn zus was zelfs zonder suiker heerlijk, wist hij. Met afschuw monsterde hij het klaptafeltje, dat straks voor problemen zou zorgen. Hij stelde zich haar blik voor als hij het dienblad op zijn buik zette, omdat er simpelweg geen alternatief was.

Een film bekijken, dat moest hij doen. Terwijl hij met een vinger op het scherm door het aanbod scrolde, vroeg hij zich af waar het koptelefoontje was. Hij haalde de wortelcake en het magazine uit het netje en zocht, maar daar zat het niet in. Hij was er vast en zeker op gaan zitten. Hij dronk niks meer vanaf drie uur voor de vlucht om zeker niet naar het toilet te hoeven, en hij ging haar nu dus ook niet vragen om mee te werken zodat hij even uit zijn stoel kon komen om te zoeken. Theoretisch was het een mogelijkheid om een nieuw exemplaar te vragen, maar dan vestigde hij weer aandacht op zichzelf, waar alles aan hem dat onvrijwillig al zo nadrukkelijk deed.

Het vliegtuig zette zich in beweging, Bram keek naar buiten terwijl het langzaam de lucht inging. Hij zag wegen, huizen, bossen, water almaar kleiner worden. Hij dacht aan het huis waar hij naar terugging, naar zijn kamer met zijn jongensbed. Ook nu zijn moeder er niet meer woonde, had hij het interieur onaangeroerd gelaten. De tinnen beeldjes en de porseleinen vazen, de zware donkerbruine gordijnen, het tapijt op de eettafel, het beige behang met bladmotief, de portretten van groot- en overgrootouders, alles was er nog, behalve de paar spulletjes die zijn moeder mee had kunnen nemen. Zijn zus begreep niet dat hij de boel niet moderniseerde, zei ze. Hij wist ook wel dat het geen inrichting voor in de bladen was, maar hij keek er al zijn hele leven naar, en er ging rust uit van wat je kent, vond hij. En er had bovendien helemaal niemand last van.

Toen ze tussen de wolken vlogen, keek hij weer voor zich, en door die lichte verplaatsing raakte hij per ongeluk met zijn bovenarm de schouder van het meisje, in een schrikbeweging trok hij zijn elleboog weer tegen zich aan. Zij boog nog wat meer naar links. Als het kon zou Bram bij de bagage kruipen. Omringd door lelijke souvenirs, foute badpakken en gestolen hotelhanddoeken zou hij tenminste niet door haar ogen naar zichzelf moeten kijken. En daar kon hij gewoon zijn wortelcake opeten.

Misschien was alleen zijn eigen blik nog erger dan die van meisjes zoals zij, bedacht hij. Meisjes met glanzend haar dat naar geroosterde amandelen rook, meisjes die altijd op hoge hakken liepen, omdat zij esthetiek boven comfort plaatsen een kwestie van zelfrespect vonden, die sportief waren én boeken lazen, die zuinig dronken en nooit het chocolaatje bij de koffie opaten, die veel geld verdienden maar beweerden dat eigenlijk niet zo belangrijk te vinden, die samen waren met een man die knap, maar evengoed lelijker was dan zijzelf, omdat zij niet vielen voor iemands uiterlijk. Bram sloot zijn ogen en dacht aan al de meisjes die hij nooit had gehad. Hij hoopte dat hij in slaap zou vallen, al zou dat dan voor het eerst zijn in een vliegtuig.

DRIE

Ze werd met een schok wakker. Ze voelde in een reflex aan haar mond om te zien of ze niet had liggen kwijlen. Alle lichten waren weer aan en mensen zaten te eten. Chloé rolde haar hoofd van links naar rechts en weer terug, dat zat allemaal muurvast. Toen ze nog maar net samen waren, had Christophe haar een paar keer een massage gegeven. De laatste maanden kreeg ze zelfs geen zoen meer als hij thuiskwam. Chloé zag er nu al tegen op om iedereen terug te zien en te moeten vertellen dat ze weer alleen was. Eerlijk, zij koesterde minachting voor alleenstaanden, toch mensen die niet geschikt waren bevonden voor het echte leven. Misschien moest ze Joost eens bellen, dacht ze, wie weet was hij nog altijd alleen.

De vrouw aan de andere kant van het gangpad smakte alsof ze haar mond onmogelijk dicht kon houden omdat haar neus verstopt zat. Hoe meer Chloé haar best deed om dat niet te horen, hoe luider het leek te worden. Ook op haar klaptafeltje stond een maaltijd klaar. De buurman was natuurlijk al in volle vaart de zijne aan het binnenspelen, de meeste van zijn bakjes waren al halfleeg. Zij had geen zin in eten. Hij kreeg haar portie vast ook nog wel op, als ze hem die aan zou bieden, maar dan liep ze het risico op een echt gesprek, dus zweeg ze maar.

'Ik ben zo vrij geweest om er toch ook maar eentje voor u te vragen, het staat er nog maar een paar minuten, het is vast nog warm.'

De man glimlachte bedeesd en keek meteen weer voor zich uit, hoewel daar niks te zien viel. Zo onhandig als hij daar zat, met zijn dienblad, het zag er intriest uit, vond ze.

Een afgemeten antwoord, dan zou hij het wel begrijpen.

'Vriendelijk van u, merci.'

Uit nieuwsgierigheid lichtte ze het deksel op.

'U leek me eerder een vis- dan een vleesmeisje. Ik hoop maar dat ik goed heb gegokt.'

Er dreef een onnatuurlijk vierkantje vis in een bruinrode saus met vetoogjes, onduidelijke groenten waren gedrapeerd over een hoopje droge witte rijst. Chloé overwoog even om haar goede opvoeding te vergeten en gewoon niet meer te reageren, maar zo bot kon ze nu ook niet zijn.

'Alles was goed geweest. Ik ben niet moeilijk met eten.'

'Ik ook niet, zoals u wel kunt zien.' Hij grijnsde.

Chloé wist nooit zo goed hoe ze moest omgaan met mensen die

ten koste van zichzelf leuk probeerden te zijn. Ze staarde naar het dienblad met al dat vreugdeloze voedsel. De geur deed haar denken aan die goedkope Indische take away vlak bij kantoor die na een inspectie moest sluiten. Ze legde het deksel er weer op. Ze overwoog om aan het fruit te beginnen, maar dat bleek in siroop te zitten.

Bram vreesde dat ze toch liever het vlees had gekregen. Ze leek niet van plan om het op te gaan eten. In dat geval wou hij het heel graag ook nog hebben. Hij was nu al bang dat zijn maag straks ging grommen, dat zou het meisje vast kunnen horen. Bram nam nog een zuinig hapje van zijn kipfilet en kauwde zo uitvoerig mogelijk. Hij dwong zichzelf om traag te eten, zeker nu zij wakker was. Het meisje zat dof met een vork in haar fruitsalade te prikken. Hij las iets triests in haar houding.

'Lukt het?'

Waarom vroeg hij dat nu? Waarom bleef hij hoegenaamd tegen haar praten, terwijl zij daar duidelijk niet op zat te wachten? Hij begreep zo vaak zichzelf niet.

'Ja, prima hoor.' Ze klonk als een schooljuf op prozac nu, wist ze, maar het kon haar maar matig schelen.

Chloé had een hekel aan mensen die geen hints begrepen. Waarom wilde deze man niet snappen dat zij gewoon met rust gelaten wilde worden?

'Dan is het goed,' zei hij, alsof het hem werkelijk iets uitmaakte.

Chloé had al lang geleden geleerd dat mensen eigenlijk alleen maar, of minstens bovenal, met zichzelf bezig zijn. Dat was jammer misschien, maar je kon de realiteit maar beter aanvaarden zoals ze was. Vormelijkheden uitwisselen vond zij alleen al om die reden een verspilling van haar tijd.

Plots ging er een schok door het vliegtuig. Haar bekertje water viel omver, zompige nattigheid over haar rok en haar benen. Begeleid door een klein geluidje ging boven de hoofden het lampje branden. 'Cabin crew take your seats,' klonk het door de boxen. Stewardessen beenden naar voor, sisten op automatische piloot dat mensen moesten plaatsnemen en hun gordels vastmaken. Zij had de hare nog om, maar er kwam dus vast nog meer turbulentie. Terwijl ze bedacht hoezeer ze dat haatte, gebeurde het weer, erger nu, en het bleef maar duren.

Chloé wipte omhoog in haar stoel. Dienbladen, bakjes eten, bekertjes drank flikkerden tegen de grond, hier en daar sprong een bagagebak open, schuin voor haar knalde een koffer naar beneden, onderbroeken, reisgidsen en truien lagen verspreid over het gangpad, her en der viel er een zuurstofmasker naar beneden, een vrouw die van het toilet kwam, werd tegen een stoel aan geslingerd en viel. Toen dook het vliegtuig plots vooruit, alles trilde en schudde. Mensen gilden alsof ze op een rollercoaster zaten, maar dan zonder het plezier.

'Het vliegtuig daalt veel te hard, toch? Of denk ik dat nu maar?'

Bram voelde hoe graag zij gerustgesteld wilde worden, maar zulke manifeste feiten vielen moeilijk te negeren.

'Dan zijn we toch alvast met twee.'

Daarop floepten collectief alle zuurstofmaskers naar beneden, ze bungelden boven hun neus als weg te happen koeken op een kinderfeestje. Hij zette het zijne op, het meisje sukkelde met het hare, hij hielp haar zonder te checken of ze dat wel goed vond. Hoe langer hoe meer werd Bram naar voor gedrukt, met zijn buik tegen de stoel voor zich. Voor hem maakte het niet zo veel verschil, maar hij zag hoe zij worstelde om in haar stoel te blijven zitten, haar vingertoppen wit van de spanning waarmee ze zich probeerde af te duwen. Bram strekte zijn arm schuin voor haar borst, en hield met één hand haar armleuning vast. Ze knikte naar hem. Hij lachte breed naar haar, omdat hij even dacht dat het misschien zou helpen, maar achter zijn zuurstofmasker was dat vast amper te zien.

Chloé was de man dankbaar voor zijn handig geïmproviseerde

veiligheidsgordel, ze haatte zichzelf omdat ze niet vriendelijker tegen hem was geweest. Zaten ze eigenlijk boven land of boven zee? En maakte dat verschil voor een noodlanding? Ze greep met beide handen zijn arm vast, die aandrang kon ze niet onderdrukken. Haar oren deden vreselijk veel pijn. Alsof er te weinig ruimte was in haar hoofd. Ze wees ernaar, hij wees naar de zijne en knikte. Ze was bang dat ze zou gaan braken.

Dat hij er optimistisch bij leek te blijven was vast een goed teken. Zij kneep heel even haar ogen dicht. Alle seconden leken te verklonteren tot deze ene, alles ging razendsnel en dodelijk traag. Dit moest goed komen, dat kon gewoon niet anders. Ze was achtentwintig, echt veel te jong om al te sterven. Ze had nog zoveel niet gedaan. Ze moest nog carrière maken, de liefde van haar leven vinden, een kind op de wereld zetten, misschien, ze wilde nog gaan eten in dat fenomenale Japanse restaurant dat er volgens haar broer gekomen was, om de hoek van waar zij vroeger woonde, een racefiets kopen en een kerel kloppen in de sprint, Portugees leren en door Brazilië trekken, bergbeklimmen, al was het maar een kleine berg. En ze moest Christophe nog bewijzen dat hij een fout gemaakt had toen hij haar zomaar liet schieten.

Chloé probeerde de misselijkheid te onderdrukken, ze wou onder geen beding de boel gaan onderkotsen, ze slikte en ze slikte nog eens. Die pijn in haar oren was echt niet te harden. Ze vroeg zich af of ze een goed mens was geweest, en daar kon ze eigenlijk niet zomaar ja op antwoorden. En of er iemand haar echt zou missen, als. De man hield zijn ogen gesloten, hij leek wel te mediteren, zo kalm zag hij eruit. Daar begreep zij niks van, zij kon niet eens normaal ademen.

Bram zat broodnuchter te denken: dit was het dan. Hoe harder het vliegtuig ging, hoe kalmer hij werd. Hij stond versteld van zijn eigen bedaarde luciditeit. Alsof het een louter hypothetische kwestie was, vroeg hij zich af of hij het erg vond om te sterven, en het enige wat hij kon denken was: ben ik toch nog iets bijzonders geworden: slachtoffer van een vliegramp. Hij dacht aan zijn moeder. Hij hoopte dat niemand haar zou vertellen wat er was gebeurd. Als er af en toe iemand zei dat hij vanmorgen nog langs was geweest, zou zij dat vast geloven. Dat had hij aan de mensen van het rusthuis moeten zeggen, dacht hij.

Met het meisje naast hem ging het niet goed, hij voelde haar hart bonzen, haar handen klauwen rond zijn arm. Hij keek haar recht in de ogen, nu durfde hij dat. Hij wou dat hij meer voor haar kon doen. Hij hoopte dat zij het zou overleven, de wereld had mensen nodig zoals zij, dat wist hij gewoon zeker.

Chloé was blij dat de man naar haar keek, ze probeerde haar blik op zijn gezicht te houden. Chloé was misselijk tot in haar tenen, haar hart klopte in haar hals. Ze gluurde even langs hem heen naar buiten, om te zien hoeveel hemel er nog was, ver van alle grond, of hoe weinig. Ze kon het niet zien, waar ze ook een soort van blij om was. 'Ik wil niet dood,' ze zei het in haar zuurstofmasker, waardoor het klonk alsof er een handdoek in haar mond gepropt zat. De man leunde naar haar toe en gebaarde om het te herhalen, hij wou haar echt verstaan, dat trof haar. Laat maar, deed ze.

Hingen ze nu niet weer wat rechter? Zo leek het toch. Het trillen was ook minder. Ze gebaarde naar de man, of hij eens naar buiten wilde kijken, waarop hij zijn duim opstak. Ze vlogen opeens weer helemaal normaal. En dat zomaar, zonder spektakel, alsof het maar om te lachen was geweest.

Chloé ademde diep in en uit in haar zuurstofmasker, zij zette het nog niet af, omdat ze niet helemaal durfde te geloven dat het echt voorbij was. Ze keek om zich heen. Er heerste een rare kalmte, een veelvoud van stilte, nadrukkelijk als na tergend groot lawaai dat lang aanhoudt en dan opeens toch stopt. Alsof iedereen simultaan zijn adem inhield. Mensen keken door de raampjes, hier en daar zette er iemand zijn masker af.

'Ladies and gentlemen, everything is under control, but unfortunately we have to divert to Barcelona due to some technical issue, we will come back to you shortly. In the meantime the cabin crew will assist you where possible.'

'Halle-fucking-luja,' riep een man achterin.

Achteraan begon er een kleine bende te applaudisseren, alsof de piloot zijn kunstje met succes had vertoond, sommige passagiers praatten van de weeromstuit heel druk, anderen staarden alleen maar voor zich uit, een rij of tien voor hen braakte er iemand in het gangpad, waarna iemand anders meedeed. Chloé keek naar de man die nog altijd zijn arm voor haar gesperd hield, ze gaf er twee kneepjes in, zette haar masker af.

'Bedankt.'

'O, sorry.'

Hij trok zijn arm weg.

'Nee,' Chloé keek hem in zijn ogen, 'ik zei: bedankt.'

De man haalde zijn schouders op en glimlachte onbeholpen.

'We zijn gered, geloof ik.'

Bram zei het aarzelend, alsof hij het toch nog niet zeker wist. Het duo voor hen omhelsde elkaar, hij vroeg zich af of ze ook aan het kussen waren, dat kon hij niet zien. Hij zag de verwonderde vrolijkheid van het meisje, wat hem plezierde, zij leek opgeklaarder dan voordien, zelfs. Hij was meteen weer helemaal zichzelf. Hij herkende de onbestemde tristesse die hem altijd vergezelde, als een wat vervelende vriend die hij toch maar verdroeg omdat iemand nog altijd beter was dan niemand.

VIER

Toen de trolley naderde, had ze een dubbele gin-tonic besteld. Zij die hooguit voor de gezelligheid wel eens nipte van een glas wijn of cava, volgde gewoon het voorbeeld van haar buurman. Ze moest léven nu, dacht ze, en na hun toost, 'op onze gezondheid', nam ze een paar stevige slokken.

'Ik besef opeens dat ik niet weet hoe gij heet. Bijna was ik doodgegaan in de arm van een man wiens naam ik niet kende. Verschrikkelijk.'

Bram had niet het gevoel dat hij haar in zijn arm had gehouden, maar toch was hij blij met die formulering.

'Bram,' hij stak zijn hand uit, en lachte, 'of hoe stelt een mens zich voor aan iemand met wie hij zonet niet is gestorven?'

Chloé nam zijn hand en schudde die plechtig.

'Gij ziet eruit als een Bram.'

Hij vroeg zich af of ze dat positief of negatief bedoelde.

'Chloé.'

'Mooi.'

Zo strak als hij haar daarnet nog had aangekeken, zo beschroomd richtte hij nu zijn blik overal elders, merkte ze.

'Ik bedoel uw naam, dat die mooi is. En gij ook, natuurlijk, maar dat zou ik zo niet...'

Hij zweeg, glimlachte. Wat had hij een hekel aan zijn eigen potsierlijke gestuntel.

'Vindt ge? Mijn moeder heeft 'm gekozen, ik ben er nooit blij mee geweest. Ik vind het meer een naam voor...' Chloé keek rond, 'die mevrouw daar.'

Ze wees op een blondine met een hoge paardenstaart en drie gouden armbanden.

Bram lachte, maar hij voelde zich ook wat onbehaaglijk omdat hij dus eigenlijk slechte smaak had, in haar ogen.

'Maar wel goed dat gij dat vindt,' zei ze toen.

Alsof ze mijn gedachten leest, dacht Bram, wat hem ook licht verontrustte.

'Lekker eigenlijk, gin-tonic.'

Haar glas was al bijna leeg.

'Laten we een stewardess wenken en er nog een bestellen.'

'Ja,' zei Chloé.

Ze giechelde uitgelaten, en stak zwaaiend haar arm in de lucht.

Bram dronk zijn glas in één teug helemaal leeg.

'Gij leek mij niet bang daarnet.'

Even overwoog Bram een machistisch antwoord, maar dat leek hem zo dwaas opeens, na alles.

'Nee,' hij dacht even na, 'ik vond het geloof ik niet zo erg om te sterven.'

Chloé viel stil, legde heel even een hand op zijn potige arm.

'Nee?'

Er zat iets warms in haar blik, dacht hij toch, misschien verbeeldde hij zich dat alleen maar, het klonk alvast als oprechte verwondering.

'Als ge niet zoveel hebt om voor te leven is doodgaan ook niet zo'n punt, denk ik.' Bram hoorde zichzelf bezig en kreeg er meteen spijt van dat hij het had gezegd. Hij gooide erachteraan: 'Afijn, op rare momenten wordt een mens dan blijkbaar pathetisch.'

Hij grijnsde weer.

'Ik vind dat niet pathetisch.'

Bram voelde zich betrapt, en vond dat vreemd, en ook wel prettig, misschien, hij wist het niet zo goed.

Chloé had geen idee of ze nu door moest vragen. Ze wilde iets zeggen wat hem een beter gevoel zou geven.

'Ik heb eigenlijk ook niks om voor te leven, behalve dan al wat ik hoop dat nog komt.' Chloé gleed met een paar vingers nadenkend over haar gezicht.

'Misschien is dat genoeg?'

De stewardess kwam aangelopen, met de trolley.

Chloé had niks om voor te leven? Deze prachtige jonge vrouw? Bram kon dat nauwelijks geloven.

Hij keek naar de stewardess en wees naar hun beide glazen.

'One more please.'

'Of course, we have to celebrate.'

De vrouw schonk hen glunderend bij. Er was opeens een vreemd soort samenzweerderigheid tussen mensen, vond Bram. Chloé nam meteen weer een slok.

Met vertraging beantwoordde Bram haar vraag: 'Ik denk wel dat dat veel is, ja, hoop op wat nog komt.'

'Hebt gij dat dan niet?'

Bram aarzelde. Als hij eerlijk was dacht hij van niet, maar dat durfde hij niet zo tegen haar te zeggen, dus haalde hij voorzichtig zijn schouders op.

Zij keek voor zich uit, hij vroeg zich af wat ze nu dacht.

'Ik ben in New York ontslagen wegens niet-ingeloste verwachtingen, zo formuleerde mijn baas het, en gedumpt door mijn lief, met wie ik meer dan zes jaar samen was, afijn, ik heb het een gezamenlijke beslissing genoemd om mijn gezicht te redden, en daarom ga ik terug naar huis. En daar wacht mij een totaal teleurgestelde moeder, een afwezige vader, een set oudere broers die het allemaal al wél gemaakt hebben, ook al vindt mijn moeder van niet, en een aantal vriendinnen waar ik amper contact mee heb gehad in die goeie twee jaar dat ik daar zat.'

Chloé zei het zakelijk, beslist, alsof ze trefzeker een dossier presenteerde op een vergadering. Toen keek ze hem aan, alsof ze zelf nog even liet doordringen wat ze net had gezegd, en opeens schoot ze in een bulderlach.

'Wat een ellende, hè.'

Ze schaterde, wat nergens op sloeg, het was vast die drank, of de rare extase na doodsangst of zo.

'Ziedaar de bron van mijn hoop: erger kan het onmogelijk worden.'

Ze bleef maar gieren, probeerde zichzelf te kalmeren, ze dronk nog eens van haar glas.

'Die kerel weet alvast niet wat hij doet, dat lijkt me de enig mogelijke verklaring,' Bram zei het fel, hij had nog niet vaak iets zo voluit gemeend.

'Pas op, ik ben ook geen simpele hè, dat moet ik er nu eerlijkheidshalve wel bij zeggen.'

'Gij lijkt mij slim, en grappig, en leuk.'

Chloé, die net haar ernst weer leek te hebben hervonden, begon opnieuw te brullen toen hij dat zei.

Bram haatte zichzelf om zijn keuze van woorden.

Chloé betrapte zichzelf er tot haar eigen verbazing op dat het haar raakte, hoe hij dat zo zei.

'En, kan uw ellende op tegen de mijne?' ze kreeg het amper gezegd.

'Hmm,' zei Bram, en hij zweeg.

Ze herpakte zich, schraapte haar keel, en zei toen: 'Toe, nu moet ge mij redden, anders heb ik hier alleen mijzelf te kakken gezet.'

Bram was te afgepeigerd om een goed antwoord te bedenken, net niet sterven bleek erg vermoeiend.

'Mijn vader is dood, mijn zus woont in New York en haar zie ik amper, ik heb een job die zo onbenullig is dat ik er zelfs niet over durf te vertellen, en mijn moeder, die heel veel van mij hield, verstikkend veel van mij hield, heeft alzheimer gekregen op haar vijfenzestigste, het is snel achteruitgegaan, op dit moment herkent ze mij nog, maar daarmee is dan ook alles gezegd.' Hij liet een kleine pauze vallen, speelde met zijn vingers langs de rand van zijn glas. 'Het goeie is dat zij niet, zoals de uwe, teleurgesteld kan wezen, wat ze immens zou zijn als haar hersenen nog mee zouden werken.' Hij glimlachte. 'En o ja, ik zie er zo uit.' Hij maakt een tadagebaar met zijn handen, liet zijn grijns achterwege en draaide zich weer van haar weg.

Chloé beet op haar lip. Ze moest nu echt definitief stoppen met lachen.

'Gij wint,' zei ze, wat ze alleen maar deed om wat lucht in de zaak te krijgen, en ze ontplofte weer. 'Sorry, het is niet door uw verhaal, ik lach u niet uit. Het is... van de zenuwen, of postfactum stress of zo, ik weet niet.'

Bram was blij dat ze lachte en niks zei waaruit medelijden sprak dat zou bevestigen dat het inderdaad echt zo erg was met hem.

Chloé hield haar handen voor haar gezicht, haar hele lijf schokte, ze boog voorover en raakte met haar voorhoofd zijn arm. Tussen het bijna geluidloze gieren door kakelde er nu en dan een lach hoge hoogten in. Het ging zo lang door dat Bram het op den duur ook niet meer hield. En zo zaten ze daar, samen schaterend, als oude vrienden die zich dat ene verhaal herinnerden waar ze toen ook al zo om hadden moeten lachen. Bij Bram liepen de tranen over zijn wangen. Minutenlang duurde het voor ze weer in staat waren tot spreken. Bram veegde zijn gezicht schoon met de rug van zijn hand. Chloé blies heftig elke ademstoot uit. En zo vielen ze langzaam weer stil, sputterend als een motor zonder benzine.

Buiten pakten de witste wolken zich samen. Bram voelde hoe zijn lijf zich ontspande zoals het dat in een vliegtuig nooit eerder had gedaan. Voor één keer wou hij dat de vlucht nog lang zou duren.

'Goh, effe tussendoor, weet ge wat ik nu eigenlijk heb? Enorme honger,' zei Chloé.

'Aha,' zei Bram, en hij hield een vinger in de lucht, 'ik weet niet wat er nog van overblijft, maar,' hij wriemelde zijn wortelcake achter het netje vandaan, die leek toch nog redelijk van vorm, hij vouwde het zilverpapier open, 'wortelcake, zonder toegevoegde suikers.'

Chloé vond hem er niet heel appetijtelijk uitzien, maar hij presenteerde hem zo trots, en de honger was echt groot.

'Mag ik een stukje?'

'Alstublieft zeg.'

Ze nam een hap, en vond 'm verrassend lekker.

'Top, dit. Gij niet?'

Bram schudde van nee, voor het eerst sinds lang had hij eigenlijk geen zin in eten. Hij zag haar smakelijk het hele stukje weghappen, en er daarna nog een afbreken terwijl ze naar hem glimlachte. Hij lachte terug en dronk zijn glas leeg.

Buiten forceerde de zon zich door alle gaten in de wolken. Het zag er woest en heilzaam uit.

'We leven nog,' zei Bram.

'Ja,' zei Chloé, en ze knikte.

dood moeten we allemaal maar voor Beppie
was het toch nog te vroeg

EEN

Het was een dag zoals de meeste dagen. De zon scheen laag naar binnen door het grote raam vooraan, de kat strekte zich behaaglijk uit op het tapijt, de bladeren van de cambria zagen er eindelijk weer beter uit, als het zo doorging hoefden ze die toch niet weg te gooien. Hij had brood gehaald van die fijne bakker met die goeie speculaas rond sinterklaastijd, en kaas van dat piepkleine winkeltje waar de buikige baas zijn waar behandelde met een delicate voorzichtigheid die hem ontroerde. Ze hadden geluncht aan de goeie tafel, met een tafelkleed en stoffen servetten, omdat hij vond dat zelfs een doordeweekse dag een klein feestje moest durven te zijn. Op de radio zong Ella Fitzgerald 'Summertime' en dat liet ze klinken alsof alles goed ging komen.

Hij had naar Emma gekeken en geglimlacht, zij had zijn blik beantwoord met haar wenkbrauwen, die kon ze in een plooi trekken die hij nog nooit op een ander gezicht zo had gezien. Nadien had ze haar vingers gekraakt. Dat geluid deed al Harry's nekspieren samentrekken, maar hij zeurde er nooit over, omdat hij geloofde dat vrede nemen met wat onontkoombaar was een mens een hoop energie kon besparen. En op hun leeftijd was elke vorm van energiebesparing meegenomen. Zeker sinds die keer, met zijn hart.

Terwijl hij zich in het haar krabbend stond af te vragen of hij de kat een blikje 'adult light kip', 'adult optimal care tonijn' of 'luxemenu wild konijn in saus' zou voeren, ging de bel. De buurman van rechts: Govert. Hij vroeg, met die neuzige stem van hem, of ze morgen wilden langskomen. Want Beppie was overleden. Harry en Emma lieten een gepaste stilte vallen. Julia kon niet stoppen met huilen, vertelde hij, hij keek hen aan. Met hoge uithalen en hortend snikken, misschien hadden ze dat wel gehoord? Harry en Emma schudden minzaam hun hoofd, hun monden in een streep alsof ze dat zo hadden afgesproken, ze hadden het niet gehoord.

Al die tranen brachten hem op de rand van de wanhoop, zei Govert, daar glimlachte hij verontschuldigend bij. Er viel een schuifelend soort stilte. Harry vroeg zich af hoelang het alweer geleden was dat een van hen twee nog eens had gehuild. Hij was er zelf ooit mee gestopt omdat Emma hem dan aan kon kijken met die blik die hij te allen prijze wilde vermijden.

Julia drong aan op muziek tijdens de begrafenis. De buurman keek hen almaar taxerender aan, alsof ze toch stilaan kleur moesten bekennen. Harry vond dat moeilijk in het leven, kleur bekennen, hij hield juist van de twijfel die alle wegen openlaat. Hij bleef maar wat waardig naar de grond staan staren, terwijl Emma Govert strak aankeek. 'Tenslotte,' zei Govert, 'verdient ook een hond een waardig afscheid.' 'Vindt zij.' Hij liet het klinken alsof hij eigenlijk nog altijd aan het probéren was om het daarmee eens te zijn. Emma knikte. Harry keek naar zijn buurman en zuchtte mee.

Als hij helemaal eerlijk was, was zijn zucht er eigenlijk een van opluchting. Hij hield niet zo van Beppie. Dat Beppie een pekinees was, daar kon ze natuurlijk niks aan doen. Maar hij wist niet wat het was met pekinezen, ze raakten een snaar bij hem, en géén fijne snaar, met die bij mekaar geharkte koppen met hun platgebokste neuzen en die te wijd uitstaande ogen onder dat teveel aan haar. Hij vond het een dwaling der natuur dat zij Darwingewijs al zo ver gekomen waren.

En de pekinees van de buren was binnen de al wat spijtige categorie der pekinezen ook nog eens een extra spijtige variant. Hij had het ooit bijgehouden, hoe vaak het per week gebeurde dat dat beest dolgedraaid keffend tegen de achterdeur zat te klauwen, met zijn kleine pootjes met die kleine nageltjes. Uren kon-ie daarmee doorgaan, onafgebroken, en almaar wanhopiger ook. En als de buren dan eindelijk weer thuiskwamen en het beest binnen werd gelaten, was hij zo blij dat hij van de weeromstuit onstuimig blaffend heen en weer begon te rennen in de tuin voor hij daadwerkelijk het huis in stoof, ook een ritueel dat makkelijk een minuut of vijf kon duren.

Harry kon niet meer tellen hoe vaak hij zin had gehad om die pekinees een rotschop te gaan verkopen, zodat hij een paar tuinen verder mensen kon gaan lastigvallen met gejank dat tenminste om begrijpelijke redenen werd voortgebracht. Hij die een spin niet doodmepte als hij hem zag, maar hem voorzichtig ving en hem dan losliet in de tuin van de buren. Om maar te zeggen hoever die pekinees hem wel niet dreef.

Ze zouden haar naast het tuinhuisje begraven, zei Govert, samen met haar favoriete speeltje en haar kussen. Dat ze toch iets bij zich had, voor de overtocht, zo had Julia het gezegd. In afwachting van dat moment wou hij Beppie in een vuilniszak stoppen, want het beestje was na haar overlijden gaan lekken, en dat was niet alleen geen gezicht, zei Govert, het rook ook niet echt aangenaam. Harry probeerde zich in te beelden hoe een lekkende dode pekinees zou ruiken, en zijn zin om morgen langs te gaan werd zo mogelijk nog kleiner.

Maar, snoof Govert, er was voorlopig geen zak aan te pas gekomen, Julia had er niet van willen weten. Nu en dan ging ze naast Beppie zitten, om haar te strelen. Govert keek er wat zorgelijk bij, en zweeg toen, alsof Harry en Emma nu toch echt iets moesten zeggen. Harry neuzelde dat ieder toch op zijn of haar manier moet kunnen omgaan met verdriet. Hij keek even schichtig naar Emma, maar hij kon niet peilen wat zij stond te denken. Het viel weer stil. Harry hoopte dat hiermee gezegd was wat gezegd moest worden, en liet het zwijgen nog wat langer duren in de hoop dat ook Govert tot dat inzicht zou komen.

O ja, en dat ze zo dadelijk even wilde oefenen, Julia, om te kijken of die draagbare cd-speler die ze nog hadden van Mathijs van vroeger, als ze die op de vensterbank zouden zetten, of de muziek dan tot achter in de tuin goed te horen zou zijn. Govert snoof zachtjes, alsof hij eigenlijk zijn neus moest snuiten, maar om onduidelijke redenen besliste om dat toch maar niet te doen. Dat ze daar nu van wisten dan. Govert lachte even, maar corrigeerde zichzelf meteen weer, dit waren geen tijden voor welke vorm van vrolijkheid ook, natuurlijk.

Harry begon almaar meer te vermoeden dat Govert stiekem ook blij was dat Beppie eindelijk de grond in kon, en dat nam Harry weer voor hem in. Of hij eventueel koffie wou, vroeg hij dan toch maar aan Govert, omdat hun buurman een excuus leek te zoeken om niet meteen weer terug naar zijn huilende vrouw en zijn lekkende pekinees te hoeven, dat voelde hij wel aan. Emma had naar hem gekeken met haar typische blik, zij kon zuchten met haar ogen. Harry hoopte op dat moment dat Govert alsnog zou weigeren, maar hij antwoordde: 'Als jullie ook aan de koffie zitten.' Harry had gezegd dat Emma alvast lekker aan tafel kon gaan, dat hij wel even alles zou halen. Hij had geen pak koekjes opengemaakt om te vermijden dat het al te lang zou duren.

Toen Govert een halfuurtje later vertrok, ging Emma met haar benen omhoog zitten, dat was goed tegen het zwellen van haar voeten.

Terwijl Harry de vaatwasser stond te vullen, voelde hij de korzelige stilte, dus riep hij: 'Goed dat we nu en dan toch iets voor elkaar kunnen doen, als buren.'

Waarop Emma terugschreeuwde: 'En nu maar hopen dat ze geen nieuwe hond kopen.'

Het idee van een nieuwe pekinees was nog niet eens bij Harry opgekomen, maar meteen al leek het hem onontkoombaar. Misschien kochten ze wel twee pekinezen, of een grotere hond, die nog meer buiten moest, en die harder zou blaffen. Of misschien zelfs zo'n heel grote. Hij wist dat Julia Mechelse herders mooi vond, dat had ze eens verteld. Misschien zou die zo'n hok voor buiten krijgen, want eigenlijk was hun huis zelfs te klein voor een middelgrote hond. Misschien zou het geblaf van die Mechelse herder doorgaan tot diep in de nacht, zodat zij nooit meer een normaal aantal uren konden slapen, zij die hun nachtrust zo nodig hadden. Die weken toen hij slecht sliep door die ingewikkelde beenbreuk was hij niet half de man die hij altijd probeerde te zijn. Als dat door zo'n razende herder een structureel probleem zou worden, kwam dat vast niet zomaar meer goed. Misschien zou hij uiteindelijk zelfs de energie missen om naar de fijne bakker te lopen, zodat ze het moesten stellen met het brood van Bovée, dat sinds de zoon de zaak had overgenomen, toch niet meer was wat het was geweest. Dat zou Emma onverdraaglijk vinden, wist hij.

Harry was zo nerveus geworden van al dat denken aan die Mechelse herder en de verstrekkende gevolgen van zijn komst voor hun bestaan, dat hij voor zichzelf een martini had ingeschonken. Met een beetje geluk zou Emma wegdoezelen en merkte ze het niet eens. Maar toen hij de kastdeur zachtjes dichtdeed, stond zijn vrouw opeens achter hem. Hij wist niet of het te maken had met hoe klein en dun ze was, of met hoe ze als kind al had moeten leren om zoveel mogelijk op te gaan in het behang, maar zoals zij zich onmerkbaar door hun huis kon verplaatsen, daar zou de gemiddelde professionele dief nog wat van kunnen leren. Ze keek naar zijn glas zonder er iets van te zeggen.

Ze leunde tegen het aanrecht terwijl ze de tuin in staarde. Ze had haar schrift bij zich, dat hield ze altijd in de buurt. Er lag inmiddels een hele collectie, precies dezelfde, groot formaat met zwarte, harde kaft, geruit papier vanbinnen, op een stapel in de antieke kast die hij had geërfd van zijn grootmoeder. Harry mocht er niet in lezen. Wat ze daar eigenlijk zoal in schreef, had hij lang geleden ooit gevraagd. 'Gedachten.' Daar moest hij het mee doen. En al benieuwde het hem zeer wat er allemaal in stond, toch was het nooit in hem opgekomen om ze stiekem te gaan lezen.

Harry ging naast haar staan, en ook al probeerde hij niet eens echt te kijken, toch zag hij haar een vraagteken maken na een zinnetje op een nieuw wit blad: 'Wie zal ons redden?' Het vraagteken groter dan de rest. Hij overtrad niet echt een regel door dat te zien, dacht hij, want ze liet de bladzijde behoorlijk lang gewoon zo open liggen, terwijl ze naar die vier woorden staarde. Ze draaide haar halsketting zo dat het medaillon weer op de juiste plaats hing, net tussen haar borsten. Toen sloeg ze het schrift weer dicht. Harry wist niet of ze hem deze inkijk bewust had gegund, of het misschien zelfs een boodschap aan hem was, laat staan of hij geacht werd er iets over te zeggen, maar omdat hij niks wist te verzinnen, zweeg hij maar gewoon. Hij richtte zijn blik naar de tuin van de buren, waar Beppie morgen zou worden begraven, en waar weldra een dolle herder rond zou draven. Hij keek even naar Emma, zij keek niet terug, zij tuurde naar buiten, naar verten en vogels en bomen. Zij was niet hier. Zoals meestal.

TWEE

Harry vroeg zich af wat je moest meenemen naar de begrafenis van een pekinees. Een rouwkaartje leek hem overdreven, bloemen nog meer. 'Een taartje, misschien?' had hij geopperd, tenslotte kan eten troosten, maar zijn vrouw had hem toegebeten dat een begrafenis van een hond misschien wat bespottelijk, maar nog altijd geen verjaardag was. Uiteindelijk stonden ze met lege handen bij de buren. Emma had Julia omhelsd en gezegd: 'Dood moeten we allemaal, maar voor Beppie was het toch nog te vroeg.' Zij bleef hem verbazen.

Harry had bij het binnenkomen rondgekeken op zoek naar de zak waar hun pekinees hopelijk inmiddels toch netjes in was gestopt, maar hij had niks gezien. Dat was een veeg teken. En inderdaad, toen ze allemaal aan het kleine grafje stonden, tussen de twee rododendrons bij het tuinhuisje achteraan, kwam Govert met het stijf geworden beest zomaar in zijn armen statig naar hen toe gestapt. Harry probeerde er niet naar te kijken, maar het beest leek hem aan te staren, met die glas geworden ogen, en ook al joeg het hem de stuipen op het lijf, hij durfde ook niet weg te kijken.

Govert nam zijn tijd, alsof hij het deed om hem te pesten. Julia wou eerst nog een paar woorden zeggen over wat Beppie had betekend, en op haar aansturen vertelde Govert nog een leuke anekdote over toen ze Beppie voor het eerst hadden ontmoet bij de fokker. Het ontging Harry niet dat hij het woord 'ontmoeten' had gebruikt, alsof deze hond hen had verwelkomd op beschaafde conversatie en thee met cake. Pas toen Julia nog een laatste keer 'vaarwel' had geprutteld, legde Govert de hond eindelijk in de kuil. Daarna spurtte hij naar binnen om het lied op te zetten.

'You don't know what you got till it's gone', het schetterde hun vanuit een vreemd soort verte tegemoet. Dat Julia veel van Joni Mitchell hield wist Harry wel, want in de zomer stonden bij de buren alle ramen zo'n beetje permanent open, maar voor de gelegenheid had hij misschien toch een wat ingetogener nummer gekozen. Nu, mensen moeten doen wat hun helpt in dit leven, zo simpel was dat, vond hij. Emma dacht daar vast anders over, aan haar gezicht te zien.

Eenmaal thuis zei Emma dat ze geen honger had, en ze wilde niet met de benen omhoog. Harry probeerde haar te paaien door op milde roddeltoon over de buren te beginnen, niks beter voor de samenhorigheid dan gezamenlijke kleine vijanden, maar daar ging ze niet op in. Ze zette de televisie aan, zomaar overdag, en draaide de volumeknop luider toen Harry haar ten slotte vroeg of ze misschien geen zin had om chocoladetaart te maken, bakken gaf haar rust, zei ze zelf. En dan zou hij wel naar de winkel lopen om te halen wat ze nodig had.

Harry voelde dat zijn inschatting van de feiten de juiste was, die woorden waren gisteren niet zomaar argeloos opgeschreven en subtiel onder zijn neus geduwd. Al sinds het wakker worden was Emma anders dan anders geweest. En dat kon hij begrijpen. Emma was een rusteloze denker, altijd al geweest, maar nu zat zij met een vraag waar ze ook een antwoord op wou. Meer nog dan een vraag was het een existentiële kwestie eigenlijk, een levensgrote angst. Zij zocht troost en hoop en geruststelling en de zin der dingen, net zij die daar ook zo recht op had. En wat had hij gedaan? Hij, de drilpudding, het stootkussen, de vetplant, hij had gezwegen, wat hij al zijn hele leven deed. Terwijl hij natuurlijk wist wat hij had moeten zeggen, luid en duidelijk: hij, híj zou hen redden, zoals echte mannen doen, dat was wat ze wilde horen. Of beter nog: dat was wat hij haar moest bewijzen.

Het had hem uit de slaap gehouden, de voorbije nacht. Hoe kon hij dat doen? In zijn hoofd sprak hij de ultiemste speeches uit, maar hij wist al snel: woorden waren te weinig. Kon hij maar zingen, of schilderen, of toneelspelen, dan zou hij iets maken wat alles zei wat woorden niet kunnen vatten. Maar hij was toch alleen maar Harry.

Het werd al licht buiten, en toen daagde het hem opeens. Na jaren van kleine attenties, afwachtende dienstbaarheid en stil ondersteunen, wat zijn manier was geweest om zijn liefde voor haar te bewijzen, moest er meer. Een daad, groots en meeslepend, zoals zij vast altijd al wilde leven sinds zij dat bij Marsman had gelezen. Hij moest haar niet alleen redden, hij moest haar redder worden, daar zat zij gegarandeerd al op te wachten sinds ze nog een kind was en geen enkel verweer had. Harry verbande de nuchtere, rustige, voorzichtige versie van zichzelf voor deze ene keer naar de kelders van zijn gedachten, en hij zou snoeihard gaan voor onvergetelijk, alle rationele denken ver voorbij, minder mocht het echt niet zijn. Beter laat dan nooit, tenslotte.

Emma had al een paar keer gezegd dat ze de keuken wilde verbouwen, zijn nuchtere zelf had altijd opgezien tegen de kosten en het gedoe, maar die Harry speelde vandaag niet mee. Hij bereidde zijn plan goed voor, checkte de verzekeringspolis, dat zag er goed uit. Hij wachtte tot zijn vrouw ingedut was bij de televisie, keek nog één keer of de brandblusser toch op zijn vaste plaats stond, in de berging. Even overwoog hij om 'm alvast klaar te zetten in het kastje onder de spoelbak, maar daar kwam hij meteen op terug, het blusapparaat moest daar blijven voor de geloofwaardigheid. Een beetje initiële paniek was wel nodig om de ronkende reddingsactie deftig uit de verf te laten komen.

Hij keek de keuken rond, zette een pan op het vuur en deed er een flinke scheut olie in. Het zou maar een kwestie van tijd zijn voor de vlam in de pan zou slaan. Om het nog wat aan drama te laten winnen, zou hij de inhoud in de vuilnisbak kieperen, die dan op zijn beurt vlam zou vatten. Dat zou echt iets voor hem zijn, zo kende zij hem wel. Hij zou wat gepast lawaai maken, Emma zou aan komen lopen, hij zou haar optillen en in veiligheid brengen, om dan eigenhandig, met de brandblusser, de brand te blussen. Met een beetje geluk zou er zelfs iemand de brandweer bellen, en die zou dan aan komen rijden als alle gevaar al was geweken. Ze zouden hem feliciteren met zijn moedige, koelbloedige optreden en Emma zou stilzwijgend gelukkig toe staan te kijken naar haar enige echte redder. De man die ondanks alle oorspronkelijke en almaar herbevestigde vermoedens dan toch nog bleek te zijn wat zij altijd al had gehoopt. Zo zou het gaan.

Harry stond mijmerend over manhaftige heroïek naar de pan te staren, en jawel, daar was de vlam. Harry nam de pan beet bij de steel. Jezus, wat was die heet. Hij graaide een keukenhanddoek van het rek, maar ondertussen werd die vlam een steekvlam. Met de vaatdoek om zijn hand reikte hij opnieuw naar de steel, waarop de doek vuur vatte. Wat nu? dacht Harry, die nooit zo goed was met echte paniek. Daarop schoot ook de dampkap in brand. Het woest uitslaande vuur knetterde zoals hij nooit eerder iets had horen knetteren, en het was heet als de hel in de keuken.

Harry moest het toegeven: hij panikeerde nu voluit. Emma, waar bleef Emma? Misschien moest hij toch eerst maar het blusapparaat halen nu, beter geen domme risico's nemen, zelfs al kwam het dan niet tot het meest romantische redden, technisch kwam dat op hetzelfde neer, toch? 'Emma?!' Harry's stem klonk schor opeens, wat was dat nu? En al die rook, hij zag geen hand meer voor ogen. Was de berging nu links of rechts van hieruit? Harry hoestte, de rook benam hem de adem. Hij viel op de grond, waarom viel hij nu? Opstaan, hij moest opstaan. De brandblusser halen. 'Emma?'

DRIE

De deken die de brandweer haar had gegeven stonk, vond Emma, maar ze liet hem toch om haar schouders liggen, en klemde de uiteinden tussen haar handen. Alsof die deken het enige was wat haar nog bij mekaar hield. De brandweerman met de grote snor riep in het deurgat naar zijn mannen, maar ze hoorde niet wat hij precies zei.

Hoe had dit in godsnaam kunnen gebeuren? Zij was toch degene die kookte, Harry hield er niet van en kon het niet goed, dat wisten ze allebei. Misschien had hij weer te veel gedronken? Nochtans die ochtend bij de buren had hij zijn hand boven het glas gehouden toen Govert hem een tweede martini in wou schenken.

Zij wist alleen nog dat ze in slaap was gevallen bij dat programma over mensen die hun huis vol rotzooi stouwen tot ze er amper nog in kunnen wonen. De vrouw had gezegd dat ze de leegte in haar hart probeerde te vullen, en dat had Emma aanstellerige onzin gevonden, dat herinnerde ze zich nog. Mensen die excuses zochten voor hun eigen zwakte, daar kon zij echt niet tegen. Dat had zij tenminste nooit gedaan.

Toen ze wakker werd was er overal rook, en hitte, snijdend ondraaglijke hitte. In een reflex was ze meteen naar de deur gerend en de straat opgelopen. En voor ze goed en wel besefte wat er aan de hand was, had ze het geloei van de brandweer gehoord.

'Zijn er nog mensen binnen?' had de man met de snor gevraagd. Het was zo'n snor die krulde aan de zijkanten, potsierlijk vond Emma dat. Afgeleid door die snor duurde het nog zeker een minuut of anderhalf voor ze stamelend antwoordde: 'Harry, Harry is nog binnen.' De man riep naar de anderen, mensen schoten in actie. Pas toen drong het tot haar door: het huis brandde en Harry was niet hier. De mannen stormden naar binnen. Zij wachtte. Zij deed niks. Behalve zich afvragen waarom ze niet naar hem had gezocht daarbinnen, zelfs niet naar hem had geroepen, voor zover ze zich kon herinneren.

Ze liet zich op de grond zakken en keek naar alle drukte alsof het de crisis van een ander was. Als een ingezakte soufflé zat ze op de kasseien. Het leek of ze niks meer wist, terwijl begrijpen, of dat toch proberen, ook datgene wat niet te begrijpen viel, altijd haar houvast was geweest. Ze deed haar best om Harry niet voor zich te zien, zoals hij keek als hij schuldbewust zei dat hij toch ook een taartje had meegebracht, of zoals hij zijn buik introk als hij haar kwam vragen of zij vond dat die trui hem stond, of zoals hij stralend kwam vertellen dat er een huiszwaluw een nest aan het maken was in de kerselaar, en dat zoiets geluk bracht, en dat klonk dan alsof hij dat zelf geloofde. Ze zou hem zo meteen wel zien, als ze hem levend en wel naar buiten brachten.

In vliegtuigen zeggen ze ook dat je bij onheil eerst je eigen zuurstofmasker moet opzetten, en pas dan een ander proberen te helpen. Zou het dat zijn geweest? Maar ze had niet eens aan hem gedacht tot de snor het haar vroeg. In haar hoofd klonk dat liedje van vanmiddag weer: 'You don't know what you got till it's gone', ze vroeg zich af of dat waar was, en verdroeg die vraag niet van zichzelf. Het duurde nu al een tijdje, maar dat wou vast niks zeggen. Ze trok de deken nog wat strakker om haar schouders.

Terwijl ze naar de deur zat te staren, waar nog steeds niemand uit kwam gelopen, dook Julia op. Ze droeg een diadeem en lage rode laarsjes, haar gezicht stond op bedrukt. Emma had eigenlijk nooit zin in het gezelschap van Julia, maar nu nog minder dan meestal. Julia bleef bij haar staan, ze keek even diep bezorgd naar haar als daarstraks naar het hondenlijkje. Ze wilde Emma rechtop helpen, maar Emma weigerde, en toen liet Julia zich naast haar zakken, midden op de weg.

Emma geloofde heilig in de geruststelling die schone schijn kon bieden, zij verstopte zich met overtuiging achter oppervlakkige beleefdheid, maar zij wist wel dat haar buurvrouw anders was in die dingen. Emma zei niks, zij zat uitgeteld te zwijgen en hoopte maar dat dat aanstekelijk zou werken. Het bleef zowaar een tijd lang stil. Een schrale wind stak op en vogels floten alsof er niks aan de hand was.

Plots zuchtte Julia: 'Mijn vader zei altijd: de duivel kakt geheid op een hoopje. Ik ga hem nog gelijk moeten geven. Eerst Beppie, nu dit.' Daarop schoot ze in een schreeuw. Hoog en luid, zoals Govert had beschreven. Emma kraakte haar vingers. Dat hield Harry op een afstand, maar bij haar buurvrouw werkte het niet. 'Dit duurt al veel te lang, dit is niet goed,' snotterde ze, en ze legde haar hoofd tegen Emma's schouder. Ze tilde haar hoofd weer op, keek naar Emma, verbeet haar tranen even en zei: 'Wij redden ons wel,' alsof er een wij bestond.

Emma moest opeens aan haar vader denken. Ze probeerde nochtans zo weinig mogelijk aan hem te denken, want als ze aan hem dacht, dan kwam het allemaal terug. Zijn geur wanneer hij had gedronken. Hoe ze wegkroop achter de sofa. Hoe ze wist dat ze op die momenten niks kon doen, en toch van alles deed. Hoe ze elke keer weer hoopte dat het de laatste keer was geweest. Hoe alles verdoofde en verdwaasde terwijl ze haar moeder probeerde te troosten. Hoe ze zich alleen maar afvroeg wat zij kon doen om het beter te maken, bovenal voor hem.

Opeens kwamen de brandweermannen weer naar buiten, een zwerm bewegende fluogele strepen, slepend met slangen, helmen afzettend. Maar geen Harry. 'O god, o god, o god, ik zei het al,' riep Julia, 'niet Harry, toch niet Harry.' Het schreeuwen werd nog dierlijker dan het daarnet al had geklonken, alsof zijzelf de verse weduwe was. Emma hield een hand voor haar mond, ze stak haar wijsvinger tussen haar tanden en beet erin, zo hard ze kon, het deed geen zeer.

Julia drapeerde een arm over haar schouder en Govert was er ook bij komen staan. Hij boog zich voorover en bleef wat raar hangen, met zijn gezicht te dicht bij het hare. Ze wilde deze mensen niet bij zich hebben nu, ze krabbelde overeind en ging wat verderop staan. Om haar heen de drukte van de brandweerlui en het gezoem van omstanders waarvan ze zich afvroeg wat die hier in godsnaam kwamen doen. Ze wilde dat het ophield, ze wilde dat ze weggingen, allemaal. Ze sloeg haar ogen neer, en zag Harry voor zich, zoals hij, zo anders dan haar vader, wat dommig om alles begon te lachen als hij te veel gedronken had, alleen maar dat.

'Kan ik nog iets voor u doen?' De brandweerman met de snor klonk oprecht bekommerd en zwaaide de deken, die van haar schouder was gegleden, weer om haar heen. Emma keek naar het zwartgeblakerde stuk van de gevel van hun huis. Of moest ze nu háár huis zeggen, nu Harry... Ze hapte naar adem, alsof ze zelf geloofde dat ze nu echt ergens om ging vragen: 'Was het maar waar.'

VIER

Harry had nog nooit zo veel drukte gezien in hun straat. Een man in een keurig pak liep naar buiten met een zwarte plastic zak op een draagberrie. Een wieltje bleef haken aan een loszittende stoepsteen, Harry zag het gebeuren. Had hij gekund, hij zou hebben geroepen om hem te waarschuwen. De zak gleed van de draagberrie. Zijn verkoolde lijf was niet te zien, maar omstanders keken toch ontzet de andere kant op, en eentje riep iets verontwaardigds, aan zijn gezicht te zien toch. Harry had die man nooit eerder gezien, dacht hij.

Hem kon het allemaal weinig schelen. Harry keek naar de ravage in het huis. Naar de kat, die verweesd tegen het muurtje van de voortuin stond aan te schuren. Naar Emma. Hij wou dat hij kon horen wat ze na al dat zwijgen nu toch tegen Julia aan het zeggen was. Maar tussen hen bestond nu alleen nog stilte, het soort stilte dat neerdaalt na eeuwig stormen.

Hij vroeg zich af of dit nu betekende dat zijn moeder toch gelijk had toen ze zei dat hij een gevaar voor de mensen was, die ene keer toen ze schuimbekkend boos de schaar uit zijn handen had gerukt waarmee hij het haar van zijn kleine zusje stond te knippen. Hij dacht na over zijn eigen falen. Zou ze het hem kwalijk nemen? Zou ze boos zijn? Of toch alleen maar verdrietig? Ze zou nooit weten wat hij haar zo gunde.

Hij keek naar Emma, naar haar sterke kaaklijn. Misschien had hij haar toch gered, dacht hij. Verdwijnen, baan ruimen, het schept nieuwe mogelijkheden. Als hij eerlijk was, had hij het altijd wel geweten dat ze niet echt van hem hield. In het begin had hij nog gedacht dat het aan hem lag, maar hoe ouder hij werd, hoe meer hij begon te beseffen dat zij gewoon niet goed wist hoe dat moest. Hij had eens gelezen dat voor sommige mensen liefde meer pijn doet dan de pijn zelf, omdat ze ooit geleerd hebben om te geloven dat pijn het enige is wat ze verdienen en dat ze het daardoor ervaren als iets wat op een perversie manier veilig is. Omwille van haar had hij geweten dat dat waarschijnlijk klopte. Maar wie weet waar een opvolger wél toe in staat was? De ander maakt ons toch mee tot wie we zijn.

Harry wou dat hij haar dat nog kon zeggen, zij die een leven lang zo weinig hadden gesproken over wat van belang was. Dat stond hij te denken, toen hij opeens iets voelde aan zijn been. Alsof er twee vorken langs zijn kuit scharrelden. Hij hoorde klein gejank, en daarna een stemmetje: 'Als ik bij u mag blijven, zal ik u beschermen.' Hij wou eigenlijk echt niet naar beneden kijken, want hij vreesde dat hij al wel kon vermoeden wie hij daar zou treffen. Maar het geklauw had iets wanhopigs, dus deed hij het toch maar.

Beppie keek met haar lelijkste pekinezenkop recht in zijn ogen. Even overwoog iets in hem alsnog die ene welgemikte stamp, maar het beest ging geduldig zitten en staarde hem aan, met iets van groot verwachten. 'Denk vooral niet dat het met strelen is en zo,' sputterde Harry, waarop Beppie kwispelde, heel stil, als om hem niet te storen. 'Er was nog iets,' zei hij, tot hij besefte dat hij dreigde tegen een pekinees te gaan praten. Hij zwaaide nog één keer naar Emma, Emma zwaaide niet terug.

een kind dat ontbreekt is meer aanwezig
dan degenen die er zijn

EEN

Geel is hij, eerder het geel van woestijnen dan van citroenen, met blauwe handvaten en een blauw zadel, ik vind 'm prachtig, ook al is hij niet echt nieuw zoals die van mijn beste vriendin. Ik wil 'm meteen gaan uitproberen, maar ik moet van mama eerst een sjaal en een muts en handschoenen aan. Die ga ik wel zoeken, maar ik probeer er hard genoeg bij te zuchten om ervoor te zorgen dat zij het kan horen. Ik heb het nooit koud, zelfs niet als het koud is, maar dat maakt voor mama geen verschil. Ik mag niet vergeten dat ik 'm krijg voor sinterklaas en kerst en nieuwjaar en mijn negende verjaardag in februari, zegt mama. 'Ja, ja,' antwoord ik. Ik wil niet praten, ik wil rijden. Mama heeft een frons boven haar neus, ik denk dat ze het zuchten heeft gehoord.

Dat ik op tijd terug moet zijn, roept ze ook nog, want als mijn broer thuiskomt na zijn voetbaltraining vergaat hij van de honger en moeten we direct kunnen eten. Met al die warme kleren aan zit ik als een mummie op de fiets. Ik knal het voetpad af, de straat op en trap zo hard ik kan. De lucht is grijs, de wind waait hard en de kou is niet koud maar doet wel pijn aan mijn gezicht. Ik moet mijn armen goed strekken om bij de handvaten te kunnen, en alleen met de tippen van mijn schoenen raak ik net de grond als ik op het zadel zit, maar dat vind ik wel stoer. Hoe groter de fiets, hoe groter ik lijk, en hoe liever ik het heb.

Ik race supersnel heen en weer in onze straat, ik spring voetpaden op en weer af, rem zo weinig mogelijk in de bochten. Na een halfuurtje weet ik: zo dadelijk komt Mario, dus ik beslis dat ik nog een allerlaatste keer het blok om rijd. Ik ga nu voor het record en dat zal ik halen ook. Ik scheer langs de tuin met de drie kabouters, langs dat huis met die gevel en brievenbus in hetzelfde roze, langs die oprit waar altijd speelgoed rondslingert. Ik koers door het smalle paadje dat uitgeeft op onze straat, ik hijg, mijn keel doet zeer, nog even volhouden, denk ik, alles geven voor die laatste meters, in mijn hoofd hoor ik het applaus al klinken, ik kom het paadje uit gecrost, de straat op, en dan gebeurt het: een keiharde knal. Daarna zie ik de BMX van Mario op de grond liggen, het achterwiel draait, zomaar in de lucht, zijn sporttas is op de motorkap van de auto beland die stilstond langs de weg, en Mario blijft stil, met zijn gezicht naar beneden op de kasseien.

Ik kijk om mij heen of ik een grote mens zie, maar er is niemand. Ik ben ook gevallen, maar ik voel niks. Ik sta op. Ik wil alleen maar naar huis. Ik raap mijn fiets op en bid dat-ie niet te erg kapot is, maar het voorwiel is krom en hij rijdt niet meer. Dat vind ik vreselijk en dat durf ik ook niet tegen mama te zeggen. Ik laat mijn broer liggen, til het stuur van mijn fiets op, en rijd hem op zijn achterwiel naar het hok naast het huis. Daar staat de grasmaaier en allemaal rommel, zo blijft-ie uit het zicht.

Ik ren snel terug en druk op de bel aan de voordeur. Die gaat niet meteen open, dus blijf ik drukken, wel tien of zeventien keer. Eindelijk doet mama open, haar gezicht ziet er boos uit: 'Jessica, wat is...' Ze wil me ervanlangs geven voor dat bellen, dat kan ik wel zien, maar ik wijs meteen naar Mario. Mijn mama volgt mijn vinger, ziet hem liggen en holt dan de straat op. Ik heb haar nog nooit zien hollen. Ik hoor haar brullen, zoals wolven in tekenfilms doen, maar dan enger. Ik loop naar binnen. Met mijn jas nog aan ga ik op een stoel zitten, alsof ik gewoon even moet wachten, zoals bij de dokter. Ik heb het warm, maar ik trek mijn jas en muts en sjaal niet uit.

Mijn zus Mieke komt aangelopen. Haar rokje is zo kort dat ik bijna haar onderbroek kan zien, en dat in de winter. Ze kijkt niet naar mij. Mieke doet ongeveer altijd alsof ik er gewoon niet ben. Eigenlijk is al wat zij doet telefoneren met haar vriendinnen, in de gang boven, waar wij het niet kunnen horen, maar volgens Margo, mijn oudste zus, is dat de leeftijd. Ze trekt haar neus omhoog, heel even. 'Wat ruikt er hier zo...?' Er brandt iets aan, denk ik, maar ik zwijg gewoon. Zij gaat naar de keuken, ze vloekt en kwakt zo te horen pannen in de spoelbak. Oorlog in de keuken. Daar zal mama niet mee kunnen lachen, en met dat rokje ook niet trouwens. Er is al dikwijls ruzie geweest over Miekes kleren.

Dan komt de buurvrouw binnen. Oei, ik heb de deur niet dichtgetrokken, denk ik, daar kan mama ook kwaad om worden. Ze zegt dat we de ambulance moeten bellen. Dan loopt ze zelf naar de telefoon en brult in de hoorn, alsof degene die luistert niet goed kan horen. Ik wil dat ze stopt met roepen.

Margo duwt de deur open, zij zat boven, misschien komt ze af op dat lawaai van de buurvrouw. Goed dat zij er is, zij weet altijd wat te doen en zij helpt mama ook heel veel. Zij lijkt het meest op mama van ons alle drie: ze hebben allebei lang haar met een pony, en ze zijn allebei groot en smal en ze hebben dezelfde rare neuzen en veel sproetjes in hun gezicht en op hun armen en overal. Margo hoort wat de buurvrouw zegt, en dan spurt zij ook naar buiten. Ik zit daar en het is alsof ik naar een film kijk op de televisie waar alles fout loopt.

Er gaan allemaal dagen voorbij, en er komen veel mensen die heel lang blijven zitten, sommige brengen eten mee, dat soms lekker is, en soms onlekker. Ik heb liever dat ze niks meenemen, want dan eten we frietjes van de frituur. Ik mag niet naar school, pas weer de dag na de begrafenis. Ik vraag mij af wat de andere kinderen allemaal doen in de klas wat leuk is. Mama vindt niks leuk, mama is heel verdrietig. En ik kan niet goed slapen, en alle dromen wil ik altijd vergeten als ik wakker word. Eén keer heb ik geroepen toen het nog donker was buiten, en toen is Mieke kwaad geworden omdat de wekker nog niet eens was afgelopen en zij nog niet wakker hoefde te worden.

Na de begrafenis zijn we met allemaal anderen naar ons huis gegaan. Ik sta op de gang nadat ik naar de wc ben geweest. Ik hou de klink van de deur vast en ik wil weer naar binnen, maar dan hoor ik mama zeggen: 'Door Jessica ben ik mijn Mario kwijt, ik kan haar amper aankijken.' Ik ga best niet naar binnen nu, denk ik. Ik blijf nog wat staan, misschien moet er iemand anders ook naar het toilet, en beveelt die gewoon nadien dat ik mee moet komen, en dan kan ik moeilijk nee zeggen. Als dat heel lang altijd maar niet gebeurt, ga ik op den duur toch naar boven, naar de kamer van de meisjes. Daar is wel niemand, en ik ben liever bij iemand, maar ja.

TWEE

'Mama?'

Patty hoorde haar dochter de kamer in schuifelen, ze hield haar ogen zo ontspannen mogelijk gesloten. Jessica sprak zacht genoeg om er geloofwaardig doorheen te slapen als dat zou zijn wat Patty daadwerkelijk deed. Ze had geen idee hoelang ze hier al lag, ze wist alleen dat ze kort na de middag op Mario's bed was gaan liggen, maar ze wou hier hoe dan ook blijven, liggend op haar zij, de benen zo ver mogelijk opgetrokken, armen tegen mekaar aan gedrukt. Ze hoopte dat Jessica niet zou durven insisteren.

Mario's lakens roken nog altijd een heel klein beetje naar hem als ze zich erop concentreerde. Ze wou alle tijd vergeten en staren naar zijn lichtjes scheef opgehangen posters, naar de schoolboeken, opengeslagen op zijn bureau, alsof hij zo meteen binnen kon wandelen om verder te lezen, daar waar hij was gebleven, al die maanden geleden, naar de trui, nonchalant over de stoel gegooid in plaats van in de wasmand, al zat er een tamelijk opzichtige vlek op, van tomatensoep of spaghettisaus, dat viel moeilijk nog te zeggen. Urenlang kon Patty zich hier terugtrekken, in dit ene stukje van de wereld waarin de dag wel eens een moment bijna draaglijk leek, die zeldzame seconden waarin ze zich zo verloor in haar herinneringen dat ze vergat dat hij nooit meer terug zou komen.

'Mama?' Het klonk al wat luider.

Patty wist wat dat betekende, haar dochter was gekomen met een missie, waarschijnlijk ingefluisterd door haar oudste zus, en dus zou ze pas weer vertrekken als ze had gekregen wat ze zocht om problemen met Margo te vermijden. Patty kon beter doen alsof ze wakker werd, zelfs al verzette alles in haar zich tegen elke vorm van bewuste aanwezigheid. Deelnemen aan het leven leek haar iets waarvoor je een toegangsticket moest hebben gekocht, terwijl zij niet eens meer wist waar ze dat zou kunnen krijgen. Ze wachtte nog heel even.

'Mama?'

Patty voelde een bedeesde hand heel zoet aan haar schouder schudden.

'Wat is er?'

Dat zinnetje ontsnapte haar al te bruusk voor een net ontwaakte mens. Patty zag Jessica terugdeinzen en naar adem happen, alsof ze de directrice van de school aan moest spreken, een non die erom bekendstond kinderen hardvochtig af te snauwen als ze die dag niet op de beste voet stond met haar god, Jessica was er doodsbang van.

'Wij hebben een beetje honger.'

'Er zit nog geld in mijn portemonnee, zeg maar dat Margo frieten moet gaan halen. Ik ben vandaag niet in de winkel geraakt.'

En gisteren, eergisteren en de dag daarvoor evenmin, besefte Patty, maar ze had geen energie meer over voor een schuldgevoel.

'En wat wilt gij dan hebben?'

'Ik hoef niks.'

'Maar,' Jessica weifelde, 'gij moet toch ook eten?'

'Ik heb geen honger.'

'Maar...' Ze zag haar dochter elk woord wikken en wegen, het irriteerde haar meer dan wat anders, 'komt gij dan wel naar beneden?'

Patty sloot haar ogen weer.

'Straks.'

Dat was vaag genoeg om alle mogelijkheden voorlopig open te houden. Ze hoopte dat Jessica op deze noot weer zou vertrekken, maar haar dochter bleef aan het voeteinde staan dralen.

'Wat nog?' Patty probeerde niet al te geërgerd te klinken, ze wist niet of dat lukte.

'Oma heeft gebeld om te zeggen dat ze de was komt brengen. Ze zou hier over een uurtje zijn.'

Ook dat nog, dacht Patty.

'Hoe laat is dat dan precies?'

'Euhm, tegen halfzeven dan, denk ik?'

Patty deed uit pure koppigheid haar ogen weer dicht, al moest ze dringend opstaan dan, zich alsnog aankleden, wat eigenlijk allang niet meer behoorde tot het plan van deze dag. Als het haar niet lukte voor de kinderen thuiskwamen, hoefde ze van zichzelf niet meer. Ze dacht aan tandenborstels en kille badkamertegels en een kleerkast vol kleren waaruit iets moest gekozen, en de moed zakte haar spontaan in de schoenen. Patty voelde Jessica's geaarzel.

'Ik kom zo.'

'Ja,' zei Jessica, haar toon verraadde dat ze er niet zeker van was of ze dat wel kon geloven. 'Kan ik nog iets doen?'

'Mario bij mij terugbrengen.'

Jessica staarde naar haar schoenen, wiebelde met één voetje van links naar rechts.

'Ga nu maar naar beneden, meisje.'

Zonder nog iets te zeggen droop ze af.

Rationeel wist Patty ook wel dat een kind van amper negen bezwaarlijk moorddadigheid kon worden verweten, maar hoe een mens gedachten en gevoelens op mekaar af moet stemmen, dat had zij nooit begrepen. Hoe dikwijls had ze het niet tegen Jessica gezegd: 'Let op, kijk uit wat ge doet, wees voorzichtig, steek de straat niet over zonder te kijken, pas op als ge uw boekentas uit zwiert dat ge niemand raakt.' Een kip zonder kop, altijd geweest, altijd met de gedachten elders. 'Een dromerig type' stond er op haar laatste rapport, maar haar cijfers waren excellent, dus had Patty er niet eens iets van gezegd. Dat die verstrooide nonchalance van Jessica haar zoon het leven ging kosten wist ze toen nog niet. Patty probeerde alle kinderen gelijk te behandelen, maar ze wist zelf dat dat lang niet altijd lukte. Hoe kun je als moeder zoiets vergeven? Zij had er alvast geen antwoord op gevonden tot nu toe.

Patty probeerde te vermijden dat het door zou dringen, de nakende komst van haar moeder. Haar hulp was stiekem een vrijgeleide om de boel te controleren, zo dom was Patty nu ook weer niet. Ze zag het scherpe oordeel van die vrouw in alles wat zij zei en in alles wat ze verzweeg. Nu ja, haar moeder had alle hoop al vele jaren geleden opgegeven. Al toen Patty nog maar een jaar of veertien was, zei haar ma: 'Kind, van u gaat er niks terechtkomen als ge zo blijft doorgaan.' Patty had nooit gevraagd wat ze met 'zo' bedoelde, dat had ze misschien toch moeten doen.

Patty wist ook wel dat het geknoei was, dat bestaan van haar. Maar in die jaren zag Patty alleen hoe dor het huwelijk van haar ouders was, hoe grijs en strontvervelend al hun dagen voorbijgingen, hoe fantasieloos hun preken klonken en hoe weinig talent zij hadden voor plezier, dus dacht ze dat iets heel anders proberen alleen maar goed kon zijn. Die 'alleen maar' was relatief gebleken. Ach, het deed er allemaal niet meer toe. Patty manoeuvreerde zich rechtop, een afgepeigerde olietanker die zich hoestend op gang trekt. Ze slofte naar de deur, keek nog een keer achterom en ging naar de badkamer.

Ze gaf dat toe: Mario was haar favoriete kind geweest. Het zou niet mogen, wist ze, maar ouders die ontkenden dat er eentje is waar ze net dat beetje meer voeling mee hebben, logen gewoon, volgens haar. Misschien speelde het mee dat Mario de eerste was, de enige zoon ook nog, of dat ze van zijn vader echt had gehouden, dat ze in hem zichzelf herkende. Hij had haar branie, haar vrijheidsdrang, haar sterke wil.

Ze keek in de spiegel en besefte dat ze een andere vrouw aankeek dan degene die ze net beschreef. Haar haar stak alle kanten op, eigenlijk moest ze al maanden geleden naar de kapper. Mario vond dat ze het eens rood moest verven, dat had hij een paar weken voor het ongeluk nog gezegd, hij had meningen over alles, die jongen. Zij kon almaar niet beslissen of ze dat nu juist wel of zeker nooit meer moest doen. Ze draaide de kraan open, het duurde eeuwen voor het water warm werd. Ze nam plaats in het zitbad en rilde.

Toen Patty de keuken binnenkwam zat iedereen al rond de tafel. De lusteloze geur van gefrituurd vlees, de radio, die veel te hard stond naar haar smaak, druk gebabbel van Mieke tegen haar zus Margo, haar moeder, die op de plaats van Mario zat, Patty had zin om meteen rechtsomkeer te maken.

'Aha, toch nog boven water gekomen?'

Haar moeder keek demonstratief op haar horloge, alsof Patty niet wist dat het al avond was.

'Hmm.'

Patty schoof een stoel naar achter, de poten schuurden over de vloer, dat geluid voelde ze tot in haar tanden. Ze griste de asbak van de vensterbank, nam een sigaret uit het pakje en stak er een aan. Margo hoestte aanstellerig, Patty deed alsof ze dat niet opmerkte en nam een forse trek. Als ze haar moeder ook nog moest overleven vandaag, had ze hulpmiddelen nodig.

'Ik heb de was meegebracht, en Jessica heeft alles al in de kasten gelegd, hè, flinke meid.'

Haar moeder aaide Jessica over de bol.

Patty zag voor zich hoe het er dan allemaal bij lag nu, in die kleerkasten, dat moest allemaal opnieuw, eigenlijk. Jessica's nieuwe overijverigheid werkte haar bijna even heftig op de zenuwen als haar moeders al te grote waardering voor die vlijt. Patty zweeg en keek naar niemand in het bijzonder. Vorken tikten op borden, Mieke smakte terwijl ze haar frikandel opat, Jessica nam gulzige slokken van haar glas water.

Haar moeder schraapte ongemakkelijk de keel.

'En vertel eens, hoe was het op school?'

Ze monsterde haar kleinkinderen, één voor één, alsof ze oprecht enthousiaste antwoorden verwachtte. Mieke zuchtte, Margo at verder omdat iemand met een volle mond nu eenmaal niks kan zeggen.

'We hebben paashazen getekend vandaag. De mijne was oranje. Ik weet wel: hazen zijn niet oranje, maar paashazen bestaan toch niet, dus.'

Jessica vulde elke stilte die er dreigde te vallen, zo was zij wel.

'Hé, flink zeg,' zei Patty's moeder, als was er een record verpulverd.

Daarna viel er opnieuw een stilte. In die gespannen leegte rinkelde de telefoon, wat bijna alarmerend klonk. Mieke spurtte naar de gang om boven op te nemen.

'Moet gij uw bord niet leegeten?' riep haar moeder achterna.

'Ik heb genoeg,' brulde Mieke.

Een paar seconden later hoorden ze haar lachen tot in de keuken.

Patty zag het met de grootst mogelijke verwondering aan, hoe haar kinderen doorgingen met leven alsof er eigenlijk niks gebeurd was.

'En Margo, vertelt gij eens iets.'

Haar moeder boog zich voorover en nam een frietje van het bord van Mieke.

'Neem maar, oma,' piepte Jessica, en ze schoof het dichterbij.

'Nee, nee, kind, ik heb al gegeten.'

Daarop nam ze er nog twee, die ze tegelijk zo diep in de mayonaise doopte dat er nauwelijks nog friet te zien viel. Daarna likte ze haar vingers af. Patty zag hoe haar vingertoppen blonken van het vet, ze gruwde.

'Wat moet ik vertellen?' vroeg Margo op ongeïnteresseerde toon.

'Ah, wat ge wilt. Hoe het op school gaat, of op de volleybal, hoe ge u hier thuis zoal voelt nu?'

Margo haalde haar schouders op.

'Gewoon.'

Haar moeder lachte geforceerd.

'Iets uitgebreider is niet verboden.'

Patty keek naar de foto op de vensterbank. In elke kamer had haar zoon zijn plekje nu. Ze droeg Mario op de arm, een kraaiend jongetje met een knalrood petje. Dat wou hij zelfs in bad en in bed ophouden toen. Hij was zo bij de pinken, die jongen. Toen hij aan zijn tweede week kleuterklas begon, vroeg ze: 'En, gaat ge morgen terug naar de juf en de kindjes?' Hij antwoordde, feitelijk, terwijl hij met zijn autootje over haar been reed: 'Nee, dat hoeft niet, ik ben al drie keer geweest.' Ze keek achterom, daar hing de uitvergrote foto, mooi ingelijst, een week of zes voor het was gebeurd had ze die nog genomen. Een knappe jongen was het, met dat korte, donkere haar, die felle blik, die hoekige lijnen en al die symmetrie in dat gezicht, dat had hij van zijn vader. Veertien, maar hij leek ouder, vond zij. Patty vouwde haar armen en kneep met haar rechterhand in haar linkerarm. Het getater aan tafel was alleen maar verre ruis, zoals zo vaak. Een kind dat ontbreekt is meer aanwezig dan degenen die er zijn.

'Patty?'

Patty tikte de lange as van haar sigaret, ze had geen idee wat de vraag was. Ze keek naar haar moeder, maar probeerde niet eens om echt geïnteresseerd te lijken.

'Maar nee, laat maar, oma,' Margo riep bijna.

'Hoe, laat maar?'

'Ik zei het gewoon maar omdat gij mij vroeg of...'

'Margo wilde weten of zij Mario's kamer zal krijgen. Op termijn, bedoelt ze. Dus ik zei dat me dat wel logisch leek aangezien zij de oudste van de drie is, nee?' Haar moeder vouwde haar handen en wees met beide wijsvingers in de richting van Patty. Alsof er een pistool gericht werd.

'Ik heb het zo niet gezegd, ik bedoelde...'

'Maar meid, dat moogt gij vragen. Het leven gaat door, hoe pijnlijk dat misschien ook is, toch, Patty?'

Patty voelde alle bloed wegtrekken uit haar gezicht. Ze schoof haar stoel naar achter.

'Ik bedoelde niet nu,' Margo struikelde over haar woorden, 'maar gewoon ooit, en het is niet belangrijk, het was omdat oma vroeg of...'

'Ik vind dat geen rare vraag, jullie wonen in een klein huis, dus is het belangrijk om de ruimte goed te benutten. Daar hebben jullie drie ook recht op.'

Haar moeder keek ostentatief naar Patty, alsof zij de vergadering leidde en haar bij dezen het woord gaf. Jessica staarde verschrikt van haar zus naar haar moeder naar haar oma, en weer terug.

Patty veerde op, klampte zich vast aan de zitting van haar stoel, de aders op haar handen bolden op.

'Ge moest u schamen. Of eigenlijk: jullie allemaal.'

Patty drukte de sigaret uit in het bord van Mieke en denderde naar de woonkamer.

Eigenlijk wilde ze schreeuwen. Dat haar moeder voor haar part kon vertrekken en niet per se volgende week alweer terug hoefde te komen. Dat ze zo vaak woedend was op haar andere kinderen omdat die wel nog leefden. Dat ze dacht dat ze Jessica nooit zou kunnen vergeven. Dat ze wou dat ze kon geloven in een leven na de dood, want dat ze dan hier en nu haar zoon achternaging, om voor altijd bij hem te zijn.

In de kamer vooraan stak ze de kaarsjes aan bij Mario's foto. Ze luisterde niet naar het gedempte gepraat in de keuken, niet naar het snikken van Jessica, niet naar het gekakel van Mieke, boven in de gang. Ze wist het wel, zij was een slechte moeder. Eentje die een zoon had laten sterven, een dochter van negen consequent onheus behandelde en voortdurend minstens wrevel voelde tegenover hen alle drie. Dat was niet hoe het hoorde, maar dat was wel hoe het nu eenmaal bleek te zijn.

DRIE

Ik zeg heel normaal slaapwel, ga naar boven en daar neem ik de rugzak uit de kast waar Mieke mee op kamp is geweest. Ik stop er de meeste van mijn zomerkleren in, schaap, een paar leesboeken, mijn pennenzak, de foto die bij mijn bed hangt, en de chocolade met noten die Margo verstopt onder de sokken in haar lade. Ik maak mijn spaarpot leeg en doe het geld in een plastic zakje van boterhammen dat op het bureau ligt. Dan loop ik naar de kamer van Mario, ik neem het blauwe balletje waar hij altijd mee tegen de muur zat te stuiteren in plaats van te studeren, ik fluister 'dank u' en loop terug, dat moet ook mee. Ik trek mijn schoenen aan en ga heel stil de trap af. Ik zoek naar mijn jas, maar die vind ik niet meteen, dus laat ik het maar zo. Ik neem de zaklamp die in het kastje ligt, en ik trek heel zacht de deur achter mij dicht.

Eenmaal buiten loop ik zo snel als ik kan met zo'n grote rugzak op mijn rug. Straks wordt het helemaal donker, ik moet mij haasten. Ik weet niet precies wanneer de bussen rijden, maar ik hoor ze nog tot laat door onze straat komen, dus de 38 stopt hier vast nog wel eens. Ik weet welke bus ik moet nemen, want ik heb dat met mijn mama al gedaan.

Ik ga in het bushok op de bank zitten. Hier waait de wind niet. Ik wrijf mijn handen over mekaar, zo krijgen die het warmer, want 's avonds is het toch wel een beetje fris, zo zonder jas. De straatlantaarns schieten aan, tegelijkertijd, ze schijnen nog een beetje flauw. Ik steek toch ook de zaklamp aan, zo kan ik richten op wat ik niet herken omdat het donker is. Het duurt wel lang voor de bus komt, maar ik kan goed wachten. Ik zing het liedje dat we in de klas hebben geleerd. Volgens Mieke klinken mijn liedjes altijd vals. Ik weet niet of ze dat zegt om mij te pesten of omdat het waar is, maar nu hoort toch niemand mij. Als ik het zeven keer helemaal heb gezongen, zie ik de bus.

De buschauffeur kijkt raar naar mij terwijl hij goedendag zegt, maar ik leg een briefje van twintig frank voor zijn neus, antwoord beleefd en kijk gewoon terug. Er rinkelt wisselgeld in het bakje, dat maakt een grappig geluid, ik krijg een ticketje en stop het in de zak van mijn broek.

Ik zit met mijn rugzak op schoot en kijk rond. Er zijn niet zo veel mensen omdat het al laat is. De zaklamp kan hier uit want in de bus branden alle lichten, dat heb ik graag. Margo maakt dikwijls nog huiswerk op onze kamer als ik al moet slapen, want zij heeft altijd veel werk voor school, en dan ben ik blij, want dan is haar bureaulamp aan en is er iemand bij mij, en zo gaat alles beter.

Ik moet wel goed opletten, want als ik die ene bakker zie, dan moet ik op het belletje drukken om uit te stappen. Ik kijk flink door het raam naar buiten. Ik voel dat er iemand stil blijft staan achter mij. Ik wil niet kijken, maar ik draai toch mijn hoofd om. Het is een dikke man, hij ruikt naar de zweetvoeten van Mario en naar de truien van de directrice. Ik wil dat hij weggaat, ik kijk dus weer naar buiten.

'Moogt gij nog wel zo laat in uw eentje de straat op?'

Ik knik alleen maar.

'Hoeveel jaar zijt gij?'

'Tien,' lieg ik, 'ik ben de kleinste van mijn klas, maar dat wil niks zeggen.'

De man blijft naar mij staren. Ik knip de zaklamp aan en schijn recht in zijn ogen. Hij zegt niks meer, ik weet niet of dat komt door mijn licht. Dan stopt de bus en moet hij eruit, daar ben ik wel blij om.

'Wees maar voorzichtig,' roept hij als hij het trapje afdaalt. Hij trekt zijn broek op en verdwijnt. De deuren gaan weer dicht, ik hoop dat er niet nog iemand naar mij toe komt.

Buiten is het helemaal donker nu, alles is anders dan overdag. De dingen hebben niet zulke scherpe lijnen, alsof ze straks zullen verdwijnen in de zwarte lucht. Alles is ook allener, vind ik, de huizen, de bomen, de verkeerslichten, de weinige mensen op straat. Ik denk aan hoe ik moet lopen als ik er zo dadelijk ben, ik hoop dat ik het even goed herken als in het licht.

O, daar, de bakker, ik druk op het knopje, dat mag ik altijd doen van mama als ik het op tijd vraag. Nu doe ik gewoon wat ik zelf wil. Ik zeg dankuwel tegen de buschauffeur om met ons te rijden, en dan stap ik uit. Nog een goeie vijf minuten, dan ben ik er al. Het is wel superdonker in die ene straat, maar ik heb een zaklamp, mij kan niks gebeuren.

Als ik er ongeveer ben, zie ik van ver dat er licht brandt. Dat maakt mij al een beetje blij. Ik bel aan, het duurt lang voor ik eindelijk in de gang gestommel hoor. Dan gaat de deur open, de onderkant schuift over de deurmat, dat klinkt een beetje als het ruisen van de zee, vind ik.

'Maar Jessica, wat doet gij hier? Waar is de rest?'

'Ik ben alleen, ik kom bij u wonen.'

VIER

Suzanne zag Jessica staan, in haar eentje, bepakt en bezakt, op dit uur, en ze wist niet wat gezegd. Het duurde even voor ze reageerde.

'Maar meid toch, kom gauw binnen, het is een kille avond en gij hebt geen jas aan.'

'Ik heb het nooit koud.'

Haar kleindochter zette haar rugzak bij de trap, trok uit zichzelf haar schoenen uit om niks vuil te maken en vroeg of ze in de woonkamer of de keuken gingen zitten. Alsof zij ervan uitging dat het samenwonen meteen al kon beginnen.

'Zijt gij helemaal alleen naar hier gelopen?'

'Nee-hee,' lachte ze, 'ik ben met de bus gekomen, natuurlijk.'

'Uw mama weet van niks, neem ik aan?'

'Nee.'

Ze keek zo'n beetje onduidelijk naar de grond.

'Hebt ge dorst?'

Ze knikte.

'Ik zal wat warme melk maken, goed, om een beetje op te warmen?'

'Voor mij is alles goed.'

Wat moest er gebeuren voor zo'n kind haar spullen pakt en vertrekt? Patty ging echt al te veel bij de pakken zitten, vond zij, hoe verschrikkelijk het ook allemaal was. De dood van haar Adelbert was Suzanne ook zwaar gevallen, maar zij had zich een aantal weken later al ingeschreven in de wandelclub, en met de vriendinnen spraken ze sindsdien elke woensdag af om samen koffie te drinken. Maar Patty, die richtte geen klap uit, terwijl het ondertussen toch al maanden geleden was. Op een bepaald moment vraag je je toch af of zo iemand wel haar best doet. Adelbert zei altijd: het is niet degene die niet slaagt die faalt, maar degene die niet probeert, dat had op Patty blijkbaar weinig indruk gemaakt.

Suzanne probeerde wel te helpen. Voor het hele gezin wassen en strijken, dat deed zij ook niet voor haar plezier. En nu en dan bracht ze een grote pan soep of stoofvlees langs, zodat die kinderen toch ook eens iets deftigs te eten kregen. Maar wat kon zij verder doen? Patty was een volwassen vrouw die eigenhandig drie mannen had weggejaagd, en nu stond ze er alleen voor. Dat moest niet makkelijk zijn, en al helemaal niet in deze omstandigheden, maar Suzanne kon het toch ook niet helpen?

Natuurlijk brak het haar hart om te zien hoe moeilijk haar dochters leven liep, en hoe haar kleinkinderen daar wel onder moesten lijden. En natuurlijk dacht zij ook nog elke dag aan haar kleinzoon, ook al zag ze hem weinig, toen hij er nog was. Maar ja.

Vroeger had Suzanne geprobeerd om haar dochter op het juiste spoor te krijgen. Tevergeefs. De koppigste puber ter wereld, zo bleek elke keer weer. Als kind was Patty nochtans de liefste van de drie geweest, en met haar kon je altijd lachen. Suzanne had zich vaak afgevraagd wat zij verkeerd had aangepakt. De twee anderen, toch het product van precies dezelfde opvoeding, deden het prima. Het zijn de mysteries van het leven, vond Suzanne.

Ze goot melk in een pannetje en hield een lucifer bij het vuur terwijl ze het gas opendraaide.

'Vertel nu eens waarom ge hier zijt, kind.'

'Ik wil bij u komen wonen.'

Suzanne zag hoe nauwgezet Jessica haar gezicht bestudeerde, en ze probeerde het er zo neutraal mogelijk uit te laten zien.

'Ik denk dat uw mama u dan veel te veel zou missen, en Mieke en Margo ook.'

'Ik denk van niet.'

Ze keek de keuken rond, alsof ze, nu ze er niet zomaar op bezoek kwam, de tijd nam om te voelen hoe haar nieuwe huis haar beviel.

'Hoezo, gij denkt van niet?'

'Mama zegt dat Mario dood is door mij, dus zij haat mij, en Margo en Mieke haatten mij altijd al. Dus,' ze zei het alsof ze vertelde dat ze op school over de meikever hadden geleerd.

Ze gluurde door de openstaande deur de woonkamer in.

'Naar wat waart ge aan het kijken?'

In de verte schetterde de televisie. Ze boog zich helemaal dubbel om het beter te kunnen zien.

'O, naar die quiz, die vind ik ook mooi.'

Suzanne probeerde te bedenken wat ze nu kon zeggen, maar alles wat spontaan in haar opkwam was niet geschikt. Ze goot een grote kop vol en gaf die aan haar kleinkind. Jessica glimlachte naar haar, nadrukkelijk, alsof ze er zeker van wou zijn dat Suzanne dat had gezien. Toen begon ze op de veel te hete melk te blazen. Van dit meisje zouden er geen klachten komen, zoveel was duidelijk. Suzanne probeerde zich voor te stellen hoe het zou zijn: weer zo'n klein kind in huis, ze kreeg het er stekelig warm van.

'Ik ben er zeker van dat niemand u haat. Meid toch, hoe komt ge daar nu toch bij?'

Jessica haalde haar schouders op.

'Ik weet het zeker,' even wachtte ze, alsof ze wou verifiëren dat haar grootmoeder die zin goed gehoord had, en dan zei ze: 'ik heb alle centjes uit mijn spaarpot meegebracht, die moogt gij hebben voor mijn eten en zo. En ik zal helpen met alles en braaf zijn en flink gaan slapen en niet meer lezen onder de dekens en ook niet in huis de liedjes oefenen voor school. Beloofd.'

Ze stak twee vingers in de lucht, beet erin, en liet haar de afdrukken van haar tandjes zien.

Suzanne streek Jessica door haar pikzwarte haar.

'Uw mama voelt zich natuurlijk verdrietig, met Mario die... maar ik weet zeker dat ze niet boos is op u. En zussen zeggen dingen om te plagen, die menen ze niet. Uw tantes konden vroeger soms echt lelijk doen, maar toch werden ze altijd weer vrienden.'

Jessica leek niet bepaald onder de indruk.

'Een kindje moet wonen waar ze thuis is,' zei Suzanne alsof dat ergens zo te boek stond.

Jessica dacht even na.

'Clara van mijn klas woont bij haar tante, dus.'

Suzanne nam een glas water voor zichzelf. De kraan sputterde even, alsof die ook van slag was.

'Ik zal ook nog mooie tekeningen voor u maken, en al mijn spruitjes opeten, en ook al mijn bruine boterhammen.'

Ze wiebelde met haar korte benen heen en weer op de stoel.

'Weet ge wat ik eerst ga doen? Uw mama bellen, ze zal wel doodongerust zijn, besef ik opeens.'

'Ik denk van niet,' zei Jessica.

Suzanne liep naar de woonkamer, haar kleinkind volgde. Ze deed dit telefoontje liever zonder dat zij het kon horen, maar ze vond het ook zielig om te zeggen dat ze in de keuken moest wachten. Het kind nam plaats voor de televisie en zette 'm spontaan een beetje zachter.

'Zo goed?'

Suzanne knikte en draaide het nummer. De telefoon ging vijf keer over, nog geen gehoor. Groot was de paniek daar blijkbaar niet. Na de achtste rinkel werd er opgenomen.

'Patty.'

'Ja, ik ben het.'

'Ha, moeder.' Patty klonk kort, zoals meestal.

'Jessica zit hier, hè.'

'Hoezo?'

'Hebt gij niet gemerkt dat ze weg is?'

'Euhm, nee, ik dacht dat ze lag te slapen. Mieke logeert bij een vriendin, en Margo is gaan stappen, dus zij konden het ook niet merken,' Patty blies in de hoorn, 'goh, met dat kind is het altijd wat, hè.'

Suzanne wou iets terugzeggen, maar ze deed het niet omwille van Jessica, die weliswaar de indruk wekte dat ze niet luisterde, maar daar geloofde Suzanne niks van.

'Ze zegt dat ze hier wil komen wonen.'

Het bleef even stil aan de andere kant van de lijn.

'En ziet gij dat zitten?'

Suzanne wist niet wat te verwachten, maar dit alvast niet. Ze keek naar Jessica, die haar blik strak op de televisie gericht hield.

'Niet echt nee, maar dat lijkt me de kwestie niet.'

Er viel een lange stilte.

'Misschien zou ze het bij u beter hebben, ik ben niet...' Patty stopte met praten, alsof het vanzelfsprekend nu weer de beurt aan Suzanne was.

'Jessica zit hier vlakbij.'

'Met zo'n kind in huis hebt gij ook weer iets omhanden, misschien, en dan zijt ge niet meer alleen?'

Suzanne moest slikken.

'Of anders gewoon voor een tijdje?'

Suzanne probeerde haar ontzetting te verbergen.

'Patty, ik weet dat gij het moeilijk hebt nu, en ik versta dat zoiets u dan parten speelt op momenten van crisis, maar dit kan natuurlijk niet.'

Aan de andere kant van de lijn bleef Patty gewoon zwijgen.

'Ik zal u morgen terugbellen, maar ge moet dus niet ongerust zijn.'

Ze hing op. Dat laatste zinnetje zei ze alleen maar voor haar kleindochter, ze hoopte dat ze dat had gehoord.

Jessica keek haar vragend aan.

'Uw mama was heel ongerust,' zei Suzanne voor de zekerheid.

'Ze wist niet eens dat ik weg was.'

'Nee, inderdaad, maar toen ze hoorde dat ge naar hier waart gekomen, zat ze er erg mee in.'

Jessica zweeg.

'En ze wil natuurlijk dat ge weer naar huis komt.'

Jessica keek naar de televisie alsof het haar verder niet buitengewoon interesseerde wat Suzanne over haar moeder te vertellen had.

'Hij gaat winnen, denk ik,' zei ze, en ze wees naar een man met een baard en een kleurige bril, 'hij heeft al zeven van de acht vragen juist.'

Suzanne moest even zitten, een hart op leeftijd verdraagt niet zoveel breken.

Na een paar minuten vroeg Jessica, zakelijk bijna: 'En wat kan natuurlijk niet?'

Suzanne keek niet-begrijpend, ook om tijd te winnen.

'Aan de telefoon hebt gij gezegd: "Dit kan natuurlijk niet."'

Intelligentie is niet altijd een cadeau, moest Suzanne denken.

'Goh, wat bedoelde ik toen...?'

Ze vond haar eigen trage zoeken naar convenabele woorden verschrikkelijk, want al te veelzeggend voor zo'n pienter kind, vreesde ze.

'Dat gij zo laat helemaal alleen nog naar buiten gaat, hè, dat kan niet, wij zijn dan bezorgd, snapt ge?'

Ze hoopte maar dat Jessica het allemaal niet te goed snapte.

'Maar mag het van u, hier blijven?'

'Schat, ik kan niet in gaan tegen de wens van uw mama, dat begrijpt ge toch wel.'

Lafhartig, dat was ze. Suzannes mond was droog, ze likte langs haar lippen.

'Ik heb nog van die lekkere koekjes, wat denkt ge?'

Jessica glimlachte. Uit de televisie kwam een drukke jingle en luid applaus. 'Ziet ge, hij heeft gewonnen.' Ze zette de televisie uit en volgde Suzanne naar de keuken.

Daar zaten ze samen, te zwijgen, zoals Suzanne het met Adelbert ook vaak had gedaan. Jessica at een koekje, en nam er daarna nog een.

'Ge moogt ze allemaal hebben, hier.'

Suzanne schoof het bordje nog wat meer naar haar toe.

Het meisje bleef naar haar kop melk kijken en toen zei ze: 'Het was een ongeluk. Een ongeluk heet iets als het niet expres is gebeurd. Ik had Mario niet gezien, want ik moest het record breken.'

Ze keek naar Suzanne, niet eens vragend eigenlijk.

'Ik zal nooit meer records proberen te breken.'

'Dat weet ik toch, schat, dat het niet expres was,' Suzanne nam haar hoofdje tussen haar handen, 'dat weet ik toch.'

'Wilt gij dat dan tegen mama zeggen?'

Ze beet van haar koekje.

'Of anders gewoon vragen of gij toch tegen haar wens in moogt gaan, dat is ook goed,' nu keek ze Suzanne aan met die grote donkere ogen van haar, 'of eigenlijk nog beter.'

VIJF

Dat ik maar een proefritje moest maken, zei de verkoper, de straat even op en af. Toen ik antwoordde dat dat niet hoefde, drong hij aan, een mens mocht niet zomaar een fiets kopen, het model dat voor de een lekker voelde, deed dat niet per se voor de ander, dus. Hij glimlachte met zo veel belangeloze vriendelijkheid dat ik niet anders kon dan wat uitleg geven, dus ik vertelde dat ik al vierendertig jaar niet meer op een fiets had gezeten, en dat ik toch liever even uit het zicht van de wereld wou oefenen. Ik sprak het uit op een toon die aangaf dat ik zelf wist hoe belachelijk dat wel niet was. Hij verzekerde me dat het gezegde niet zomaar bestaat, en dat een mens zoiets echt niet verleert. Als het aan hem had gelegen had hij me daar en dan dat zadel op gehesen en me dat cruciale zetje gegeven, maar tot meer dan er eens op gaan zitten om te kijken of de verhoudingen goed zaten, heeft hij me niet kunnen bewegen.

Toen ik de winkel uit wandelde met de fiets als een metgezel naast mij, voelde het heel even als een kleine overwinning, maar nu ik hier sta, in deze doodlopende straat waar alleen de mussen mijn getuigen zijn, besef ik dat er nog niks gewonnen is. Ik kijk naar de glanzende fiets, maar ik zie alleen die eeuwige beelden: Mario met zijn gezicht naar beneden op de kasseien, het draaiende achterwiel in de lucht, de blik van mijn moeder toen ze hem zag liggen.

De benepen keuken van mijn grootmoeder: beslagen ramen, te veel wit licht dat troosteloosheid uitvergroot en ik die boterkoekjes eet omdat ik hoop dat ik door dat kauwen niet zal moeten huilen, ik die denk dat niemand blij wordt van jankende kinderen en niet zo mijn kans wil verspelen om bij haar te mogen blijven. De donkere kist, vooraan in de kerk, waar ik mijn ogen niet van af kan houden, ook al benauwt de aanblik mij meer dan ik kan zeggen.

Het papier dat uit de zak van mijn jasje piept, met daarop het tekstje dat ik voor mijn oma heb geschreven en dat ik niet durf voor te lezen als de priester mij uitnodigt achter de microfoon. De onverdiende glimlach van de juf van het vijfde leerjaar, waar ik 's anderdaags tegen lieg als ze me vraagt hoe het is gegaan, omdat ik haar teleurstelling niet zou kunnen verdragen. De badkamer thuis, hoe die vuilgroene tegels en dat witte zitbad eruitzagen nadat mijn moeder een halfslachtige zelfmoordpoging had ondernomen, en de kleur van het sponsje toen ik klaar was met mijn zus te helpen om het allemaal weer schoon te maken.

Ik til mijn rechtervoet over de buis. Nu moet ik alleen nog maar vertrekken. Het is een mooie dag. Windstil. Licht lijkt van overal te komen, zo uitbundig schijnt het hier op deze weg. Ik voel het zadel tegen mijn kont, het stuur in mijn handen. Het zweet breekt mij uit. Ik weet niet of ik domweg bang ben om te vallen, of bezorgd om wat het met mij zal doen om weer te fietsen. Toen ik klein was, dacht ik dat ik alleen mijn kindertijd moest zien te overleven, pas later zou blijken hoe ver schaduwen uit verledens reiken. Ik til het voorwiel op en laat het even stuiteren. Wat een aanmatigende flauwekul, dit, ik moet het gewoon doen. Mijn nieuwe job is op fietsafstand vanwaar ik woon, er was nooit een betere reden.

Mieke vond het maar niks, die keuze voor een professionele bocht, dat maakte ze wel duidelijk. Op de verjaardag van mijn moeder spraken we af bij het bejaardentehuis, om van daaruit te vertrekken naar het restaurant waar we het gingen vieren. Het eerste wat mijn zus vroeg was of ik een andere kapper had, en dat ik echt de hare eens moest proberen als ik nog eens in de buurt kwam, wat ik, zoals zij zeer goed wist, nooit deed. En na haar uitgebreide verhaal over de florerende zaak van haar echtgenoot wilde ze weten wat ik nu had beslist in verband met mijn carrière. Margo moest lachen om dat woord 'carrière' met betrekking tot mijn professionele leven, zei ze. En Mieke lachte honend: 'Zij moet het nochtans allemaal doen tellen voor twee.'

Ik probeerde wel te reageren, maar mijn moeder praatte er achteloos doorheen. Op de gang van het rusthuis klonk er op dat moment namelijk ijzig gekrijs achter een deur: 'Another day in paradise', zei mama toen op neutrale toon, en daarna: 'ik mag hopen dat jullie een heel goed restaurant hebben uitgekozen, want het eten hier zou mij over de rand van de depressie duwen als ik niet zo veel prozac voorgeschreven kreeg.' Niemand lachte, niemand zei iets.

Nadien liepen we met zijn vieren op het eenzaamste beton naar de onsympathiek grote gezinswagen van Margo. Ik had een hekel aan zulke imposante vehikels, maar in haar auto moesten er natuurlijk vier kinderen mee kunnen rijden. Ik zag de sporttas van haar zoon Mario in de koffer liggen, en het truitje van Kato, haar jongste, op de hoedenplank. Bewijzen van een echt gezinsleven, het deed mij voorzichtig wankelen.

Ik wil eigenlijk al jaren een kat, ik heb er nog altijd geen in huis gehaald. Ik weet niet waarom niet, sta ik te denken, of misschien wil ik het niet weten. Een merel strijkt neer op de afgebroken tak die in de berm ligt. Het beestje lijkt mij aan te kijken, zijn kopje beweegt zenuwachtig op en neer, alsof hij gespannen meelevend komt supporteren. 'Komaan, trut, nu moet het gebeuren.' Ik adem diep in, grijp het stuur goed vast, zet mijn rechtervoet op de trapper, duw met mijn linkervoet een paar keer af van de grond, ik ga op het zadel zitten, de fiets bolt aarzelend vooruit, ik wiebel van links naar rechts en terug, maar dan duw ik met mijn volle gewicht op de trappers en daar ga ik. Ik voel het ongemakkelijke zweet bij mijn slapen, in mijn nek en op mijn rug, ik omklem de handvaten als waren het noppen op een klimmuur, ik probeer alle kanten tegelijk op te kijken terwijl er niks beweegt, maar ik fiets. Op het einde van de straat draai ik zelfs relatief vlot weer om.

Ik trap wat harder door en sla de straat rechts in, zomaar, alsof de wereld op mij wacht. Ik voel hoe het schuwe rondkijken toch bedaart, hoe mijn lijf zich beetje bij beetje voorzichtig ontspant. Eigenlijk is fietsen een kunstje van niks. Ik rijd langs statige huizen met oprijlanen, langs wuivende berken, langs eeuwige luchten, langs ongeïnteresseerde schapen in een wei. Ik wou dat ik naar iemand toe kon fietsen. Ik wou dat iets wat voorbij is ook voorbijgaat. Ik wou dat ik mijn familie nooit meer hoefde te zien. Ik wou dat alles zo makkelijk was als na meer dan dertig jaar met een fiets door een dorp rijden. Ik wou dat ik zelf eindelijk kon geloven dat het niet mijn fout was. Ik wou dat mijn leven goed genoeg was om te tellen voor twee. Ik vraag mij af waarom willen niet genoeg zou zijn. Ik rijd door, al weet ik niet waar ik naartoe ga, maar ik heb een fiets, en ik zit erop, dat is al dat.

dat wat een mens dan maar het lot noemt eigenlijk een stuk van zijn eigen binnenkant is waar nog niet naar werd gekeken

EEN

Ze trok aan de hendel, de voordeur viel dicht met een roestige knal, waar ze van schrok, zij die zich al eeuwen bekwaamde in geruisloos zijn. Ze was de hoek nog niet om of ze liet het reismandje al vallen. Dat lag nog meer aan haar dan aan de haast van het moment. Mia was motorisch op de rand van gestoord, alsof ze de gebruiksaanwijzing van haar eigen lijf nog altijd niet grondig had gelezen. Lorenzo miauwde kwaad, de kat had van pure stress het hele mandje onder geplast. Of misschien deed-ie het om wraak te nemen, dat kon ook.

Omdat ze bang was dat ze weer van gedachten zou veranderen, had ze zichzelf niet de tijd gegund om al te uitgebreid te contempleren over wat ze precies mee zou nemen. Ze had op zolder haar oude trekkersrugzak gevonden en er wat kleren en basisspullen in gepropt. Even had ze geaarzeld bij de doos met foto's. Ze lichtte het deksel op en zag zichzelf, een jaar of drie geleden, glimlachend op een deken in de tuin. Ze herinnerde zich dat moment nog. En ook wat er nadien was gebeurd. Ze deed de doos weer dicht en stopte hem weg. Foto's waren leugens op 10 x 15, hoogstens ensceneringen van het leven zoals de fotograaf wilde dat het was.

De zegelring van haar opa met het somberrode wapenschild had ze ook nog uit een lade gegrist en om haar middenvinger geschoven, zo paste hij precies. Omdat haar grootvader de enige man was van wie ze zeker wist dat hij van haar had gehouden. Ze herinnerde zich nog hoe hij keek toen hij vroeg of zij de ring wou hebben, zoals hij daar lag, in dat witte bed met zijn gelige huid, de wangen ingevallen. Zij had geholpen om hem van zijn vinger te krijgen, daar was nog behoorlijk wat wrikken en wringen bij komen kijken. Ze vreesde de hele tijd dat ze hem pijn zou doen, maar hij bleef insisteren. Toen het eindelijk lukte, waren ze nog een tijdje zo blijven zitten, zij met die ring in haar dichtgevouwen hand, hij met zijn hand op de hare. Mia had niet geweten wie van de twee zich het meest kwijt had gevoeld.

Sindsdien had zij altijd geloofd dat die ring haar zou beschermen. Het was niet omdat-ie dat tot nu toe niet had gedaan, dat het niet alsnog kon komen. Dat ze soms zo kon denken had Mia nooit tegen iemand vermeld. Zoals ze ook verzweeg dat ze dacht dat die ene onderbroek haar geluk zou brengen als ze die droeg, en dat met gesloten ogen vurig iets wensen de kans verhoogde dat het ook zou gebeuren. Ze geloofde dat niet echt, natuurlijk, maar toch bleef ze dat doen. Omdat in haar bestaan alle beetjes hielpen.

Ze was nog een moment voor haar immense boekenkast gaan staan. Ze gleed met twee vingers langs een paar ruggen. Foucault, Freud, Fromm, Hayes, Heidegger, Jung. Die laatste nam ze mee, eentje, om de symboliek. Dat wat een mens dan maar het lot noemt eigenlijk een stuk van zijn eigen binnenkant is waar nog niet naar werd gekeken, had ze bij hem gelezen. Mia hoopte én vreesde dat dat waar was. Even viel ze stil, ze wilde ze niet achterlaten, alle boeken die haar houvast gaven, de romans die haar altijd beter hadden begrepen dan andere mensen deden, maar ze had geen keuze, ze moest hier weg. Dat had ze al zo vaak gedacht, maar na gisterenavond voelde ze het ook, op haar dapperste kwartieren toch.

Ten slotte had ze Lorenzo nog in zijn reismand gejaagd. Katten zijn niet graag onderweg, dat wist ze wel, maar onder geen beding zou ze dat beestje bij hem achterlaten. Ze had nog snel een sjaaltje om haar hals gebonden. Ze ging voor de spiegel staan en trok het strak, daar op de juiste plek, zodat niemand kon zien wat eronder zat. Ze koos haar dikste jas, te dik eigenlijk voor het seizoen, stopte haar simkaart in haar oude telefoon, want ze vermoedde dat er een tracker in zijn auto zat, voor als zij die eens gebruikte, wie weet wat hij zonder haar medeweten in dat toestel had gestopt. En zo was ze vertrokken, zonder om te kijken.

De kat miauwde nog wat harder en slipte heen en weer in de pis op de bodem van het reismandje. Mia kreeg kramp van op haar hurken te zitten staren naar Lorenzo, alsof hij haar zou gaan vertellen wat ze nu moest doen. Ze probeerde hem met een paar vingers door het traliewerk te troosten, waarop de kat haar gemeen krabde. Ze trok haar hand zo snel mogelijk terug, maar dat kwam te laat: twee fijne streepjes bloed op haar ringvinger. Mia ging staan. 'Ellendig beest,' siste ze, en daar had ze meteen al spijt van. 'Ik bedoel maar: ge moogt wel wat vriendelijker zijn, want door u kan ik de fiets niet nemen, en met de bus wil ik niet, want ge zult altijd zien dat er iemand instapt die hij kent, dus, een beetje meewerken is niet verboden.'

Ze moest er nu echt spoed achter zetten, het was al voorbij de middag. In een stevig tempo liep ze naar de kleine supermarkt vlakbij, zette het mandje bij de uitgang. 'Hier blijven,' zei ze tegen Lorenzo, die bepaald geen alternatief had. Ze vertrouwde erop dat mensen geen stinkende kat zouden stelen. Even terug naar huis lopen zou natuurlijk veel makkelijker zijn geweest, maar dat risico durfde ze niet te nemen. Niet met hem – je wist maar nooit dat hij net nu vroeger van zijn werk thuiskwam – en niet met zichzelf.

TWEE

Ook al kostte het weer tijd, Mia vond het eigenlijk niet erg om hier te zijn. Zij hield van supermarkten, het ontspande haar een beetje, ze wist niet goed waarom. Misschien waren het de vaag vrolijke melodietjes uit de speakers, alleen maar bedoeld om niemand te storen, of de jolig gevulde rekken die je eraan herinnerden dat je keuzes had in dit leven, of de prettig vlezige verkoopsters aan de kassa's die nooit in jou geïnteresseerd waren, en die vaak over je hoofd heen praatten met collega's, soms over andere collega's die niet binnen gehoorafstand zaten.

Mia liep het pad van het keukenpapier in. Ze klemde een pak van twee onder haar linkerarm en ging daarna op zoek naar de allesreiniger met de sterkste geur. Ze hadden er veel, in wisselende knalkleuren, met geuren die bij die kleuren moesten passen. Ze beperkte zich tot twee mogelijkheden. Ze nam een donkergroene flacon en sprayde, er dampte een natte wolk de lucht in, daarna deed ze hetzelfde met een felblauwe. Op dat moment kwam er een winkelbediende op haar afgelopen: 'Wat zijn we hier aan het doen misschien?' De vrouw probeerde te klinken als een politieagent, ze monsterde de rugzak en produceerde ondertussen een ts-klank tussen haar tanden.

Mia hield in het algemeen niet van mondgeluiden. En niet van mensen die demonstratief waren in wat ze deden. Dat had hij ook. Hij praatte stelselmatig iets te luid, stelde vragen niet om meer te weten, maar louter om zijn eigen kennis te etaleren, en hij bemoeide zich met iedereen die daar hoegenaamd niet om had gevraagd. De mevrouw-winkelbediende-politieagent was van dezelfde categorie, zoiets zag zij meteen. Het moest wel aan haar liggen dat net zulke types haar er altijd uitpikten. Zij wou alleen maar voortmaken.

'Wel?' vroeg de vrouw, terwijl ze met de vingers van haar rechterhand tegen het plaatje met de prijs van Ajax Shower Power trommelde.

'Euhm.'

Mia verplaatste haar gewicht van de ene voet naar de andere. Ze wist niet goed wat te zeggen, zoals meestal tegenover mensen als zij. Hoe sneller ze wenselijk reageerde, hoe sneller ze weer verder kon, maar juist dat besef blokkeerde haar nog meer. Zo werkte het bij hem ook vaak. De vrouw probeerde te kijken alsof ze haar geduld eigenlijk al verloren had.

'Ik zoek er eentje met een sterke geur.'

De winkelbediende zuchtte, alsof ze het nu wel had gehad met al die mensen die in haar kleine supermarkt kwamen zoeken naar de allesreiniger met de sterkste geur. Ze zei dat mevrouw toch moest begrijpen dat het echt niet kon dat iedereen zomaar schoonmaakproducten in het rond begon te spuiten in de winkel. Ze liet een korte stilte vallen, alsof Mia daar alvast eens over na mocht denken. En dat het bovendien niet eerlijk was, ging ze kordaat verder, tegenover de volgende klant, die tenslotte betaalde voor een volle verpakking. Dat mevrouw het daar vast mee eens zou zijn. Ze sprak alsof ze met een mitrailleur elke lettergreep op Mia afvuurde.

Dreigend sloot ze af met: 'Of niet, mevrouw?', en in het woord 'mevrouw' legde ze alle minachting die ze in één ondertoon verzameld kreeg.

Hier had Mia geen verweer tegen, en de tijd tikte maar weg. De vrouw bleef kijken. Mia verstijfde. De winkelbediende trok een smalende mondhoek omhoog, precies zoals hij ook vaak deed, en opeens, ze wist zelf niet waar die impuls vandaan kwam, zette ze de groene terug, draaide zich om en zonder zelfs maar iets te hebben geantwoord liep ze in de richting van de kassa. Terwijl ze afrekende, voelde ze de blik van de vrouw in haar rug, maar zij keek niet om.

Door de grote draaideur stapte Mia weer naar buiten. De drukte op straat sloeg haar in het gezicht, zoals vochtige warmte doet in verre landen. Maar er zat iets van kleine triomf in haar bewegingen, alsof er iets veranderd was. Lorenzo zag haar en zette het weer op een miauwen, net een kind, dat beest. Ze tilde de kat op, keek schichtig om zich heen, geen bekende gezichten, goed zo. Ze moest hier dringend weg.

DRIE

Hij had altijd gezegd dat hij haar overal zou vinden. Mia wist niet of dat waar was, maar de angst bestond al zoveel langer dan elk soort beter weten. Het betekende alvast dat ze niet naar haar moeder kon, en al was het eigenlijk haar enige optie geweest, dat luchtte haar ook op. Toen ze vannacht wakker lag, dacht ze aan die oud-collega, Karen. Haar echt een vriendin noemen zou overdreven zijn, zij kreeg van hem niet genoeg ruimte om in zoiets te investeren, maar Mia had destijds het gevoel dat zij wist wat er speelde. De strijd om te mogen blijven werken had Mia uiteindelijk van hem verloren, en toen ze haar ontslag aanbood, zei Karen: 'Als ge ooit hulp nodig hebt, weet mij alstublieft te vinden.' Ze had daarbij gekeken alsof ze dat echt meende. Het nadeel was dat ze elkaar al meer dan twee jaar niet hadden gesproken, het voordeel dat hij haar niet eens bij naam kende.

Toen hij vanmorgen de deur uit was, had ze Karen proberen te bellen. Zij had niet opgenomen, op het antwoordapparaat meldde een computerstem alleen een nummer. Een boodschap achterlaten voelde al te bedreigend, maar Mia wist waar ze woonde. Het was een paar uur lopen van hier, doenbaar nog. En ze had geen betere optie gevonden. Alleen in een hotelkamer ergens zou ze niet de moed vinden om te volharden, vreesde ze.

Mia liep door de straten, langs gevels van huizen, hoge, zwijgende gebouwen, winkels vol mensen, ze hield er flink de pas in. Er waaide een woedende wind, haar haar vloog alle kanten op. Ze trok haar capuchon zo ver mogelijk over haar hoofd en hield haar blik naar de grond gericht. De schrik om iemand te kruisen die hij zou kennen was verzengend. Bovendien, als ze drie muntstukken vond zou dat geluk brengen, en alle geluk was meegenomen vandaag.

De dingen die een mens allemaal op straat ziet liggen. Eén amper gedragen mannenschoen, glimmend als een nieuwe auto, een zelfgemaakt vriendschapsbandje voor een dunne pols, een wikkel van een Chokotoff mét wensstreep in het midden (geen munt, maar die had ze toch ook opgeraapt), een groene ballon met een laatste beetje lucht erin, een fietsklem voor een broekspijp, een plastic zak met de rekening er nog in, van condooms Durex XL Power en Wasa knäckebröd volkoren, een haarstukje in onnatuurlijk zwart, een kraslot van iemand die geen winnaar was, een balpen met afgeknabbelde bovenkant, een halve Luikse wafel waar een duif in zat te pikken, een notitieboekje waar maar één ding in stond, op de derde bladzijde: 'everything you want is on the other side of fear'. Mia vroeg zich af of sommige van die mensen misten wat ze kwijt waren. Ze dacht aan al haar spullen, in dat huis dat niet meer van haar was.

Van kleins af had Mia geleerd om altijd alert te zijn. De toon van een stem die omsloeg. Een blik die minachting probeerde te camoufleren. Voetstappen die fanatieker dan gewoonlijk de trap op kwamen. Een stoel die offensief achteruit werd geschoven. Wegwijzers in haar jonge dagen. Het was een gewoonte geworden om alles op te merken. Soms meer dan haar lief was.

Nu waren het de geluiden die haar het meest ontregelden. Het nadrukkelijke, blazende remmen van de bussen. De brokstukken die de kraan brutaal in de container dropte. De baby die krijste, van angst, dacht zij. Samen met de realiteit brachten ze ook de paniek weer terug, zoals je pijn pas voelt als die eerst even was verdwenen.

Zou er ook spyware bestaan die werkt via een simkaart? Dat begon ze zich opeens af te vragen. Misschien toch wel? Zij kende niks van dat soort dingen, dat moest ze dringend opzoeken. Even overwoog ze om haar telefoon helemaal weg te gooien, maar het was toch belangrijk om zelf te kunnen bellen. Zo gauw ze ergens veilig was, ging ze dat allemaal regelen. Eerst naar Karen.

Mia stapte door en keek naar haar schoenen, de rechter altijd versleten op datzelfde punt. Ze haatte haar versleten sneakers, zoals ze haar te dikke kuiten haatte, en haar knoestige knieën, haar slappe kont, haar theezakjes van borsten, haar vragende ogen, haar ongeïnspireerde kapsel. Mia had er altijd van gedroomd om mooi te zijn, al sinds ze besefte dat Babette van haar klas zoveel mooier was dan zij, en dat iedereen hield van Babette.

Dat het door haar kwam dat hij niet meer zomaar opgewonden kon raken, want hij voelde bij haar geen begeerte voor hem, zei hij. Dus bood zij hem geen andere uitweg, dat vond hij zo erg. Het gebeurde almaar vaker de laatste tijd dat hij wachtte tot ze sliep, en dan naast het bed ging staan rukken, om klaar te komen in haar gezicht. De eerste keer was ze wakker geworden met het akelige gevoel dat ze een oog niet meer open kreeg, omdat er net daar een klodder terecht was gekomen. Een tijdje geleden had ze naast haar bed tissues klaargezet, om niet telkens het bed uit te hoeven om zich weer schoon te maken, dan kon ze zo snel mogelijk verder slapen.

Lorenzo miauwde, een paar keer, en toen stopte hij weer, alsof hij haar gewoon even iets kleins wilde meedelen. 'Ja, ik vind het ook niet plezant. Maar wij kunnen dit. En de kust is veilig tot nu toe.' Mia liep almaar ongeruster de voetpaden af te turen. Toen ze heel even opkeek, sprak een man haar aan. Een doordeweeks gezicht, haar dat dun werd bij de slapen. Hij vroeg of zij wist waar de Koninginnelaan was. Hij zag er wat verloren uit, met die ogen van hem en in zijn hand het stukje papier met daarop het adres, maar Mia wilde met niemand praten. Ze schudde schuw van nee, maakte voor de zekerheid ook nog een afwijzend gebaar met haar hand, keerde zich om en liep beslist naar links. Bijna knalde ze tegen dat lage paaltje aan.

Ze vroeg zich af waar ze eigenlijk mee bezig was. Wat zou Karen wel niet denken, iemand die opeens bij je op de stoep stond met de vraag of ze een nachtje, of misschien een paar, mocht logeren, tot ze een oplossing had bedacht, tot ze zeker wist dat ze hem kon blijven weerstaan. Dit was een waanzinnig plan. Misschien moest ze toch maar terugkeren? Als ze een bus nam, haalde ze het wellicht nog voor hij iets had gemerkt. Mia kon het dromen, hoe hij zou reageren als hij straks tussen zes en zeven van zijn werk kwam. Ze kreeg het warm. Ze wilde haar jas uittrekken, maar zag ertegen op om 'm dan te moeten dragen.

Ze moest aan goeie dingen denken, zei ze tegen zichzelf. Aan de blijste jaren van haar leven, die als verse student op kamers. Haar favoriete docent van toen, een klein mannetje met een dikke bril en een spectaculair groot, indrukwekkend gerimpeld voorhoofd, de slimste mens die ze ooit bezig hoorde, had eens gezegd dat mensen die zichzelf niet naar waarde schatten, anderen opzoeken om hen af te wijzen, omdat ze het dan tenminste niet zelf hoeven te doen, wat immers nog heftiger voelt, en vermoeiender ook, al is de aangerichte schade in beide gevallen even groot. Een van de inzichten die ze als jong meisje niet meteen had begrepen, ook al voelde ze dat er iets belangrijks werd gezegd. Ook om die reden was dat haar altijd bijgebleven. Mia hoorde die zinnen schallen in haar hoofd, en zij draaide niet om, zij liep door.

VIER

Haar voeten knelden in haar schoenen, haar schouders brandden, en na de reismand een keer of tien van hand te hebben gewisseld, betreurde ze dat ze destijds geen hond had genomen die lekker meeliep aan de leiband. Maar in deze straat moest het zijn, ze had het gehaald. Aan de rechterkant, dacht ze, ze was er een keer voor een borrel met nog twee andere collega's, ze liep wat trager nu, keek naar de ernst van de gebouwen. En ja, dat huis was het, dat met die blauwgeverfde deur en ramen. Mia treuzelde de laatste meters. Ze hield even halt. Niet nadenken nu, durven, doen. Ze liep naar de voordeur, drukte het knopje in en wachtte. Lorenzo scharrelde heen en weer op de plastic bodem van zijn mand. Er gebeurde niks.

Ze probeerde het nog een keer. Het was kwart voor zes inmiddels, een uur waarop mensen vaak toch thuis zijn. Mia probeerde door de glasgordijnen heen te kijken, maar behalve wat vage contouren van meubilair zag ze niks. Ze besloot nog een laatste keer aan te bellen, misschien had ze gewoon niet hard genoeg gedrukt, misschien zat Karen net op het toilet, het kon van alles zijn. En toen zag ze opeens op het plaatje net onder de drukknop: P de Smet. Karen heette Van Tilborgh en haar man Tim de Brabander. Karen moest verhuisd zijn. Tja, wat kon er allemaal gebeuren in twee jaar?

Alsof de grond onder haar voeten openspleet en haar in de afgrond stortte. Mia kwakte de kat op de grond, het beest zette het gepikeerd op een blazen. 'Ja, Lorenzo, ge hebt gelijk, maar godverdomme, wat nu?' Dit was een teken, vreesde zij, de wereld wou haar iets vertellen: ze kon het niet alleen, ze moest terug.

Mia kreeg het belachelijk warm. Die jas moest uit, nu. Ze haalde met haar linkerhand de rechtergesp van haar schouder maar die rugzak was zo zwaar, hij zwiepte horizontaal. Ze liet het gevaarte op de stenen vallen en nijdig schuddend en trekkend bevrijdde ze zichzelf van haar blazer en smeet hem binnenstebuiten gekeerd naast haar voeten.

Mia stond voor de voordeur van P de Smet, zwetend, al haar rotzooi naast haar op de stoep, alsof ze de puinhoop die haar leven was ook letterlijk tentoon moest spreiden. Kalm moest ze worden, dan kon ze vast weer denken.

'Kan ik u ergens mee helpen?'

Een rond gezicht vol ragfijne rimpels keek haar verwonderd aan. De vrouw droeg een tasje en hield haar sleutel in de aanslag. Zij moest naar binnen en Mia versperde de weg.

'O, sorry, ik...'

'U moet niet hier zijn, toch?'

'Nee, ja, afijn, nee, ik was op zoek naar Karen, Karen Van Tilborgh, maar zij woont hier niet meer, zag ik net.'

'O nee, ik woon hier, ik ben Patricia de Smet,' de vrouw keek er meelevend bij.

'Mia.' Haar blik gleed even naar boven, en toen weer terug naar de vrouw: 'u hebt niet toevallig het nieuwe adres van Karen?'

'Nee, ik heb nog nooit van een Karen gehoord. U kunt haar niet bellen?'

'Ze neemt niet op, en het is, tja, dringend, afijn, soort van.'

'Ik huur dit huis, maar misschien heeft de huisbaas dat wel. Zal ik hem even voor u contacteren anders?'

'Euhm, nee, laat maar, ik wil geen...'

De vrouw inventariseerde de spullen op de stoep.

'Sorry, ik...'

Mia pakte de rugzak, nam de jas onder de arm.

'Komt u toch even binnen, het is dringend, zegt u, ik zoek het even uit voor u.' Mia aarzelde, maar wat moest ze anders?

'Als het niet stoort, dan...'

'Maar nee, we moeten mekaar toch helpen als we kunnen?' Ze glimlachte bemoedigend en maakte de deur open.

Patricia de Smet hing haar jas aan de kapstok en liep meteen door naar de keuken. Ze droeg een jurk in meeslepende kleuren. Ze zette het tasje op tafel, nam er een pak koffie uit. Mia bleef met haar spullen in de gang bij de deur staan.

'Kom maar verder, en breng de poes maar mee.' De vrouw zette koffie. 'U lust vast wel een kopje. Gaat u toch zitten.' Ze maakte de ijskast open. 'Neemt u melk? Of suiker?'

'Nee, gewoon, zwart, dank u.'

Al deze daadkracht imponeerde Mia.

Patricia keek naar het reismandje.

'Wil de poes misschien wat melk?'

Mia stelde zich de heisa voor als Lorenzo zou ontsnappen in het huis van deze vrouw.

'Nee, niet nodig, maar... dank u.'

Ze zette kopjes op tafel, haalde koekjes uit twee verschillende verpakkingen en legde ze op een zilveren schaaltje.

'U hoeft voor mij niet...'

'Tut tut,' zei Patricia, 'het leven is te kort om het er niet van te nemen, toch?' Er was iets blijs aan het gezicht van deze vrouw dat haar onweerstaanbaar maakte.

'Zo, en nu zoek ik even het nummer van de huisbaas, een wat vervelende man, moet ik zeggen, maar heel nauwgezet, dus ik stel me voor dat hij de gegevens van de vorige eigenaar wel terug kan vinden. Als-ie dat nu ook nog wíl doen,' Patricia trok haar wenkbrauwen op en lachte, 'en neem er al maar eentje, hè.'

Mia zag aan de muur een portretschilderij en een grote foto van dezelfde man.

'Uw echtgenoot?' vroeg ze, om ook eens iets te vragen.

Patricia knikte.

'Ja, hij is nu een goeie twee jaar dood, het andere huis was te groot voor mij alleen,' ondertussen draaide ze het nummer, 'ja, mijn Jozef, ik mis hem nog elke dag. O, het antwoordapparaat... ja, u spreekt met Patricia, ik heb hier iemand bij mij die op zoek is naar ene Karen euhm,' ze gebaarde naar Mia.

'Van Tilborgh.'

'Van Tilborgh, die hier gewoond zou hebben. Dus nu vroeg ik mij af of u contactgegevens van die mevrouw had, aangezien u wellicht van haar dit huis hebt gekocht. Kunt u mij even terugbellen? Dankuwel.' De vrouw haakte in. 'Meestal reageert hij vrij vlug.'

Ze beende weer naar het aanrecht en staarde naar de koffie, alsof die zo sneller zou gaan doorlopen. Er viel een rustige stilte.

'Is die Karen familie van u, of een vriendin?'

'Zoiets, ja,' zei Mia. Ze wilde niet weigerachtig klinken tegen deze warme vrouw, maar wat kon ze zeggen? 'We hebben nog samengewerkt, en ik hoopte dat zij mij met iets verder kon helpen.'

'Ah zo.'

De koffiemachine pruttelde, blies in turbo en piepte zacht.

'Klaar,' zei Patricia triomfantelijk, alsof dat haar persoonlijke verdienste was. Ze schonk twee kopjes vol. 'Ziezo, een bakje troost.'

Mia mocht niet blijven haken aan dat woord, troost, ze moest van onderwerp veranderen.

'Waren jullie al lang getrouwd?'

'Vierenveertig jaar.' Ze presenteerde haar het schaaltje. 'Die met chocolade zijn de lekkerste, vind ik.'

Mia had geen zin in koekjes, maar ze wou niet onbeleefd zijn.

'Da's een prestatie.'

'Ja, de jonge mensen tegenwoordig, dat is anders. Mijn dochter is twee jaar geleden gescheiden, ze waren zestien jaar getrouwd, drie kinderen. Ik zeg dat eerlijk, in het begin dacht ik: wat doet ze nu, en ocharme de kinderen en alles. Maar als ik nu zie hoeveel contenter zij rondloopt, en hoe goed mijn kleinkinderen het doen, dan denk ik: awel, chapeau. Ze zei tegen mij: "Mama, ik heb wel maar één leven, hè." Ja, daar kon ik weinig tegen inbrengen. In onze tijd, wij deden dat niet, maar denk vooral niet dat de liefde toen groter was. Wij bleven omdat we nergens naartoe konden. Nooit gewerkt, want dat hoorde niet, dus geen geld van onszelf, amper iets van de wereld gezien, wat moesten we doen? Het verdragen hè, doordoen. Afijn, dat gaat ook.' Patricia schaterde en likte aan haar lepeltje. 'En u, bent u getrouwd?'

Mia sloeg haar ogen neer, greep de kop bij het oor en nam een slokje.

'Ik euhm, weet het niet,' zei ze om niet niks te zeggen.

'Ah zo.' Dat liet Patricia alweer niet veroordelend klinken, waar Mia haar dankbaar om was.

De vrouw reikte het schaaltje nog eens aan. Ze schudde beleefd het hoofd.

Patricia hapte er gretig nog een weg, keek haar ondertussen recht in de ogen, nadrukkelijk, alsof ze haar nu pas voor het eerst echt zag.

'Gaat het eigenlijk wel met u?' Haar dubbele kin zakte wat dieper, wat haar iets ernstigs gaf.

Als Mia niet oppaste zou ze breken, dat voelde ze wel. Op dat moment begon haar telefoon te rinkelen.

'O, dat is de uwe, denk ik.'

Dat zou Karen zijn. Mia's hart sloeg in haar keel. Ze klapte het beschermhoesje open, en zag: niet Karen, hij was het. Twintig voor zeven. Ze deed het flapje weer dicht en kneep de telefoon tussen haar handen. Zij had nog nooit niet de telefoon opgenomen als hij belde, ze hield het toestel zelfs bij zich op het toilet. De rinkel stond op het luidst.

Patricia zei heel gewoon: 'Neem gerust op, hè.'

Mia schudde het hoofd. Na de zesde rinkel schakelde het automatisch door naar haar antwoordapparaat. Mia keek even naar

Patricia. En toen rinkelde hij opnieuw.

'Oei, ze moeten u dringend hebben.'

Mia zette het geluid uit en voelde het trillende zoemen van de telefoon in haar hand. Een allesvernietigende bom klaar om af te gaan. Mia aarzelde. Wat zat ze hier te doen? In de keuken van een vreemde vrouw, te wachten op een adres, dat een andere wildvreemde wel of niet zou hebben, van een fijne ex-collega die vast zomaar iets had gezegd destijds. Het zoemen stopte, en hervatte weer. Zou dit kleine shockeffect van haar verdwijnen geen gunstige gevolgen kunnen hebben? Als hij wou kon hij ook lief zijn. Of ja, als Mia geen nee tegen hem zei. Toen dacht ze weer aan de voorbije nacht.

Patricia bleef strak naar Mia kijken. Het zoemen ging maar door. Mia zag hem voor zich, ijsberend door de woonkamer, met zijn vingers langs zijn snor strijkend, zoals hij deed als hij geïrriteerd was. Hij zou het haar nooit vergeven, nooit. Hij zou beloven van wel, maar na een dag, of een week, of twee weken, zou dat de reden zijn, eentje die hij altijd opnieuw uit de kast kon halen. Tenzij ze nu opnam misschien. Met één vinger ging Mia naar de groene toets.

'Wie is het? Als ik dat mag vragen hè, het zijn tenslotte mijn zaken niet.'

Mia legde de telefoon op de tafel voor zich neer.

'Mijn... man.'

'Ah zo,' zei de vrouw weer, daar keek ze deze keer wel zorgelijk bij. 'Hebt u dat ook van uw echtgenoot?' Patricia wees naar haar eigen hals.

Mia greep naar het sjaaltje, dat was lager gezakt, wellicht. Hoe zou het er inmiddels uitzien? Vanmorgen was het nog een soort van rood. Ze hield haar hand aan haar hals, zei niks, probeerde het sjaaltje niet goed te trekken, zij bleef verschrikt naar de telefoon staren. Dat zoemen zo furieus kon klinken had zij nooit geweten.

Opeens stond Patricia op, ze keek naar Mia, nam het toestel, legde heel kort een hand op haar schouder en verdween er toen mee naar een andere kamer. Ze kwam terug en trok de deur achter zich dicht. In de keuken alleen nog het milde brommen van de ijskast en het voorzichtige schuifelen van Patricia op de keukenvloer.

'Soms moeten we mekaar een beetje helpen,' zei ze, 'ik zal mijn huisbaas nog eens bellen, dat hij ziet dat het dringend is.'

Mia wist niet wat te zeggen. Ze hoorde Patricia kordaat een tweede boodschap inspreken. Lorenzo miauwde. 'Ja, ik weet het. Straks moogt ge er wel eens uit.' Misschien moest zij Karen nog eens proberen, vragen of ze Patricia's telefoon mocht gebruiken, voor de zekerheid.

Patricia kwam weer tegenover haar zitten.

'Ik krijg hem wel te pakken, maakt u zich maar geen zorgen.' Ze liet haar hoofd op één hand rusten, lachte haar ogen tot spleetjes, en zei: 'Het is veel hè, voor u.' Alsof er een dijk brak. Mia knikte en bleef knikken, heel snel. Omdat er geen woorden waren. Iemand zag het, en het kon haar wat schelen, ze durfde het amper te geloven. Patricia legde even een hand op haar hand, zoals haar grootvader had gedaan.

Mia's ademhaling werd rustig. Ze keek door het keukenraam naar buiten. Straks zou het gaan schemeren, dacht ze. Niks mooier dan de avond te zien vallen, al dat blauw blauwer zien worden tot het in paars en zwart veranderd was. Hoog in de lucht kroop een vliegtuig voorbij, als een vlieg op een venster, met daarin honderden mensen met een bestemming. Zij was toch ook maar mooi niet thuis, moest zij denken, zij zat in de keuken van P. de Smet, zij was alvast niet waar zij niet wilde zijn, en alles begint toch bij beginnen.

ergernis is makkelijker dan
verdriet dat wist hij wel

EEN

Na twaalf jaar leek dit hem het uitgelezen moment om weer te gaan roken. Freddy liep naar het krantenwinkeltje bij de infobalie en vroeg om een pakje Tigra en een aansteker. Zijn stem trilde, zijn handen waren koud en klam. Een schreeuwerig wit beertje met rode oren en een rood hartje op zijn buik wenste hem vanaf de kassa snel beterschap. Hij rekende af, wachtte niet op het wisselgeld, haastte zich naar buiten, griste een sigaret uit het doosje en stak hem op. Hij inhaleerde diep, het duizelde in zijn hoofd, een paar seconden weg van de wereld, vrij.

Freddy rookte haastig. Na de eerste sigaret nam hij meteen een tweede. Hij hield hem gespannen tussen drie vingers, alsof hij zich eraan vast moest houden. Koude wind blies venijnig in zijn gezicht, maar hij voelde niks, behalve de twee hamers die om de zoveel seconden simultaan op zijn slapen sloegen. Eigenlijk moest hij dringend weer naar binnen, maar hij kreeg zichzelf niet in beweging. Als hij mocht kiezen, hij zou hier voorgoed blijven staan, met sigarettenrook om zijn hoofd als mist om de top van de berg.

Hij voelde een bonk tegen de schouder van zijn bovenarm. Paula, een collega-verpleegster, moest zo meteen aan haar shift beginnen.

'Ik wist niet dat gij rookte?'

'Nee, dat deed ik ook niet meer.'

'Oei, zo'n dag?'

'Goh, schat, zwijg, erger nog.'

'Amy?'

Freddy knikte.

'Pff, mag ik er ook een?'

Freddy haalde er een uit zijn pakje, en gaf haar zijn sigaret om de hare aan te maken.

'Vanmorgen hebben de dokters gezegd dat Annette haar dochtertje mee naar huis mag nemen.'

'Verdomme. Ik vreesde er eergisteren al voor. Hoe reageert Amy zelf?'

Freddy haalde zijn schouders op. Hij zoog zo hard hij kon aan zijn sigaret.

'Zij is degene die al voor ze officieel wist dat de kanker terug was voelde dat het niet goed zat. Annette vertelde daarnet nog dat een vriendin van haar Amy mee had genomen naar een tekenwinkel, ze kreeg die goeie aquarelverf die ze al zo lang wou, met van die blokjes verf die ge zelf kunt kiezen in een doosje waar ge ze in en uit kunt klikken, ge kent dat wel. Ze stond er een tijdje naar te kijken, en opeens zei ze dat ze het niet meer wilde, waarop die vrouw protesteerde, maar Amy bleef weigeren. Toen ze voor de vierde keer vroeg waarom in godsnaam niet, antwoordde Amy droogweg: "Het is een te duur cadeau voor iemand die er toch niet veel meer aan zal hebben." Ze heeft iets kleins voor haar zus gekozen en toen wou ze weg. De rest van de avond heeft ze niet meer gesproken. Twee weken later stonden ze hier en bleek dus wel degelijk...'

'Kinderen weten alles.'

'En het leek na die beenmergtransplantatie initieel nochtans goed te gaan, hè.'

Freddy blies de rook in bedachtzame wolkjes uit.

'Soms begrijp ik niet hoe wij het hier volhouden.'

Paula gooide de peuk in de vuilnisbak, keek op haar horloge.

'Goh, ik moet echt naar boven.'

'Ja, ik moet ook terug, ik kom zo.'

Paula legde een hand op zijn schouder.

'Niet vergeten hè: gij kunt alles.'

Freddy gromde zo'n beetje.

'En ik zie u graag hè, trut.' Paula grijnsde en gaf hem een plagerige pets.

'I know, baby. Als ik evenveel succes had bij de mannen als bij de vrouwen, dan zou ik misschien een echt leven hebben gehad.'

Terwijl hij dat lacherig liet klinken, probeerde hij niet aan Alan te denken.

Freddy staarde in de verte, waar hij alleen maar lelijkheid in soorten zag. Hoogbouw in stellingen, een rood verkeerslicht dat boven alles uittorende, een drukbeschilderde dubbeldekkerbus die rechtsomkeer probeerde te maken. Hij werkte al zeventien jaar op deze dienst. Hoe hield hij het vol? Mensen vroegen hem dat vaak, het woord kanker spraken ze dan meestal niet uit. Kanker en kinderen, dat hoorde gewoon niet samen in één zin, vonden zij. Alsof de wereld aan rechtvaardigheid deed. Dat het de wonderen waren die hem staande hielden, zei hij dan maar, omdat hij ook niks beters wist te verzinnen, de kinderen die ondanks slechte prognoses terugvochten en wonnen, zelfs al was het soms maar weer voor even.

Buitenstaanders hielden van heldenverhalen, en hij gaf hun wat ze vroegen. Hij liet hen in de waan dat kinderen elke minuut van elke dag moedig strijd leveren en zelfs als de dood nadert vredig hun lot omarmen. Freddy wist wel beter, maar die realiteit kon niemand aan, dus hield hij het voor zichzelf: het gillen in de nacht, de wurgende dromen, het kwade verzet, het stille opgeven, de nukkige machteloosheid, de vrieskou van verdriet dat geen woorden durfde te vinden om zich zo te laten zien. Vooral als er niemand in de buurt was, als ze geen anderen moesten beschermen, dan sloeg het toe bij de kinderen. En als ze alleen achterbleven, verscheen hij, hij die ondertussen zo'n beetje alles had gezien wat er aan kwetsbaarheid bestond.

Hij wist zelf niet precies waarom Amy hem zo tot in zijn beenmerg wist te raken. Misschien omdat ze zo wijs kon zijn in haar gretige gebabbel en zo veelzeggend in haar zwijgen. Tijdens haar vorige lange verblijf had ze een bange doos gemaakt, zo had ze die genoemd, en daar stak ze briefjes in die niemand mocht lezen. Behalve hij, één keer, die ochtend na die moeilijke nacht. Hij had de rest van de dag aan niks anders meer kunnen denken.

Freddy moest echt terug nu, doorgaan met deze dag waarin hij afscheid van haar moest nemen. Maar hij was geen verpleger die uitgerust was om zijn werk te doen, hij was een luchtmatras die leegliep, een opgebroken straat, een slagboom die bleef hangen. Hij draaide met de tip van zijn schoen de derde sigaret uit op het vreugdeloze asfalt. 'Bon, stop ermee, Freddy, genoeg flauwekul verkocht nu.' Met zware benen liep hij in de richting van de deuren, die meteen openschoven, alsof ze hem wilden aanmoedigen. Hij drukte op het pijltje dat naar boven wees en wachtte op de lift. Voor één keer hoopte hij dat die eerst alle anderen zou bedienen.

TWEE

'Ah, daar zijt ge. Amy wou u nog even alleen zien. Ik was naar u op zoek.' Annette bleef pal voor zijn neus stilstaan, kruiste haar benen, wat haar houding wankel maakte. Ze hield een hand aan haar mond en zweeg, alsof ze iets van hem verwachtte zonder zelf precies te weten wat. Freddy keek alleen maar, hij had geleerd dat ruimte laten vaak beter werkt dan vragen stellen.

'Ik mag haar meenemen, zeggen ze, maar...' ze draaide haar hoofd weg van hem, viel even stil, 'ik ga dat nooit kunnen. Hoe moet ik nu én verpleegster én moeder zijn, en dan met Zoey die daar ook nog tussen loopt, ik weet gewoon niet...' Ze staarde weer naar hem zonder dat Freddy zich echt aangekeken voelde.

Hij wist wat zij eigenlijk vreesde niet te kunnen, maar dat ging hij niet benoemen.

'Gij kunt alles,' Freddy hoopte dat zij het wel geloofde. Hij zag haar roodomrande ogen, haar afgebeten vingernagels, de groeven om haar mond. 'En als ge 't eens niet kunt, even, dan is dat ook goed.'

Het bleef een moment stil, alsof ze die zinnen in haar hoofd nog eens wilde herhalen.

'Amy is zo...' ze knipperde frenetiek met haar ogen, alsof het mechanisme op hol sloeg.

'Ja,' zei Freddy.

Toen viel ze hem om de hals. Hij voelde haar weerbarstige haar tegen zijn kin, haar benige lijf tegen zijn buik. Met zijn twee meter één werd in zijn armen ongeveer iedereen weer kind.

'Ik moet nog wat formulieren gaan ondertekenen en zo, hebben ze gezegd, ik zal maar...'

Freddy knikte.

Ze liet hem weer los en verdween de gang in.

'Vindt gij "Use somebody" van Kings of Leon schoon?'

De deur was nog niet dicht. Amy praatte snel als altijd.

'Dat kent ge toch, dat liedje? Of hebt gij geen smaak in muziek?'

Ze lachte flauwtjes. De kringen rond haar ogen donker, haar lippen blauwig en gebarsten, haar huid bijna doorschijnend.

Freddy probeerde zichzelf te vergeten, alleen naar haar te kijken.

'Homo's hebben áltijd goeie smaak in muziek, darling, dat weet ge toch?' Freddy trok met veel gespeeld drama één wenkbrauw omhoog, tuitte zijn lippen en ging met gekruiste benen kaarsrecht op haar bed zitten.

Ze grijnsde medeplichtig. Ze hield ervan als hij de uitvergroting van een janet speelde, wist hij.

'En ja, dat is een schoon liedje, vind ik. En gij?'

'Mhmm,' Amy pulkte met twee vingers aan de pleister die over haar infuus zat, 'ze gaan dat liedje spelen op mijn begrafenis.' Ze keek hem recht in de ogen. 'Ik wil dat.'

Freddy's hamers sloegen nog harder dan voordien.

Amy duwde de pleister weer vast.

'Dat is schoon van muziek. En dat gaat over dat we allemaal iemand nodig hebben.'

Freddy liet zijn belachelijke pose varen, zijn rechterbeen zakte tot op de grond.

'Mijn mama is straks ook niet alleen, want zij heeft Zoey nog, hè,' Amy liet het bijna klinken als een vraag. Ze richtte haar blik naar boven. 'Die is wel nog maar klein, maar heel slim, en lief, dus.' Amy legde haar hand op zijn arm, achteloos, alsof ze aan een toonbank stond te wachten. 'Of ja, meestal toch.'

Ze staarde naar haar handen, met een vinger ging ze heen en weer over haar duim, alsof ze een hardnekkige vlek weg probeerde te vegen.

Het bleef even stil.

'Ik ben wel soms bezorgd om mijn mama.'

Freddy had het warm, zijn mond plakte.

'Ge hoeft niet bang te zijn,' hij hoopte dat het dat was wat ze eigenlijk wou horen.

'Ben ik niet,' zei ze snel. Ze draaide haar armbandjes recht, alle sluitinkjes keurig onder mekaar. 'Deze heb ik gekregen van Mayté, en die van Selina, en deze van Aeliyah. Die hebben ze zelf voor mij gemaakt.'

'Prachtig.'

'Ja hè, wilt gij er een hebben?'

'Maar nee, die zijn toch van u.'

'Ge zoudt er een krijgen, maar uw arm is te dik daarvoor, of ja, sorry, ik bedoel te breed.' Ze giechelde als het kind dat ze al eeuwen niet meer was.

'Auch,' schreeuwde Freddy. Hij keek geposeerd gekwetst, legde een hand theatraal om zijn hals.

'Freddy,' zei ze en ze maakte de y lang, 'ik vind u wel leuk hoor.'

'Ah, dan is het goed,' antwoordde hij. Hij probeerde het trillen van zijn stem onder controle te houden.

Amy bleef aan de armbandjes frutselen terwijl ze om zich heen keek.

'Ze zouden die kamers hier wel eens in een mooiere kleur mogen schilderen, vindt ge niet?'

Freddy keek naar de licht vergeelde muren.

'Ge hebt een punt, ik zal de nota overmaken.'

'Goed zo,' ze klonk alsof ze dit probleem toch maar weer eens mooi had opgelost. Ze wreef langs haar neus, liet haar hoofd dieper in het kussen zakken. 'Ik wil nog een keer naar mijn school gaan. Mama is bezorgd dat ik daar te moe voor ben, maar ik vind van niet.'

Freddy zag Amy's moeder voor zich, en vermoedde dat zij daar bovenal zelf bang voor was, voor laatste keren.

'Ik denk dat ze daar heel blij zullen zijn dat ze u zien.'

Ze knikte weer.

'Ik vind u de beste van allemaal, van alle verpleegsters en alle dokters en alles.'

Hij slikte en bleef slikken.

'Wilt gij niet meegaan met ons?' Ze gaf hem niet de kans om daarop te antwoorden: 'Kan niet. Weet ik. Gij moet hier werken. Ik zou het gewoon graag willen, maar ja.' Ze zweeg.

'Ik zou niks liever willen. Bijzonder meisje.'

'De beste van al uw patiënten ooit?' Ze trok een ondeugend gezicht.

'Minstens.'

'Ik én Jordy dan.'

'Ja, Jordy is bijna even best als gij. Maar u ken ik al veel langer ook hè, dat is nu eenmaal oneerlijke concurrentie.'

'Van mijn vijf jaar, bijna zes was ik toen ik hier de eerste keer lag.'

Ze leek terug te donderen in de tijd, het bleef even stil. Freddy verstomde.

'Jordy gaat wel beter worden. Ik weet het zeker.' Amy zei het zacht.

Ze staarde door het raam, geconcentreerd alsof buiten iets te zien viel wat haar aandacht vroeg. Freddy volgde haar blik, behalve wat verre vogels en bleke lucht was er niks te zien op deze hoogte.

'Doodgaan, doet dat pijn, denkt gij?'

Freddy's nekspieren leken wel in beton gegoten, zo vast zaten ze.

'De mensen van de palliatieve zorg die aan huis komen gaan erover waken dat ge geen pijn hebt.'

Amy lag roerloos in haar bed. Ze bleef naar buiten turen.

'Komt gij wel naar mijn begrafenis dan?'

Freddy wou verdwijnen, hij wou iets kunnen doen.

'Jordy komt, heeft hij beloofd.'

Freddy knikte, riep zichzelf weer bij de les.

'Ik zal meezingen met "Use Somebody". Ik heb in mijn tijd nog op karaokeavonden iedereen het nakijken gegeven.' Hij ging met veel aplomb door zijn haar terwijl hij dat zei. Hij speelde weer de trut en haatte zichzelf erom. Amy trok een mondhoek omhoog, dat deed ze om hem te plezieren, wist hij. 'Ik ga heel veel aan u denken.'

Zij knikte weer, haar gedachten alweer elders, zag Freddy.

'Zijt ge moe?'

Ze gebaarde van ja.

'Slaap nog maar heel even voor jullie vertrekken dan.'

Ze draaide zich op haar zij, haar gezicht weg van hem. Hij bleef nog even zitten. Hij rook de lakens met die eeuwige geur van azijn, hij keek naar haar kleine lijf, verloren in dat bed.

Toen hij de deur openmaakte, riep ze, zonder zich om te draaien: 'Als ik vertrek straks, komt gij toch nog even naar mij, hè?'

'Zeker, beloofd.'

Freddy sloot de deur achter zich, en bleef met zijn rug tegen de muur staan. De lucht in de gang een vuist om zijn nek die kneep en bleef knijpen.

DRIE

Freddy hing de sleutel aan het haakje van een van de twee vogeltjes in het vogelhuisje. Die dwaze sleutelhouder had hij bij wijze van grap ooit nog van Alan gekregen. En al hield hij er rekening mee dat alleen hij de symboliek zag, toch had Freddy er alleen al daarom van gehouden. Romantiek is altijd ook wat belachelijk, toch bestond er weinig mooiers, vond hij. Hij stampte zijn schoenen uit, liet ze liggen waar ze lagen, gooide zijn jas over de leuning van de stoel. Hij hield zijn huis graag netjes, maar vandaag kon niks hem schelen. Hij liep naar de ijskast, schonk voor zichzelf een glas rosé in, ook al was het nog maar net middag geweest. Vanaf de diepvriesdeur lachte zijn moeder hem toe.

Zijn mama was twee jaar en vier maanden geleden gestorven. Een hartstilstand, opeens, zomaar. Een vriendin kwam haar ophalen om samen koffie te gaan drinken, en toen ze op straat stond, de klink van de deur in de hand, vroeg ze of ze even terug naar binnen mocht. Ze moest een momentje zitten, zei ze, ze voelde zich niet zo lekker. Geen kwartier later was ze gestopt met ademen. De ziekenwagen kwam te laat. Dat haar een lange lijdensweg bespaard was gebleven, maakte hem gelukkig, ondanks de krater die ze met haar sterven had geslagen. Zijn moeder was een engel, leven zonder haar bleek harder, hachelijker dan het voordien was geweest, maar het ging niet om hem, het ging om haar.

Hij zeeg neer in de fauteuil. In zijn hoofd werd er op alles gebonsd, gebonkt, gebeukt. Hij nam een grote slok, keek onderzoekend rond. Op goeie dagen had thuiskomen tenminste dat beetje omarmen, al moest hij dat nu ook niet overdrijven, bedacht hij meteen. Freddy hield van zijn plek omdat die zo van hem was, dat wel.

Dat minder meer zou zijn, had hij nooit begrepen. Zijn muren hingen allemaal vol. Als hij een nieuwe trouvaille deed, moest hij iets weghalen, dat was het enige nadeel, want hij had het moeilijk met weggooien. Niet dat hij er veel echt naar zat te kijken, maar hij had ze nodig, omdat ze hem zo vertrouwd waren. De foto's van zichzelf in betere tijden, toen het lijf nog strak was en de haardos vol, met een aantal van zijn idolen na optredens, op feestjes in gewaagde tenues met vrienden voor één avond. Die van zijn moeder in de verschillende fases van haar leven. Sommigen vonden de gelijkenis frappant, hij werd er blij van als iemand dat zei.

Hij had ook veel schilderijtjes op de kop getikt op rommelmarkten, vooral portretten van honden. Freddy was dol op honden, maar met zijn beroep kon hij er zelf onmogelijk een houden. Freddy deed het graag, op vroege zondagochtenden naar rommelmarkten, rondsnuisteren, met een pokerface onderhandelen over de prijs. Het waren plekken waar nogal wat mensen in hun eentje liepen. Morgen was er een waar hij al vaak grote vondsten had gedaan, en hij hoefde niet te werken. Toch dacht hij niet dat hij zou gaan.

Freddy's glas was al leeg, hij wilde bijschenken, maar zag het niet zitten om weer op te staan. Hij overwoog een sigaret, maar die zaten in zijn jaszak, en al was dat dichterbij dan de keuken, het leek hem al evenzeer een onoverkomelijke afstand. Freddy legde zijn voeten op de salontafel, trok een plaid over zijn benen. Hij bleef onbestuurbaar zitten.

De rest van de wereld gedroeg zich zoals altijd. In de verte werd een portier van een auto dichtgeslagen, de lift kwam van ergens laag naar omhoog, in het appartement boven het zijne liep de buurvrouw heen en weer op hoge hakken, in zijn woonkamer tikte de staande klok, een erfstuk van zijn grootvader.

Een harde man, altijd geweest. Toen hij ontdekte dat Freddy homo was, liet hij via zijn vrouw weten dat zijn kleinzoon niet meer langs hoefde te komen tot hij die vuiligheid had afgeleerd. Maar die klok was toch te fraai geweest om hem door de opkoper van inboedels mee te laten nemen, vond Freddy, dus nu stond-ie hier, ook omdat je domheid nooit mocht laten winnen.

Naast de klok, op het bijzettafeltje, echte art deco, stond een opbergdoos met een afbeelding van koning Boudewijn en koningin Fabiola, er zaten doodsprentjes in van zijn patiëntjes. Na al die jaren had hij drie van die dozen, en deze was ook bijna vol. In zijn hoofd zeurde 'Use somebody'.

De foto's die hij van Alan had, het waren er niet veel, zaten in de lade van de buffetkast uit de jaren vijftig. Hij hoefde ze niet boven te halen, hij zag ze zo voor zich. Na hem was er nooit meer iemand geweest. Niet dat Freddy dat principieel zo had beslist, er was gewoon nooit nog een man ook maar vaagweg in de buurt gekomen van Alan. Hij was zoveel. En bovendien, wie zou nu nog de verslenste schoonheid willen die hij was geworden? Freddy maakte er ook geen punt van, hij kon het wel alleen. Het was tenslotte ook hard werken meestal, de liefde. Niet met Alan, maar door de band genomen. Hij hoefde tenminste met niemand rekening te houden. Freddy nam zonder nadenken zijn glas en bracht het naar zijn lippen, pas toen het voetje de hoogte in ging, realiseerde hij zich weer dat het al een tijdje leeg was.

Freddy stelde zich voor hoe Amy daar nu lag, beneden op een gehuurd bed, met een infuus in haar dunne arm, haar moeder als een bezetene in de weer. Wie het almaar te goed wil doen, kan niet bij zichzelf blijven, dat had hij zo vaak gezien, en hij vreesde dat Annette er ook zo eentje was. Bij stervende kinderen blijft het gehoor het langst intact, dat had hij haar nog moeten vertellen, dacht hij. Soms zeggen mensen toch wat ongelukkige dingen zomaar hardop, of ze vergeten wat ze nog voor hun zoon of dochter kunnen betekenen, juist door tegen hen te blijven praten.

Freddy zat in zijn zwijgende fauteuil en voelde de brutale realiteit knagen. Overmorgen moest hij terug naar het ziekenhuis, naar Jordy en Alina en Janna en Samuel en Dylano en Miraç en alle anderen. Hij rekende uit hoeveel jaren nog tot aan zijn pensioen. Er reed een trein over hem heen bij die gedachte. Zou het mogelijk zijn dat iemand te vol verdriet zit om er nog iets bij te kunnen nemen? Hij scrolde door de contacten in zijn telefoon, hield halt bij de p, en dan bij Petra, de personeelsverantwoordelijke.

VIER

Hij had urenlang getwijfeld, maar nu hoorde hij de telefoon overgaan, dus moest hij ook maar doorzetten. Hij had ondertussen toch de moed gevonden om de fles rosé te halen, die staarde hem nu in al zijn glazen leegte aan. Licht in het hoofd, een raar soort bedrieglijk vrij van zorgen had hij het nummer ingetikt. Nog één keer zou hij hem laten overgaan, als er dan nog niet werd opgenomen, hing hij op. Zijn hand beefde.

'Hallo, met Verweert.'

Freddy's adem stokte.

'Hallo?'

Buiten gierde de wind. De lucht verdonkerde.

'Hallo?' Het klonk geïrriteerd en nieuwsgierig tegelijk.

Even nog was het stil. Freddy bleef aan de lijn, hij rook de geurkaarsen, zag het dikke oosterse tapijt en de beige zetel waar geen mens iets op tegen kon hebben, hoorde de Münsterlander van Alan in de tuin blaffen naar de vogels. Eén keer was hij er geweest, niet meer, toen zij met haar zus naar Nederland was afgereisd om er een kleine week een tante te verzorgen na een heupoperatie, maar hij had het allemaal opgeslagen, zoals een bokser elke toegebrachte mep onthoudt in die match waar hij knock-out werd geslagen. Er klonk een droge klik, daarna de kiestoon.

Freddy bleef de telefoon aan zijn oor houden, alsof er alsnog een vervolg zou komen. Hij kon nauwelijks geloven wat hij eigenlijk wel wist: Alan was nog altijd met haar. Verweert was zijn achternaam, niet de hare. Zelfs het kind waarvan zij zwanger was toen Alan haar had leren kennen, droeg zijn naam, zo was Alan dan gewoon. Hij had haar dochter opgevoed alsof het de zijne was, en het meisje wist niet beter.

Hoe hij het volhield, dat huwelijk, vroeg Freddy toen ze voor het eerst samen champagne dronken, hoeveel zelfverloochening kan een mens tenslotte verdragen? Alan antwoordde dat hij niet ongelukkig was. Ook wie liegt, reveleert een waarheid, dat wist Freddy al lang. Hij bleef hem vragend aankijken. Dat seks voor haar niet belangrijk was, zei hij toen. Dat ook dat geen antwoord op de vraag mocht heten, had Freddy gefluisterd. Toen had Alan hem stormachtig op de mond gekust.

Veel kon Alan zich niet vrijmaken, maar de uren dat hij er was telden voor zeventien, vond Freddy. En ze hadden zo hun rituelen. Elke keer als Alan de hond uitliet, belde hij op, zelfs als het buiten regende en hij moest proberen om tegelijk een paraplu, een leiband en een telefoon vast te houden. En Freddy schreef hem brieven. Omdat hij die niet zomaar op kon sturen, had hij een plek uitgezocht waar Alan elke werkdag voorbijkwam, en daar, onder een losse stoepsteen in de berm, legde Freddy de enveloppe, keurig in een afsluitbaar plastic zakje, voor als het nat was buiten. Alan las de brief en dan gooide hij 'm weg, geen sporen nagelaten. Maar dat alle brieven eigenlijk bij hem bleven, zei hij dan. Freddy had ze genummerd, gewoon voor zichzelf, hij was tot zesentachtig geraakt. Hij vroeg zich af of Alan nog wel eens onder die steen ging kijken, gewoon, omdat hij het niet kon laten.

Ze kenden elkaar bijna twee jaar toen Freddy hem voorzichtig vroeg of hij wel besefte hoe uitzonderlijk het was wat zij samen hadden, zelfs in vergelijking met de beste koppels die hij kende. Of Freddy dat echt moest vragen, Alans verwondering was oprecht, dat kon Freddy zien. Nadien omhelsde Alan Freddy zoals hij dat dan kon.

In Alans armen bestond er geen verdriet. Dat was er pas weer als hij de deur achter zich dichttrok. Het was er elke vrije dag als Freddy niet met hem door de straten kon lopen. Elke keer wanneer hij iets wilde vertellen en hem niet kon bellen. Tijdens elke reis die ze niet samen maakten. Elke eerste keer die ze nog nooit hadden beleefd. Op alle momenten dat Alan liet weten dat hij het moeilijk had en Freddy niks kon doen, vanuit zijn verte. Wanneer Alan klonk alsof hij helemaal blij was, ook al hadden ze mekaar al twee weken niet gezien. Al die keren dat zijn lijf naar hem verlangde. Al die dagen dat hij ergens blij om was en Alan meer nog dan altijd ontbrak. Al die kwartieren waarin hij nauwelijks nog kon geloven dat Alan wel degelijk aan hem dacht. Groot gemis was morsig, onoverzichtelijk en regelmatig op de rand van ondraaglijk.

Buiten speelde de beiaard een van de vier eeuwig dezelfde melodietjes, de buurman ontgrendelde zijn deur, beneden denderde een tram voorbij. Freddy voelde zich oud. Net hij, de man die altijd had geweigerd om dat ooit te worden, het was een kwestie van zelfdiscipline, juiste kleren, niet naar soep beginnen te ruiken en genoeg de flauwekul cultiveren, volgens hem.

Hij zat in de fauteuil met de telefoon in zijn hand en liet niet los. Alsof het nog niet afgelopen was, alsof er nog iets kon veranderen, als hij maar lang genoeg zou wachten.

VIJF

Dat de kerkklokken luidden vond Freddy eigenlijk ongepast. Het majestueuze van dat geluid, alsof er iets te vieren viel. Freddy ergerde zich. Aan de schuifelende traagheid bij het buitengaan, aan de holle woorden die de priester zo nasaal en monotoon had uitgesproken, aan de begrafenisondernemer, die 'Use somebody' niet eens tot het eind had laten spelen. Ergernis is makkelijker dan verdriet, dat wist hij wel.

Jordy's ouders stonden vlak naast hem, zijn moeder hield zijn vaders arm goed vast, hij raakte met zijn hoofd even het hare. Ze deden het goed samen, dat kon Freddy zien. Jordy keek omhoog naar hem, ogen vol vermoeide tristesse. Het verbaasde Freddy dat de artsen hem toestemming hadden gegeven om het ziekenhuis te verlaten voor de begrafenis. Misschien zou hij de volgende zijn. Wat zou die jongen nu allemaal denken? Jordy mocht alvast niet zo naar hem kijken, niet nu. Freddy legde een hand op zijn schouder, en hoopte dat hij niks zou vragen.

Ze waren nog vele meters van de familie van Amy verwijderd. Als eigenlijk geen mens weet wat te zeggen, omdat woorden zelden zo faliekant tekortschoten, duurde condoleren altijd langer, dat kende hij van alle vorige keren. Freddy wilde hier weg. Zoals hij gisteren weg wou toen Dylano een tekening voor hem had gemaakt, en toen Janna had gezegd dat het niet erg was, terwijl hij pas na drie keer prikken een goeie ader had gevonden, en toen Debby, zijn jongste collega, had zitten klagen over haar kater. Maar hij was ingesloten door een menigte die amper voortbewoog. Freddy zat klem.

Meer dan vijftig minuten later stond hij op het plein voor de kerk een sigaret te roken, hij zat alweer aan tien per dag. De high van die eerste compleet verdwenen, zo jammer. Hij wist eigenlijk niet eens waarom hij weer voluit opnieuw was begonnen. Omdat het troost biedt, had hij eerst gedacht, wat onzin was gebleken. Ze zeggen van zo veel dingen dat het troost: een sigaret, die derde pint, een grote reep chocolade, dat ene liedje, dat gedicht van lang geleden, hoop op beter, en de tijd, omdat die doet vergeten. Op hem leek het geen van alle nog effect te hebben, hij moest gewoon roken. Terwijl hij naar de mensen keek, voelde hij opeens een schouder tegen zijn arm. Hij keek achterom, daar stond Paula.

'Hé, baby, gij ook hier. Ik had u niet gezien.'

'Ik was maar nipt op tijd, ik zat helemaal aan de zijkant achteraan. Hebt gij vuur?'

Freddy haalde de aansteker uit zijn binnenzak, zij stak de sigaret al klaar tussen haar felroze gestifte lippen.

'Goeie kleur.'

'Het is niet omdat het leven een klootzak is dat ge u ervoor moet verstoppen, hè.'

Freddy dacht terug aan zijn jonge jaren, toen hij in flamboyante pakjes in bars rondhing. Hij durfde zich te tonen toen, achter die veilige muren, tenminste. Voor buiten ging de neutrale overjas eroverheen. Eén keer had een groepje hem uit zo'n bar zien komen, ze waren hem gevolgd. Dertien hechtingen en een gebroken rib. Vroeger waren die dingen anders.

'Waar denkt ge aan?'

Freddy zoog als een razende aan zijn sigaret.

'Ik denk eraan om te stoppen.'

'Doen, voor ge weer helemaal verslingerd zijt. Ik probeer er alweer een jaar vanaf te geraken, maar het lukt me van geen kanten.'

'Nee, met verpleging. Ik kan het niet meer, denk ik. Niks kan ik nog aan. En al helemaal geen sterfgeval.'

Paula trok haar mond scheef, zoals ze altijd deed als ze nadacht, diepe rimpels tekenden zich scherper af.

'Misschien een rare vraag, maar zijt ge zeker dat het de kinderen zijn?'

Freddy blies traag de rook uit die om zijn hoofd bleef kringelen.

'Ik ken uw soort,' Paula deed de as van haar sigaret roodoranje opgloeien, 'altijd moedig, nooit zagen, immer klaar voor een ander, gezicht eeuwig op vriendelijk, vooral geen hulp vragen, doorbanjeren. Ik ken het omdat ik ook zo was. En ik weet niet hoe dat bij u zit, maar als ik vroeger mijn deur achter mij dichttrok, hè, Freddy, dat was als een glas op een stenen vloer, ik viel in stukjes uit mekaar, vaak. Ik wou zo graag iemand die eens voor mij zorgde, iemand voor wie ik lief kon zijn, niet omdat ik vond dat ik dat moest, maar omdat ik dat zo graag wilde.'

Paula hoestte, en inhaleerde meteen, alsof dat zou helpen.

'En weet ge wat het ergste was? Ik aanvaardde gewoon dat zoiets voor mij niet was weggelegd. Meer nog, ik organiseerde het onbewust zélf zo dat precies dat scenario zich voltrok. Zo veel foute kerels te ver laten gaan tot ik op den duur dacht dat ik er klaar mee was. Want dat is wat wij doen, wij mensen, wij onnozelaars, we zoeken naar het volk dat ons bevestigt in ons zelfbeeld, hoe destructief dat ook moge zijn, en dan vragen we ons af waarom de liefde toch zo lastig is. Wel, Freddy, ik heb geleerd dat ge daar niet in vast moet blijven zitten, dat het leven er niet is om te ondergaan, maar om in handen te nemen.'

Ze ging almaar feller klinken, merkte Freddy.

'In tegenstelling tot waar we standaard van uitgaan, zijn wij mensen niet zozeer bang van de tegenslag, maar van het geluk, niet bang om te falen, maar om gezien te worden voor wat we kunnen en wie we zijn. De kunst is onszelf eindelijk eens te leren gunnen wat ons toekomt. En pas op, dat krijgen we niet zomaar cadeau, hè, we moeten de moed vinden om onszelf wezenlijke vragen te stellen, om demonen uit verre verledens in de ogen te kijken, om te leren begrijpen waarom het telkens daar en daar weer misgaat, of waarom we steevast zo heftig reageren op dit of gene. En als we dat gesnapt hebben, moeten we ook die verworven inzichten nog vertalen naar de realiteit van elke dag, durven voelen wat dat teweegbrengt en daar dan iets mee doen. En die hele onderneming is niet per se een picknick, nee, maar man, wat is de beloning spectaculair groot.'

Paula klopte met een krachtdadige vinger de as van haar sigaret. Freddy zag dat ze nu aan haar Robrecht stond te denken, die glimlach had ze alleen dan.

Zij keek hem aan met die onverschrokken levenslust die hij zo goed van haar kende.

'Ik heb gezegd,' concludeerde ze, en ze schaterlachte en hoestte tegelijk, 'en ik praat te veel omdat ik te veel denk terwijl ik lakens van bedden aftrek en kots opruim, én ik moet echt dringend stoppen met roken.'

Ze glimlachte uitdagend.

Het liefst had Freddy gevraagd of ze dat allemaal eens wou herhalen, woord voor woord bij voorkeur, maar op dat moment gebaarde Annette dat iedereen moest vertrekken naar de koffie.

Toen hij thuiskwam, trok Freddy geen fles wijn open, zoals hij nochtans al de hele dag van plan was geweest. Hij ging bij het raam staan en keek naar de wolken, donkergrijs hierboven, maar veel witter in de verte. Hij dacht aan Amy, aan zijn moeder, aan Alan.

Opeens draaide hij zich om, liep op de grote muur af, en begon in een razend tempo alles weg te halen. Hij stapelde ingelijste foto's en schilderijtjes, in alle hoeken van de kamer. Hij klom op stoelen om overal bij te kunnen, hij ging op zijn knieën zitten voor de laagste werkjes om zijn rug niet te belasten. Met koortszweet op zijn voorhoofd ging hij door tot alle muren leeg waren.

Freddy leunde tegen de tafel en aanschouwde zijn werk. Overal om hem heen vaal behang vol lichtere vierkanten en rechthoeken in alle formaten. Blote muren, klaar voor zoveel. Freddy stond zo een tijdje stil om zich heen te kijken, zelf verwonderd over die impuls, en terwijl hij stond te denken dat het klopte wat hij had gedaan, liep hij naar de buffetkast. Hij graaide achter de blikken dozen, en daar vond hij nog een stuk of tien plastic zakjes. Hij zocht een pen en wit papier, rommelend in allerlei lades, en toen ging hij aan de keukentafel zitten.

Freddy beeldde zich de blik in van Alan, die na al die tijd van stoppen en controleren onder de steen opeens weer een brief zou vinden. En heel even bubbelde er iets omhoog in hem, alsof hij, daar en dan, zelf geloofde dat Alan de brief ging lezen, en daarna niet anders zou kunnen dan naar hem toe te komen. Gewoon, omdat dat het juiste was. Omdat mensen soms wel kiezen voor wat echt goed voor hen is. Omdat zij het waren.

Hij draaide het dopje van de pen, dacht na, een moment maar, het zat klaar. Hij begon te schrijven, als bezeten, een reiziger die het eindpunt nadert. Het zou een lange brief worden, wist hij zeker, zijn beste ooit.

een donkere rookpluim walmt ernstig de lucht in een
vreemde geur verspreidt zich een goudvink maakt
zich tsjilpend uit de voeten alsof hij groot onheil wil
ontvluchten nu het nog kan

VIER

Er staat nochtans op de fles dat het alle vlekken verwijdert: verstuif rechtstreeks op de vlek en wrijf zachtjes in met schone doek, laat de spray één tot vijf minuten inwerken en reinig dan zoals gewoonlijk, indien nodig herhalen. Na de eerste poging klitten de haartjes van het tapijt nog altijd samen, en er schemert allerlei wittigs op die donkere mat. Ik weet niet hoe ik dat uit zou moeten leggen. Mijn ma is gek op dit tapijt, ze heeft het meegebracht uit Ludwigsburg, toen ze daar een van haar favoriete voorstellingen had gespeeld. Misschien geloven ze yoghurt wel. Al blijft het vreemd dat ik hier yoghurt zou zitten eten, en ziet mijn pa het meestal als ik lieg.

Het schuim verpietert langzaam, nu wrijven. Ik ga zo fanatiek heen en weer over de vlek dat mijn arm in een kramp trekt. Godverdomme, nog niks. Ik neem de flacon en spuit een derde keer. Ik zal nog wat langer wachten nu. Terwijl ik naar die donkere nattigheid zit te staren, zie ik het weer voor mij. Ik schud wild met mijn hoofd, alsof ik het er zo letterlijk uit kon daveren. Ik spring overeind. Even een glas water halen, dat is een plan.

Ik ben vannacht naar boven gegaan zonder nog iets te zeggen. Ik heb mijn telefoon meegegrist, ben de trappen op gehold, de badkamer in, deur op slot. Zin om te douchen, toch alleen maar mijn tanden gepoetst, en daarna nog eens. Ik wilde zo snel mogelijk de deur van mijn kamer achter mij op slot kunnen draaien. Ik heb mijn pyjama aangetrokken en ik ben in bed gekropen, diep onder de dons, al is het bijna zomer. Mijn oortjes in, iets upbeat dreinde in mijn oren, ze meteen weer uit gedaan. Ik heb stil liggen luisteren, na een klein halfuur werd beneden de muziek eindelijk uitgezet, en iets later hoorde ik hen vertrekken.

Ik wou niks liever dan slapen, verdwalen in een droom waarin ik niet meer wist wie ik was, maar ik kon onmogelijk blijven liggen. Ik heb het bad vol laten lopen, het water zo warm als ik verdragen kon, twee keer zo veel badschuim gebruikt als normaal. Ik heb mijn laptop op die ene legplank gezet, die spannende serie aangeklikt, en ik ben zo te midden van al dat schuim gaan zitten weken, tot alles aan mij rimpelde alsof mijn jeugd voorgoed voorbij was.

Nadien opnieuw in mijn bed gekropen. Om twintig over zes nog op mijn wekkerradio gekeken, en om halfnegen werd ik wakker van een bericht van mijn pa: 'Alles goed met mijn dochter? Hier dragen ze mij nu al op handen. Haha.' Mijn pa gebruikt geen smileys, want daar is hij tegen, en hij vindt dat ik dat, juist omdat ik vijftien ben en alle vijftienjarigen ze gebruiken, ook zou moeten zijn. Ik heb op zijn haha een belachelijke smiley teruggestuurd, bij wijze van pesterijtje. Ik hou van emoticons, ze wekken de indruk dat zwijgen geen zwijgen is.

Ik zet mijn timer op nog eens drie minuten, dan is het zeker genoeg, ik drink met gulzige slokken, ga weer zitten. Manon vraagt of ik met haar en Billy mee wil naar de cinema, zie ik, ik mag ook voordien al langskomen bij haar thuis en mee-eten, haar moeder maakt haar beroemde moussaka. Ik lees haar bericht en probeer het me ondertussen voor te stellen: ik tussen hen in, aan hun tafel, waar het altijd gezellig druk is, en ik gil binnensmonds. Iedereen zal het zien.

Ik ben een net uit het ei gekropen vogel, onherroepelijk uit het nest gesukkeld, een zware wolk die niet kan regenen, een schim die zich wil verschuilen, voor altijd. Ik mis Illiana nog meer dan meestal. Toen ze zo ziek werd ging ik haar drie keer per week met de fiets bezoeken, ook al was ik heen en weer meer dan anderhalf uur onderweg. Elke keer weigerde ik om al afscheid te nemen, dat was voor de volgende keer, want zelfs op het eind, toen ze nauwelijks nog wakker kon blijven, toen ze amper nog keek terwijl ze keek, was ze er nog. Zoals de wereld nog bestaat achter beslagen glas. En toen kwam het bericht van haar zus, en ik had de laatste keer alleen maar gezegd: tot gauw.

Ik hoor iets, een bons, ergens, of een gedempte knal, ik weet niet wat het is, maar ik schrik me te pletter. En nu weer. Alsof er iemand rondloopt in almaar andere kamers, wat simpelweg niet kan. Dit zijn vast de normale geluiden. Anders speelt er altijd muziek, dan hoor ik die niet. Maar vandaag verdraag ik zelfs geen radio. En die ene jazzplaat van mijn pa heb ik ver weg gestopt, achter alle oude albums die hij nooit meer beluistert, in de hoop dat hij 'm niet meer terug zal vinden. Verdomme, is dat nu gestommel, wat hoor ik toch? Ik loop naar boven, check alle kamers, niks te zien natuurlijk. Toch ren ik naar de voordeur, draai die in het slot, daarna ook die van de glazen deur die naar de tuin leidt en ten slotte die van de garage. Eigenlijk niet nodig overdag, maar ik doe het wel.

Wanneer ik terugkom is de timer aan het piepen die zegt dat het tijd is. Ik begin verwoed te wrijven. Als ik zo dicht bij de vlek kom, ruik ik het zelfs weer. De vlek blijft bijna even zichtbaar. 'Klotetapijt!' Ik vind mijn eigen roepen aanstellerig, maar toch smijt ik ook nog de vochtige doek zo ver als ik kan door de woonkamer, hij knalt tegen het potje met de cactus, die flikkert van het bijzettafeltje, kapot natuurlijk, de vloer vol aarde, de cactus als een geveld diertje op de houten vloer.

Ik zit te staren naar dat kleine slagveld, zachtjes wiegend, met mijn kin om de zoveel tellen voorzichtig botsend tegen mijn opgetrokken knieën. Het is beter om nu bezig te blijven, dat weet ik wel. Dat zegt mijn pa altijd: 'Denken is overroepen, in de weer blijven, doen, niet omkijken, zo kan een mens het leven overleven.' Toch overweeg ik om gewoon weer mijn bed in te kruipen, of om in de salon een deken tot onder mijn kin te trekken en zeven afleveringen na mekaar te bekijken. Nieuwe beelden opslaan, of dat toch proberen. Maar ik blijf gewoon waar ik ben. Alsof er een olifant op mij is gaan zitten die ik nooit meer van mij af zal krijgen.

Het huis lijkt eindeloos leeg. Ik leg mijn handen in mijn nek. Ik wil hier weg. Ik wil nergens naartoe. Ik wil schreeuwen en voor altijd zwijgen. Ik wil dat die geluiden verdwijnen. Ik wil die beelden niet meer zien. Ik wil iets doen. Ik moet iets doen. En opeens word ik waanzinnig kwaad op mezelf. Op mijn hurken begin ik het tapijt op te rollen. Ik pak het met twee handen aan een uiteinde vast, en sleur het naar buiten. Over het gras is dat eigenlijk niet te doen, maar daar duw ik het al rollend verder, met mijn kont in de lucht. Ik puf en ik hijg, ik moet echt dringend weer een of andere sport gaan doen, mijn conditie is om te janken zo slecht. Ik kom overeind en stamp het verder en verder de tuin in, tot ik vlak bij het tuinhuis ben. Daar staat de ton die mijn vader gebruikt om vuur te maken als ze buiten feesten geven. Ik wring en stomp en duw en trek tot het tapijt er min of meer helemaal in gepropt zit. Ik hijg alsof ik een marathon heb gelopen, mijn hoofd gloeit.

Ik zoek onder het afdak de bidon met benzine, giet een goeie scheut in de ton, een paar brandende lucifers tegelijk erin en whoof. In geen tijd wordt het een groot en knetterend vuur. De vonken springen ervan af, ik voel de hitte, ik deins achteruit en kijk. Een donkere rookpluim walmt ernstig de lucht in, een vreemde geur verspreidt zich, een goudvink maakt zich tsjilpend uit de voeten, alsof hij groot onheil wil ontvluchten nu het nog kan, ik kijk hem na, ik wou dat ik mee kon.

Ik hoor de kinderen van de buren joelen in hun tuin, een auto remt alsof het bijna te laat was. Ik wou dat de wereld daarbuiten verdween. Ik wou dat ik niet langer in mijn hoofd hoefde te wonen. Ik wou dat ik verstandiger was geweest.

Ik kijk naar de vlammen. Ik probeer niet te denken aan dat moment. Ik probeer niet te denken aan morgen, niet aan de klas waar Cynthia twee rijen achter mij zit. Misschien blijf ik wel thuis. Misschien verander ik wel van school. Ik probeer niet te denken aan de vragen van mijn ouders over het tapijt. Niet aan de blik van Manon, die mij te goed kent om niks te vragen. Niet aan mijzelf. Mijn pa zegt altijd: 'Wie het leven moeilijk maakt, heeft dat aan zichzelf te danken.' Hij heeft gegarandeerd gelijk.

DRIE

Ik zag Cynthia opeens op dat tapijt gaan liggen en Lander naar zich toe trekken, zodat hij met zijn hoofd op haar buik belandde. Ik wist mezelf geen houding te geven, maar blijven staan zag er al te knullig uit, dus zit ik hier nu, in kleermakerszit, vlakbij. Ik ben bezweet van het dansen, mijn truitje prikt in mijn hals. Terwijl ik zit te denken dat ik even snel naar de badkamer moet hollen om deo te spuiten, neemt Lander mijn hand en gezwind leidt hij mij zo dat ik met mijn hoofd, tja, eerder op zijn kruis dan op zijn buik kom te liggen. Ik denk: eat that, Cynthia, die avond wordt hier alsnog van mij.

Ik vraag me af of hij een stijve heeft, ik vermoed van wel, maar zeker ben ik niet. Ik weet niet wat er nu van mij verwacht wordt, ik durf amper nog te bewegen. De muziek staat een stuk zachter dan daarnet, Lander heeft een oude jazzplaat van mijn pa opgezet.

Glenn was drank gaan halen in de keuken, als hij terugkomt en ons zo met zijn drieën ziet liggen, zet hij de glazen weg en komt hij op zijn knieën bij mij zitten. Hij legt een hand op mijn buik, en wriemelt mijn truitje een beetje naar boven. Er is genoeg licht om zijn vlekkerige acnehuid te kunnen zien, vooral op zijn glimmende voorhoofd lijkt er wel een kleine zwerm kwaadwillende insecten tekeer te zijn gegaan. Maar ik wil mijn plekje bij Lander niet kwijt, Cynthia een beetje kennende gaat zij dan meteen over tot de grote middelen, en dan is het te laat.

Terwijl Glenn onhandig aan mijn buik prutst, streelt Lander mijn haar en mijn wang, dat mag hij uren blijven doen. Ik vraag me wel af wat Cynthia met hem aan het uitvreten is, maar ik durf die kant niet op te kijken. Dan duwt Glenn zijn vingers tussen de rand van mijn broek en mijn bloot vel. Hij kruipt almaar lager, tot hij net onder de elastiek van mijn slip zit. Ik knijp mijn ogen dicht en probeer me in te beelden dat het Lander is die dat doet.

Ik voel een hand op mijn borst, ze streelt heen en weer langs mijn trui, ik voel Landers arm tegen mijn wang, dat is echt zijn hand. En nee, ik wil niet weten waar zijn andere is. Dan glijdt hij onder mijn truitje, en knijpt in mijn linkerborst. Eerst zit mijn bh ertussen, dan wriemelt hij eronder. De beugels draaien in een ongemakkelijk soort knoop, een uiteinde steekt priemend in mijn vel. Hij kneedt mijn borst alsof het brooddeeg is. Dan hoor ik Cynthia hijgen. Ik besef opeens dat ik helemaal niks terugdoe voor Lander. Ik begin alvast ook maar wat onbestemd te kreunen, dat hij tenminste niet denkt dat ik een frigide trut zou zijn of zo.

Ineens trekt Glenn de rits van mijn broek naar beneden, hij verdwijnt met zijn hand helemaal in mijn slip nu. Hij wrijft wat ruw heen en weer langs mijn schaamlippen, alsof ze vuil waren en hij ze probeerde af te vegen. Ik probeer niet aan de acne van Glenn te denken, ik probeer naar Lander te kijken zonder te zien wat hij met Cynthia aan het uitspoken is. Dan voel ik hoe Lander rechtop komt zitten, mijn hoofd blijft min of meer op dezelfde plaats, hij kneedt verder tot mijn borsten er wat pijn van gaan doen.

Ik overweeg om ook rechtop te komen en mij naar Lander te draaien. Ik beweeg alvast mijn hoofd een beetje en zie opeens vanuit mijn ooghoek hoe Cynthia's broek aan haar knieën bungelt, en dan zie ik Landers andere hand in de weer ter hoogte van haar kut.

Lander zal mij de preutse van de twee vinden, denk ik, ik heb eigenlijk nog al mijn kleren aan. Het is niet omdat ik nog maar met drie jongens zo'n beetje heb zitten prutsen, heel voorzichtig allemaal, dat ik dat nu moet laten blijken.

Glenn wrijft onduidelijk verder, straks liggen mijn schaamlippen open. Ik draai mijn bekken een tik, en het wrijven stopt. Ik schuif mijn hoofd wat opzij, ga met mijn hand naar zijn kruis en wrijf langs de bobbel in zijn broek. Lander glimlacht naar mij, wat is het een mooie jongen, met dat prachtige haar van hem en die lichte ogen. Ik wou dat hij mij kuste, hij kan vast goed kussen, denk ik, en kussen vind ik lekker, dat is iets wat ik wel al weet.

Lander ritst zijn broek open, trekt die wat naar beneden, en haalt zijn lul tevoorschijn. Nu ik hem zo dichtbij zie, krijg ik er een beetje schrik van. De twee pikken die ik tot nu toe heb gezien zaten veilig lager, ver weg van mijn gezicht, en eentje kwam zelfs maar zo'n beetje piepen uit een onderbroek. Er zit veel haar op zijn ballen, donkerder dan het blonde op zijn hoofd.

Ik aarzel zo'n beetje met die hand. Ik weet wel ongeveer wat de bedoeling is, maar hoe hard of zacht het dan precies goed is, ik heb geen idee. Ik aai alvast maar wat onbestemd langs zijn ballen. Dan hoor ik Cynthia weer kreunen, harder dan voordien. Dat doet ze expres, om de aandacht weer naar zich toe te trekken, zo is zij in alles. Maar ik geef me niet zomaar gewonnen, ik leg mijn hand om zijn lul, en ga steviger tekeer, zo is hij ook met mijn borsten, dus ik hoop maar dat ik het juist doe. Lander sluit zijn ogen, dat lijkt me een goed teken, maar hij blijft ondertussen wel gewoon verder in de weer met Cynthia. Dan zie ik hoe zij tegen hem aan kruipt en hem in zijn nek begint te kussen, terwijl hij met zijn hand bij mij blijft. Ik trek nog wat steviger aan zijn pik, proberen, denk ik.

Terwijl ik met mijn hoofd iets naar achter glijd om wat meer afstand te maken, zie ik opeens Glenn boven mij. Hij heeft al zijn kleren uitgetrokken, en een kleine meter boven mijn hoofd wappert een nog grotere lul met een rare knik erin.

'Au', zegt Lander opeens.

Ik geneer mij dood.

'Sorry, ik...'

'Het is niks, ge zijt gewoon te geil gij, lekker hevig sletje,' hij gebruikt zijn zachtste stem om dat te zeggen, dat stelt mij wat gerust. 'Maar Liv,' hij aarzelt gespeeld, de 'v' rekkend, 'ik wil uw tetjes zien, toe, laat ze mij eens zien.'

Ik wil mijn truitje niet uittrekken, ik wil niet dat die anderen mij zien, maar ik wil Lander ook niet teleurstellen.

'Ja, kom,' zegt Glenn, die op zijn knieën bij mij is komen zitten, 'alles uit.'

Hij trekt mij rechtop tot ik zit, hij doet mijn truitje uit en maakt behendig mijn bh los. En daar zit ik, halfnaakt, een paspop die zich laat bepotelen, en ik probeer in Landers ogen te kijken en de rest te vergeten. Ik zie hoe Cynthia meteen ook haar bloesje uitspeelt, en zelf haar bh losmaakt. Typisch. Lander kijkt gebiologeerd naar haar borsten, ze zijn beduidend groter dan de mijne. Glenn grijpt naar mijn tepels, en zuigt eraan. Ik zie zijn vuurrode voorhoofd, zijn bruinige piekhaar, en mijn eigen bleke blote borst. Dan bijt hij in mijn tepel, hard, het doet echt pijn. Ik zie dat hij ook acne op zijn rug heeft.

Lander streelt langs mijn schouders, gaat naar beneden, neemt dan mijn hand die op zijn ballen lag, en brengt ze weer naar zijn pik. Cynthia ligt nu met haar benen open naar Lander, een voet tegen zijn schouder, de teennagels zwart gelakt. Ik draai mijn gezicht weg van haar, buig naar Lander en kus hem terwijl ik hem voorzichtig aftrek. Hij kust mij amper terug, likt met een lange tong langs mijn nek, bijt in mijn oor.

Hij fluistert: 'Lekkere Liv, ik wil dat ge Glenn pijpt. Ik wil dat ge Glenns grote lul in uw mondje neemt en dat ik kan kijken naar u terwijl ge dat doet, en daarna ga ik u pakken, in dat natte kutje van u. Wat denkt ge daarvan?'

Ik kijk naar de kromme pik van Glenn, het wordt wel allemaal heel concreet. Ik moet hier weg, denk ik, ik kan hier zo niet blijven. Glenn bijt in mijn borst, dan in mijn nek, hij kruipt weer rechtop, en trekt mij op mijn knieën tot vlak voor hem.

'Ik euhm...'

Lander wriemelt mijn broek en mijn slip half naar beneden, zo'n beetje tussen mijn kont en mijn knieën, hij glijdt met een vinger langs mijn bilspleet.

Dan zegt hij hees: 'Toe, zuig hem af, sletje dat ge zijt.'

Ik heb nog nooit een gast gepijpt, en ik wil deze gast hoegenaamd niet pijpen. Ik kijk naar Lander, Cynthia heeft ondertussen zijn lul in haar mond genomen. Ik wil niet dat zij aan hem zit, ik moet iets doen.

'Geil hè?' zegt Glenn.

Lander fezelt: 'Toe, laat mij kijken, ik vind u zo geil, ik ga u zo kussen en neuken zo meteen, als ge lekker warmgelopen zijt,' hij mept op mijn kont, 'doe het voor mij.'

Plots neemt Glenn met zijn twee handen mijn hoofd vast, zijn handen liggen over mijn oren, zijn vingers reiken tot in mijn nek, en zo duwt hij zijn lul in mijn mond. Het is gebeurd voor ik het goed en wel besef. Het ruikt duf en zurig tegelijk. Ik wil dit ding niet in mijn mond, denk ik, ik trek mijn hoofd naar rechts, maar Glenns handen grijpen mijn hoofd nog steviger vast. Hij duwt zijn immense lul naar binnen en naar buiten. Eerst nog langzaam, dan almaar sneller. Ik voel het stugge haar van zijn ballen tegen mijn kin prikken. Ik denk dat Lander iets zegt, maar ik hoor niet wat door die twee handen op mijn oren. Glenn beukt met zijn pik in mij. Een paar keer raakt-ie mijn keel, helemaal achteraan, en moet ik kokhalzen. Hij gaat gewoon door. Ik wil mijn hoofd wegtrekken, maar zijn grip is veel te sterk. Hij beukt harder en harder, ik voel hem over heel mijn gezicht, zijn klamme buik tegen mijn voorhoofd, zijn ballen kletsen tegen mijn kin. Lander trekt zijn hand weg. Als ik kon roepen zou ik roepen, denk ik. Maar ik doe niks, kan niks, alsof mijn lijf niet meer van mij is.

Ik probeer te luisteren naar het liedje, dat liedje met die saxofoon dat ik al mooi vond toen ik nog klein was. Ik probeer het tapijt te voelen onder mijn knieën. Ik probeer te denken aan de glimlach van Lander. De lul van Glenn bonkt genadeloos in mijn mond, het voelt alsof ik niet meer door mijn neus kan ademen, ik geloof dat ik ga stikken. En dan, op dat moment, houdt hij halt, ik voel zijn lijf opspannen, hij knijpt mijn hoofd bijna fijn met die grote zweethanden, en dan hoor ik een stille schreeuw en mijn mond loopt vol. Bitter, lauwig. Ik hou mijn mond open en met mijn kin tegen mijn borstkas laat ik het eruit druipen, op het tapijt. Ik zak naar de grond en blijf zitten, ik houd een arm voor mijn borsten.

Glenn staat daar, zijn ogen dichtgeknepen, hij heeft zijn pik in zijn hand, als om hem te beschermen. Achter mij hoor ik Lander hijgen en een beetje kreunen, ik wil niet kijken. Ik voel zijn hand aan mijn kont. Ik hoor gesop en gezuig. 'Ja, ja, ja, nog, ja, lekker meisje, ja, ja, o, ik ga, o.' Even wordt het stil, hij knijpt in mijn bil, en dan, grommend, kreunend: 'Godverdomme, godverdomme, jaaa.'

TWEE

Ik had speciaal een nieuw rokje en een nieuw truitje gekocht met het geld van al dat babysitten, maar nu ik voor de spiegel sta, denk ik toch dat ik fout heb gekozen. Manon heeft ervoor gezorgd dat Lander en een vriend van hem ook komen, via een vriendin van haar die hen kende. Ik heb nog maar twee keer met hem gepraat, maar ik vind hem wel echt de max. Met die blonde bles van hem en hoe kwetsbaar hij uit zijn ogen kan kijken, daar heb ik dan een zwak voor. Hij is bezig met muziek en graffiti en hij blowt niet, omdat hij er geen behoefte aan heeft om iemand anders te zijn dan hij is, zei hij, en dat doet mij dan smelten. Manon is ervan overtuigd dat hij interesse heeft, dat denkt ze nu wel altijd, gewoon omdat ze mij ook gunt wat zij heeft. Zij is nu al elf maanden met Billy en die twee zijn zo zalig samen. Vaak met zijn tweeën op stap en zo megalief met de ander en ze kunnen ook heel goed praten, zegt Manon. Ik ben de enige van onze bende zonder liefdesleven van enige tel.

Ik heb dat andere rokje bij dat truitje aangetrokken, maar dat is echt niet beter. Ik sta draaiend voor de spiegel en wou dat ik de benen van Manon had. Mijn ma zei onlangs: 'Als gij zo voortdoet gaat gij dik zijn tegen uw twintigste.' Mijn ma danst, voor haar is iedereen dik die er niet even ziekelijk afgetraind uitziet als zij, en sinds Lena wegging en zij de oudste van de compagnie werd, is dat bepaald niet verbeterd.

Die paarse rok is nog erger, denk ik, en dan trek ik gewoon die donkergroene broek aan. Ik moet eigenlijk voortmaken, over een goed uur staat iedereen hier. Ik heb samen met Manon breezers gehaald, veel bier, wat cola en water, en nootjes en keiveel chips en een bloemkool, want Cynthia komt ook mee, en zij doet altijd moeilijk als er niks gezonds is. We hebben alle lichten gedimd met kleurenfilters die ik gisteren boven nog had gevonden in een doos van mijn pa. En ik heb alles wat van mijn ouders is en kapot kon in de kelder gezet, bij zijn goeie wijnen en zijn sterkedrank, die deur kan op slot namelijk. Sinds ik het huis zo vaak voor mij alleen heb, is dit de plek geworden waar ze allemaal willen komen feesten, wat wel leuk is, maar toch ook een beetje stressy. Ik zet alles klaar in de keuken, kijk nog eens rond in de woonkamer, dat ziet er goed uit.

Lander draagt een kostuumvestje met een wit T-shirt op een zwarte jeans, echt vet, en zijn ogen zijn nog blauwer dan ik ze mij herinner. Hij zit in het laatste jaar van het atheneum, maar zo ziet hij eruit alsof hij al aan de universiteit zit. Hij wil pedagogie gaan studeren, heeft hij mij vorige keer verteld, om later te werken met kinderen met een beperking, ook omdat zijn eigen broertje zwaar autistisch is, dat vond ik superschattig.

Toen hij binnenkwam, gaf hij mij een kus vlak naast mijn mond. Hij rook lekker en hij had twee flessen wijn meegebracht, wat wel heel gul is, en hij zei dat hij mijn truitje echt nice vond. Manon zag het gebeuren en lachte naar mij.

Billy zorgt voor de muziek. Iedereen is met iemand aan het praten, iedereen heeft drank, alles gaat vanzelf, lekker chill. Het lijkt een topfeestje te gaan worden, ik ontspan een beetje. Maar als ik terugkom uit de keuken zie ik dat Cynthia volle bak met Lander aan het babbelen is. Manon gebaart met haar hoofd: er is nog een plaats in de sofa naast de zijne.

Ik ga zitten en lach naar hem. Ik ben er zeker van dat die er geforceerd en schaapachtig uitzag, maar ik neem een slok van de wijn en zeg hem hoe lekker die is, ook al was Cynthia eigenlijk iets tegen hem aan het vertellen. Dan komt Glenn naast mij zitten. Hij is niet het soort gast waar ik normaal mee zou omgaan, maar het is een vriend van Lander, dus wil ik wel vriendelijk zijn. Mensen die niet tof doen tegen mijn maten vind ik alvast niks.

Terwijl Glenn een verhaal afsteekt over een reis die hij gemaakt heeft naar Ibiza, en hoe onstuimig het er daar aan toe ging, zie ik Lander af en toe naar mij kijken. Als hij op een gegeven moment opstaat om iedereen bij te schenken, houdt hij de fles boven mijn glas en kijkt mij aan.

'En voor het mooie meisje?', en dan glimlacht hij.

'Het meisje wil graag nog een beetje.'

'Meisjes die altijd nog een beetje willen zijn de goeie,' en hij lacht nog breder. Juist op dat moment legt Glenn een hand op mijn knie. Ik probeer met mijn blik duidelijk te maken aan Lander dat ik daar niet op uit ben, dat Glenn mij geen fuck interesseert, dat ik hém de moeite vind, en dat Cynthia geen kwaaie is, maar nu toch ook niet echt een catch of zo. Maar dat is natuurlijk veel informatie om in één blik te stoppen, dus ik weet niet of hij mij heeft begrepen.

Opeens roept er iemand dat het tijd is om te dansen. Luide muziek dendert door de kamer. En dan zegt Cynthia: 'Komaan, Lander.' Ze springt op en wenkt hem, zo theatraal dat mijn maag ervan opspeelt. Ze maakt een pruillip als hij niet meteen in actie schiet. Het kan toch niet dat Lander dat niet verschrikkelijk belachelijk vindt allemaal, zit ik te denken. Op dat moment gaat hij haar achterna.

Daarop legt Glenn een hand in mijn nek, trekt mij spelenderwijs omhoog uit de zetel, en maakt een beweging met zijn hoofd richting de dansvloer. Ik volg maar, omdat ik het gesprek al een tijdje saaier vind dan de zomerbeelden op de televisie. Terwijl ik sta te dansen, houdt Lander mij in het oog. Ik draai nog wat harder met mijn kont, zoals ik dat voor de spiegel heb staan oefenen.

Als ik even pauzeer, stopt Lander ook vrijwel meteen met shaken en komt hij op mij afgelopen. Hij neemt de sigaret die achter zijn oor zat tussen zijn vingers en wil weten of ik rook. Ik schud van nee, en dan vraagt hij of ik niet toch met hem even mee naar buiten wil. Ik knik en hij slaat een arm om mijn schouder, heel nonchalant, alsof hij dat al honderden keren heeft gedaan. Ziehier, Cynthia, denk ik triomfantelijk. Ik voel zijn arm warm en zwaar op mijn schouder, ik ruik zijn shampoo.

Wanneer we buiten staan, draait hij zich met zijn rug naar het groepje van mijn klas, als om te zeggen dat ze 't niet in hun hoofd moeten halen om ons te storen. In de verte staat Manon tegen Billy aan geplakt, zij steekt haar duim omhoog.

EEN

Zijn koffer staat al klaar aan de deur.

'Hier brandt de lamp,' roept hij vanuit de woonkamer. Hij heeft de goeie tafel gedekt. Croissants, boterkoeken, donker brood, manchego, prosciutto en dadelbrood van die delicatessenwinkel waar hij zo dol op is. 'En een koffie voor mijn favoriete meisje,' zegt hij, en hij zet het kopje in het schoteltje.

'Merci, mijn favoriete vader.'

Ik grijns naar hem.

Mijn pa leerde mij koffiedrinken toen ik zes was. Mijn ma kon zo kwaad op hem worden als hij zoiets deed. Maar hij was er trots op dat ik als kind voluit ging voor volwassen smaken, dat ik de olijven boven de chips verkoos en de oesters met een glimlach naar binnen speelde. Als ons huis weer eens vol volk zat, liet hij mij wel eens opdraven om het live te demonstreren, dat ik de borrelnootjes met paprikasmaak links liet liggen en naar de zoutste ansjovis greep, en ik genoot van alle mensen die druk deden over mij.

'Een ontbijtje voor ons twee, ik heb me eens lekker laten gaan nu uw moeder het niet ziet.'

Hij straalt. Ik glimlach naar hem. Ik vind het eigenlijk niet cool dat hij alweer vertrekt, hij was nog maar elf dagen thuis, maar hij is altijd zo blij als hij weer mag gaan regisseren, en ik wil het dan voor hem geenszins verpesten.

'Zalig. Merci.'

Ik ga zitten en vraag hem of hij nu al rond is geraakt met zijn voorbereiding, want gisteren zat hij nog in de knoop met de rol van een nevenpersonage. Terwijl hij enthousiast vertelt, kijk ik naar zijn gezicht. Sinds kort laat hij zijn baard groeien, het staat hem eigenlijk wel, al is het volgens mij een poging om er jonger uit te zien, wat dan weer niet zo geweldig lukt, vind ik.

Terwijl hij zit te jubelen over de actrice waar hij zo benieuwd naar is, een bekende blijkbaar, maar met een divareputatie om u tegen te zeggen, wordt er buiten geclaxonneerd. De taxi is er al. Mijn pa propt een halve croissant met kaas in één beweging naar binnen, en loopt fanatiek kauwend de gang in op zoek naar zijn jas.

'Gaat ge niet te braaf zijn?' roept hij met zijn mond nog halfvol.

'Ik zal proberen.'

Grijnzend komt hij weer naar binnen, zijn jas scheef dichtgeknoopt. Ik maak hem weer open en doe de knopen juist weer dicht. Hij legt zijn handen op mijn schouders, plechtig bijna.

'Weet gij wel hoe trots ik op u ben, zelfstandiger dan veel anderen op hun twintigste?'

'Ach.'

'Als er iets is, moet ge bellen, hè. Tijdens de repetities staat mijn telefoon uit, maar ik check altijd in de pauzes.' Hij hangt zijn computertas om zijn schouder. 'O ja, trouwens, uw moeder liet mij nog weten dat ze niet de zesde, maar de zevende aankomt, iets met het vliegticket, dus ze is,' hij staart in de verte, 'over twaalf dagen alweer terug.'

Hij geeft mij een luide kus op mijn wang, om mij te plagen, neemt zijn koffer in zijn ene hand, zwaait met de andere nog een laatste keer. Ik kijk naar hem, breed lachend, om niet te hoeven zeggen wat ik allemaal denk. Dan trekt hij de deur achter zich dicht. John Cale zingt: 'I keep a close watch on this heart of mine', mijn pa is zot van John Cale. Ik zet het af, draai de radio aan. Ik zie door het raam de taxi wegrijden. 'Dag papa.'

Ik kijk rond in dit grote huis en vraag mij af wat ik nu eens zal doen. Manon ging met Billy naar de vijver, dus met haar kan ik niks afspreken. Waar de anderen uithangen weet ik niet, maar op zondag zijn zij meestal bij familie of hun lief of zo. Ik heb geen zin om te studeren.

Vroeger zou ik nu met Illiana een belachelijke work-out doen, samen voor de televisie, zij was geobsedeerd door fit blijven. Of proberen te zingen in twee stemmen, zij vond dat ik talent had, wat helemaal nergens op sloeg, maar zij had vroeger nog zangles gevolgd en beweerde het beter te weten dan ik. Of naar het station gaan, zomaar de eerste trein nemen en reizen tot het eindstation, kijken wat er daar te beleven viel. Dat bleek dan soms minder dan niks te zijn, maar dat vonden we nooit zo erg.

Ik begreep het wel dat mijn ouders het raar vonden om voor mij nog een nieuwe nanny te zoeken. Toen ze stierf werd ik twee maanden later al vijftien. Ze mocht gewoon niet dood zijn gegaan. Ze had mij niet in de steek mogen laten. Ik kijk naar de foto van haar die op de vensterbank staat. Ze draagt felroze oogschaduw en bijpassende lippenstift en ze kijkt gespeeld bedenkelijk. Het is een grappig beeld, ik herinner mij de middag nog waarop ik die heb genomen. Illiana.

Ik ruim de tafel af. Aan de kant van papa is het een slagveld, onbegrijpelijk hoe iemand de boel zo vuil kan maken met een simpel ontbijt. 'Het wordt een leuke week,' zeg ik tegen mijzelf terwijl ik de rest van de croissants weer in de zak stop, 'woensdag logeer ik bij Manon, donderdag hebben we projectdag op school, en vrijdag is er hier weer een gaaf feestje, dat gaat gewoon de max zijn.' Uw leven is wat ge er zelf van maakt, zegt mijn pa, en mijn pa heeft altijd gelijk.

misschien is gemis wel het meest tastbare bewijs van
geluk moest hij toen denken

EEN

Hij zat met zijn knieën op het asfalt, keek naar het meisje en bad dat zij niet de volgende zou zijn. Ze was metershoog de lucht in gevlogen en toen neergekomen, hij had het zien gebeuren. Hij staarde naar haar glimmend witte sportschoen, amper gedragen, zoals die daar lag, een heel eind verder in het geschemer van de straatverlichting.

Oscar had zitten studeren in zijn cursus Geschiedenis van de Iberische wereld en toen hij voor zijn middernachtsnack in de keukenkasten ging kijken, vond hij de lange vingers niet. Het was de zoveelste keer dat een van de anderen in het studentenhuis ze had opgegeten, hoewel hij een eigen opbergdoos had, met zijn naam in grote letters op het deksel. Hij haatte het als ze aan zijn spullen zaten, hij haatte het als er geen lange vingers waren terwijl hij daar zijn zinnen op had gezet.

Oscar twijfelde. Hij had geen zin in de kou buiten, maar zonder die koekjes zou hij zijn concentratie ook niet kunnen terugvinden, dus trok hij zijn jas aan, knoopte zijn warmste sjaal om en sprong op de fiets. Hij ging staan en trapte hard om het warm te krijgen, zijn voeten stevig op de pedalen.

Net achter die scherpe bocht gebeurde het. Een meisje kwam uit het niks de straat op gerend. Een bleke veeg in het zwart van de nacht. De chauffeur had het ongeluk onmogelijk kunnen vermijden. Oscar zag het meisje door de lucht tuimelen, alsof ze een radslag maakte. Als hij vergat wat er aan het gebeuren was, had hij het bijna mooi gevonden. Toen kwam die smak, tegen de grond, met de voeten eerst. Hij schreeuwde, gooide zijn fiets neer, rende ernaartoe. Terwijl hij dat deed, gaf de auto, die wat verderop tot stilstand was gekomen, opnieuw gas. Met gierende banden sjeesde hij weg.

Oscar zat op de gure straat en hij durfde niet heel goed te kijken, want hij zag wel dat er iets mis was daarbeneden. Hij richtte zijn blik op haar gezicht. Er was bloed, maar niet heel veel. Ze had de kleur van winterkou, haar asblonde haar hing in kleverige slierten om haar hoofd, en de houding van haar lijf, zoiets had hij nooit eerder gezien, alsof zij niet vooral rondingen maar hoeken had. Hij leunde dichter naar haar toe, ze ademde nog, ze was er nog.

Ze droeg geen jas, alleen een lichte jeans en een dunne, staalblauwe trui, zo vreemd met dit weer. Hij moest iets doen, maar actie was nooit zijn sterkste kant geweest. Hij trok zijn jas uit en legde die alvast over haar heen. Hij mocht haar niet verplaatsen, wist hij, maar haar hier zomaar laten liggen, midden op die slecht verlichte weg, dat vond hij ook maar eng. Hij zette zijn fiets een paar meter verder, als geïmproviseerde gevarendriehoek, knielde bij haar neer om te zeggen dat hij de ambulance zou bellen, en opeens greep ze zijn arm vast. Hij schrok zich een ongeluk. Hij hield er nog altijd niet zo van als mensen hem zomaar aanraakten, maar zij mocht zijn arm zo blijven vasthouden, met deze behoorlijk sterke grip, het gaf hem moed. Ze probeerde haar ogen te openen, iets te zeggen, haar gezicht een en al verkrampte grimas.

'Niet praten,' zei hij, bang dat ze haar laatste krachten zou verspelen, 'ik ga... Ik bel de honderdentwaalf,' zei hij tegen haar, of tegen zichzelf misschien. Hij zocht in de zakken van de jas naar zijn telefoon. Waar was dat kloteding nu? Hij had 'm toch godverdomme niet op zijn bureau laten liggen? In de binnenzak, de laatste die hij controleerde, vond hij 'm natuurlijk pas. Ze bleef in zijn arm knijpen, leek hem niet los te willen laten. En hij aarzelde over zijn volgende stap. Hij kreeg jeuk, jeuk over zijn hele lijf. Wat wilde ze toch? Hij leunde voorover, bracht zijn gezicht dicht bij het hare, en bleef onbestemd hangen, in de hoop dat dat het voor haar makkelijker zou maken. Ze rook naar straat en wierook.

'Niet,' fluisterde ze, het klonk vreemd sputterend.

'Wat niet?'

Ze loste grip, hij panikeerde.

'Ik ga nu bellen. Hou vol.'

Hij ging staan, tikte het nummer in, hij kreeg gehoor, deed gehaast zijn verhaal zonder veel details. Haar ademhaling was onregelmatig, ze kermde zachtjes.

'Nog een paar minuten, een paar maar,' zei hij, 'hulp is onderweg.'

Dat had de operator ook gezegd, en hem had dat vertrouwen gegeven, een beetje toch.

Hij had geprobeerd om elders te kijken, maar het was te laat, die voet, dat was wel duidelijk, dat kwam niet goed. Het verbaasde hem dat ze niet harder krijste, ze was vast in een soort verdovende shock. Oscar telde de seconden. Hij wilde met zijn hand langs haar wang strijken, of haar hand vasthouden, iets geruststellends proberen, maar hij deed niks. Hij bleef zitten en hij staarde naar haar. Omdat de ziekenwagen almaar niet kwam, begon hij zachtjes te praten. Dat ze sterk was, dat ze zeker nog even kon volhouden tot de ambulance kwam, en dat ze hem niet alleen mocht laten. Achteraf hoopte hij dat ze die laatste zin niet had gehoord, of het zich desnoods gewoon niet meer zou herinneren later. Als ze dit te boven kwam, tenminste. Als zij niet de volgende was. Maar dat kon gewoon niet. Hij schudde zijn hoofd terwijl hij dat dacht.

Toen hoorde hij de sirene, gedempt nog, uit een verre verte, maar ze kwamen eraan.

TWEE

Hij had al van alles zien doodgaan, van alles. Terwijl hij naar het ziekenhuis fietste, wilde Oscar almaar aan goeie dingen denken, maar zijn gedachten waren zo vaak niet van hem.

De eerste keer was hij zes, of misschien net zeven. Zijn zusje was op bezoek geweest bij de buren, Bernhard en Ida. Hadden ze hem toen gevraagd om er een gooi naar te doen, hij zou gegokt hebben dat ze gauw hun honderdste verjaardag gingen vieren. Alles aan die twee was oud, en meer nog: stil. Hoe Bernhard en Ida praatten, hoe ze door de kamers schuifelden, hoe ze voorzichtig kopjes uit de kast namen voor de warme chocolademelk die hij en zijn zusje er kregen, gemaakt met echte chocolade, en hoe ze de zacht knisperende verpakking openmaakten van de lange vingers voor erbij. Nooit speelde er een radio, naar de televisie keken ze zelden, en de klok die om het uur sloeg hadden ze stilgezet omdat ze dat geluid unheimlich vonden, zeiden ze. Oscar had toen niet geweten wat dat woord betekende, maar hij verstond het wel, dacht hij.

Als hij had gemogen, hij zou er elke dag naartoe zijn gegaan, want thuis was alles zo druk en veel en bangmakend dat zelfs onder twee hoofdkussens én een dekbed kruipen niks oploste. Hij moest nu nog maar in de trein stappen richting thuis, en er kneep iets zijn maag samen.

Oscar zag het zo voor zich, hun grote aquarium, even stil als zij en hun huis. Bernhard hield veel van de onderwaterwereld, zoals hij dat consequent noemde. Dat kon Oscar toen al goed begrijpen. Alles leek daar zachter te zijn en trager te gaan dan buiten. Als

Bernhard een nieuwe had gekocht, kregen ze het hele verhaal: tot welke familie de vis behoorde, dat hij muggenlarven at, en krulvliegen, hoe je de mannetjes van de vrouwtjes kon onderscheiden. Elk exemplaar kreeg ook een naam, hoewel Oscar de soortnaam vaak nog mooier vond. Hij herinnerde zich de Afrikaanse rugzwemmer, de borstelneus en de blinde holenvis, als kleine jongen was hij blij opgelucht geweest toen hij hoorde dat die niet echt blind was.

Op een dag kwam zijn zusje met haar handen onhandig tegen mekaar aan geklemd. Ze kwam van de buren. Hij vroeg wat ze bij zich had. 'Niks,' riep ze terug, en ze liep meteen naar boven. Oscar volgde haar en tegen alle regels in stormde hij haar kamer binnen zonder te kloppen. Hij zag 'm meteen, op haar pastelgele dekbed: Melchior, de Hemelse Pareldanio die Bernhard nog maar twee weken geleden had gekocht. Ida vond dat hij een naam had als een liedje. Het was een prachtig visje, dat zou Oscar ook vandaag nog vinden, wist hij zeker: glinsterend blauwgrijs, vlammend oranje in de vinnen, en op zijn lijfje witte stippen, alsof hij een zebra was, maar dan met stippen, dacht Oscar toen. Melchiors mondje hapte in de lucht, en zijn ene oogje leek groter dan normaal. Oscar had verontwaardigd naar zijn zusje gekeken. Zij staarde koud terug, niet eens betrapt, helemaal zij, vond hij. Dat vissen water nodig hebben, had hij gezegd, en dat Bernhard Melchior nodig had. Zijn zusje had hem aangestaard alsof hij het domste kind ter wereld was, en 'natuurlijk' gezegd terwijl ze met haar ogen rolde. Ze ging in de keuken iets halen om hem in te doen. 'Pas goed op hem.' Alsof zij de baas was, dat had Oscar zijn hele kindertijd verschrikkelijk gevonden.

Zij was naar beneden gedenderd. Hij hoorde haar kasten open- en dichtmaken, en ondertussen lag Melchior daar. Hij was helemaal niet blij, dat kon Oscar wel zien, ook al was hij nog zo jong toen. Hij overwoog nog even om hem in zijn hand te nemen, en hem zo een beetje te troosten in afwachting van het water, maar hij raakte als kind al niet graag levende dingen aan. Eigenlijk vooral mensen niet, hij wist niet hoe dat zo was gekomen. Hij was maar naar de Hemelse Pareldanio blijven staren, en naar zijn oogje, waar almaar grotere wanhoop in zat, de vis bewoog nog nauwelijks.

'Snel zijn,' had hij naar beneden geroepen. Melchior was helemaal stilgevallen, alsof de batterijen op waren. Oscar wist wel wat dat betekende, zo dom was hij niet. Hij hoorde zijn zusje weer naar boven komen, maar tot ze er was, had hij ook nog wat tegen hem gepraat, zoals hij Bernhard soms hoorde doen. Dat hij vermoedde dat Hemelse Pareldanio's meteen naar de vissenhemel gingen, en dat Bernhard hem zeker zou missen, en hij ook, en de Afrikaanse rugzwemmer, de blinde holenvis en de borstelneus. En dat hij nu tenminste nooit meer tegen zijn zin hoefde te zwemmen, of altijd hetzelfde voedsel eten, of uit de weg gaan voor de half gestreepte modderkruiper die zich van de medebewoners in het aquarium werkelijk niks leek aan te trekken. Oscar wist niet of hij dat echt had gezegd of het nu op zijn fiets zat te verzinnen.

Zijn zusje was teruggekomen met een bierglas vol water, alsof verticaal zwemmen een sport was die Hemelse Pareldanio's in hun vrije tijd beoefenden. Hij probeerde al zijn boosheid in zijn blik te leggen. Zij negeerde hem, zoals meestal, stapte op Melchior af en zag toen pas dat de vis niet meer bewoog. Ze pakte hem op en schudde, alsof dat het beter zou maken. Toen de Hemelse Pareldanio even dood bleef als voorheen, zwierde ze hem terug op het dekbed, en zette het op een brullen. 'Moordenaar,' had ze tegen Oscar geschreeuwd. Snikkend ging ze op haar kussen liggen. Door de plof op het bed wipte Melchior nog een keer omhoog. Een vreselijk beeld dat hem in zijn dromen had achtervolgd. Oscar was woest, zoals hij dat als kleine jongen wel vaker werd, maar hij slikte het in. Tegen zijn zus kon hij nu eenmaal niks beginnen.

Dan was er ook nog: de muis die hun kat Wietse als trofee aan de voordeur had gelegd. Ze bewoog nog een heel klein beetje toen Oscar 'm vond. Hij had hem Achiel gedoopt, maar lang had hij die naam niet meer kunnen dragen. Oscar zorgde voor een klein begrafenisje, in de tuin achter de magnolia, met boven op het grafje een kruisje dat hij van een rietje had gemaakt. De dag nadien was dat al weggewaaid, maar het was het gebaar dat telde, vond hij. Zijn zusje had de muis in het kuiltje gelegd. Dat was lief van haar, dat ze dat voor hem deed, dat moest hij toegeven. Zij was echt nergens bang voor, dat bewonderde hij wel in haar.

Er was de kip van de overburen die opeens omverviel. Hij was net met zijn arm door de omheining aan het graaien naar noten, en toen zag hij het gebeuren. Hij dacht dat kippen niet omver konden vallen, en dat bleek dus algauw ook een veeg teken te zijn geweest. Terwijl de buurman met blauwe plastic handschoenen het beest in een vuilniszak stopte, keek Oscar gebiologeerd toe. Hij had gevraagd hoe ze heette, de kip, en of ze een leuk leven had gehad. De overbuurman had hem alleen maar vreemd aangekeken. Omdat het nu eenmaal niet zijn kip was, had Oscar zich daarbij neergelegd.

En er was ten slotte ook nog de hond van oma die stierf tijdens het kerstfeestje. Oma had altijd chocolade in huis. Die bewaarde ze in een trommel met een ouderwetse afbeelding van een jongetje met een baret en een cape op het deksel. De chocolade smaakte alsof die ook uit de tijd van dat jongetje kwam. Iedereen had geleerd om beleefd te weigeren als de doos rondging, wat het probleem natuurlijk mee in stand hield, maar goed. Daarom verbaasde het Oscar dat zijn neef Hans een hele reep nam. Niemand zag dat hij de chocolade aan Paloma voerde.

En ook al was Oscar nooit dol geweest op die hond, een lelijke dwergpincher die altijd rilde, ook tijdens de warmste zomerdagen, hij vond toch dat zelfs Paloma dat lot niet had verdiend. Nu, Oscar wist het ook niet, dat chocola puur vergif is voor een hond, en toch had hij de anderen niet tegengesproken toen zij beweerden dat iedereen dat wist, en dat Hans nu door zijn stommiteit dat arme mens haar dierbaarste bezit had afgenomen.

Oscar vroeg zich toen af of een dier wel een bezit was, en waarom zijn moeder over de moeder van zijn vader sprak als dat arme mens. Het jankende sterven van Paloma en de ontredderde tranen van zijn grootmoeder waren hem altijd bijgebleven.

Hij had er overigens nog weten doodgaan, maar dat had hij zelf niet zien gebeuren, en dat waren mensen, dus. Hij duwde stevig op zijn trappers, hij wou nu snel aankomen. Het meisje was vast nog in de operatiekamer, maar hij had haast. Gewoon, om er te zijn.

DRIE

Suze lag zoals meestal met haar gezicht naar de muur. Hij zag alleen haar lange haren, haar smalle schouders, een stukje van haar weke hals, de rug van de zwarte sweater die ze droeg. Altijd in sportkledij, zij, wat vreemd ironisch was voor iemand die weigerde te bewegen. Oscar bleef een beetje staan drentelen in het deurgat, met dat kleine aquarium voor tropische zoetwatervissen.

Hij had haar verteld over Bernhard, Ida en Melchior. Toen had zij gezegd dat ze het een vreselijk verhaal vond. En daarna dat het haar nog wel prettig leek een vis te zijn omdat die maar een geheugen van drie seconden heeft. Hij verzweeg dat wetenschappers ontdekt hadden dat die theorie niet opging, dat vissen intelligente wezens waren die zich een gevaar van vele maanden geleden perfect konden herinneren. Toen ze de dag nadien vissen had geschetst, was hij extra blij dat hij haar die informatie had onthouden.

Suze kon ontzettend mooi tekenen. Het gemak waarmee ze vloeiende lijnen zette, hoe ze een beeld kon creëren met zo weinig, het betoverde hem. Hij had haar eens een figuurtje zien maken op de achterkant van een enveloppe, en hij zag het meteen. De dag nadien had hij een paar schetsblokken en wat potloden en pennen voor haar meegebracht. Ze zei bedankt en legde alles weg. Vijf dagen gingen er voorbij zonder dat ze iets aanraakte, maar toen hij de zesde dag langskwam was ze aan het schetsen. Ze tekende die dag alleen maar voeten, wat ofwel luguber was, of net gezond en helend, daar was hij niet uit. Maar hij vond het heerlijk om haar zo bezig te zien, uiterst geconcentreerd, met haar tong dat tikje uit de mond.

Eergisteren had ze hem geportretteerd. De tekening lag op de stoel waar hij altijd zat toen hij binnenkwam. Hij stond er knapper op dan hij in het echt was, vond hij, zijn portret hing nu boven zijn bureau. Hij wou haar iets teruggeven, maar hij kon zelf niks maken. In de speciaalzaak had hij gevraagd naar een Hemelse Pareldanio, maar die hadden ze niet. Een Afrikaanse rugzwemmer wel, en een borstelneus. Die had hij genomen, en hij was ook nog voor een guppy gegaan, omdat het een sterk, snel visje was, met prachtige, ongrijpbare kleuren, net als die van haar ogen, waar niet alleen bruin, maar ook iets groens en zilvers in leek te zitten.

'Komt ge niet binnen?' ze vroeg het zonder zich om te draaien.

Hij kwam dichterbij, en zette het aquarium op de vensterbank, zodat ze het kon zien.

'Tada,' piepte hij wat onnozel, 'als ge 't belachelijk vindt, neem ik het wel weer mee, ik wou gewoon...'

Suze zei niks, Suze glimlachte, en hij viel stil. Het was de eerste keer dat hij haar glimlach zag. Een lach maakt alle mensen mooier, stond op de kalender die vroeger bij Bernhard en Ida op het toilet hing. Hij had zich toen schuldbewust voorgenomen om wat meer te lachen, dat wist hij nog. Nu hij de hare zag moest hij toegeven dat de domste wijsheden evengoed waarheid bezaten.

Hij zette de bak in de uiterste hoek, zodat ze de vissen kon zien als ze lag zoals ze lag als ze niet sliep. Ze sliep nog altijd veel. Ze was zo moe, zei ze, hij begreep wat ze bedoelde. Als hij durfde, zou hij bij haar op het ziekenhuisbed zijn gaan zitten, maar hij koos de stoel die in haar gezichtsveld stond.

Dat Suze meestal weinig sprak, vond hij geen probleem. Hij kon goed tegen stilte van mensen, en tegen stilte in het algemeen. Het wisselde van dag tot dag, en naar zijn gevoel kreeg ze steeds meer zin in praten.

'We moeten ze namen geven, vindt ge niet?'

Oscar knikte.

'Die noemen we Bernhard, een klein eerbetoon.'

'Dat kleintje is een guppy, die heb ik gekozen omdat...'

'Dan wordt dat Suzy, want een guppy voor Suze kan niet anders heten.'

Nu was het Oscars beurt om te glimlachen.

'En die laatste dopen we Johannes Vermeer, omdat hij de grootste is. Oké?'

'Top,' zei Oscar, blij dat ze het leuk scheen te vinden.

Ze staarde naar de vissen. Meestal was Suze eerder kwaad. Ook op hem, omdat hij niet naar haar had geluisterd. Maar, antwoordde hij dan elke keer, ook als hij wél had begrepen waar zij op aanstuurde, dan nog zou hij hebben gebeld.

'En vandaag?' Hij vroeg het voorzichtig. Meestal stelde hij geen vragen, omdat hij wist dat ze daar niet van hield, maar hij vatte moed door haar enthousiaste reactie op de vissen.

'Ze komen niet, ze moeten naar het feest van tante Monica.'

'En dat is goed of slecht nieuws?'

'Wat denkt ge?' Ze keek weer weg van hem.

Hij had zich ook vanaf het eerste moment onbehaaglijk gevoeld in de aanwezigheid van haar ouders. Eén keer had hij hen ontmoet. Ze hadden hem omstandig bedankt, hem verdronken in vijvers vol oeverloze vriendelijkheid, er leek geen einde aan te komen. En dat hij maar eens bij hen moest komen eten. Oscar gruwde bij de gedachte alleen al. Dat had te maken met hoe Suze naar hen keek, met zijn hand die ze secondelang niet hadden losgelaten, met al die keren dat hij hen tijdens dat goed halfuur had horen zeggen dat zíj zich zo veel zorgen maakten, dat zíj er niet van konden slapen, dat zíj niet hadden geweten hoe ze het moesten uitleggen toen tante Monica bleef doorvragen over die bewuste nacht, en dat zíj echt niet meer wisten wat ze met hun dochter aan moesten. Mensen die te veel ikken gebruiken in zinnen over anderen, vond hij vaak verdacht. En ze maakten geluid als ze ademden, waar hij ook al niet goed tegen kon. Sindsdien kwam hij altijd in de middag, dan moesten haar ouders werken.

Suze leek geen zin meer te hebben in praten. Dat baarde hem wel zorgen, maar toch maakte hij zich liever zorgen om haar dan om alles wat hem al zo veel jaren uit de slaap hield. De escalerende conflicten in de wereld, de opwarming van de aarde, de almaar toenemende polarisering, de uitdijende verrechtsing, de onoplosbaar lijkende armoede, dat hij naar die mevrouw van de administratie moest omdat er een probleem was met zijn studiebeurs, dat de andere studenten in het huis allemaal een hekel aan hem hadden.

Hij was niet goed met mensen, maar met haar was het anders. Hij had het vreemde gevoel dat hij haar begreep, en dat hij dus zou kunnen helpen. Hij geloofde namelijk niet in toeval, er moest een reden zijn waarom hij net op dat moment daar aan het fietsen was.

Hij zou het toch nog één keer proberen, dacht hij: ‘Kenny al geweest vandaag?’

Kenny was de kinesist die haar evenwicht probeerde te leren nu ze een half been miste.

Ze knikte.

‘Als ik hem was, had ik mezelf al vijfentwintig keer het raam uit gegooid van pure frustratie.’

Oscar keek naar de rolstoel die in de hoek van de kamer stond, onaangeroerd. Ook al was dat voorlopig de enige manier om dit bed uit te geraken, Suze wilde er niet eens naar kijken. Ze moesten haar met rust laten, ze begreep niet waarom dat blijkbaar te veel gevraagd was.

Suze legde haar schetsblok op het roltafeltje en begon te tekenen. Oscar wist wat ze daarmee wilde zeggen: dat ze echt niks meer wilde zeggen. Het stoorde hem geenszins dat hij zo vaak geen antwoorden kreeg. Het hoefde ook niet echt.

Hij wist waarom ze het had gedaan, dacht hij, of toch ongeveer. Hij kende de radeloosheid die verstikt, de bloeddorstige honden die schuimbekkend klaarstonden daarbuiten in de echte wereld, hij wist hoe onverschillig anderen kunnen zijn, hij begreep het radicale toeslaan van totale wanhoop, hij deelde het verlangen om gewoon vergeten te worden, of desnoods alleen maar een verhaal te zijn, verteld door almaar minder mensen, tot er uiteindelijk niemand nog je naam uitsprak. Dat had hij haar verteld, een week of zo geleden. Maar dat hij het wel een onverdraaglijke gedachte vond, had hij eraan toegevoegd, van iemand met haar blik en haar talent, en al die goed verstopte zachtheid en die door zo veel zwijgen gecamoufleerde schranderheid. Hij schrok van zichzelf dat hij dat zo had durven formuleren. Zij had ook toen niks teruggezegd.

Hij wist het wel, dat niemand de vooruitgang zag, Suze vertelde wel eens over de preken van haar ouders en van tante Monica, de soms bezorgde en soms domvrolijke peptalk van de dokters en de verpleegsters, de nimmer aflatende pogingen van de psychologen. Maar Oscar zag het wel. Ook heel kleine stapjes blijven stapjes voorwaarts. Als zij het nog niet kon geloven, dat ze terug zou vinden wat ze gaandeweg was kwijtgeraakt, dat wat ze nodig had om weer te kunnen doorgaan, deed hij het nog wel een tijdje voor hen beiden, had hij zich voorgenomen. Dat kon hij wel.

VIER

Hij wist niet waarom, maar hij was iets vroeger gekomen dan normaal. Hij hoorde stemmen in de kamer, die van Suze was er niet bij. Zou hij wachten? Later terugkomen? Aankloppen? Hij had een hekel aan onvoorspelbaarheid. Opeens zwaaide de deur open, een verpleegster sloop naar buiten, binnen zag hij een glimp van Suzes moeder. Weg hier, dacht hij, nu, maar het was te laat, zij had hem ook gezien. Ze hield de deur tegen, wenkte geluidloos dat hij binnen moest komen en viel hem toen zomaar om de hals. Ze schokte zonder snikken. Deze forse vrouw die hij niet kende stond tegen hem aan te huilen, haarlak prikkelde zijn neus, hij wou zich losmaken, maar durfde niet.

Pas toen ze hem eindelijk uit haar armen liet, zag hij het lege, opgemaakte bed. Hij probeerde te slikken, maar er zat zand in zijn keel, een genadeloze brok mulle, rulle grond. 'Suze toch,' haar moeder huilde nog harder nu. Nee, dat kon niet, dacht hij, dat was simpelweg onmogelijk, zij kwam niet eens de kamer uit, en fysiek was ze stabiel, inmiddels al een hele tijd. Alsof zijn hoofd tussen een bankschroef zat.

Hij hoorde haar moeder in horten en stoten tegen de arts zeggen dat het toch onbegrijpelijk was dat de ramen hier zomaar open konden. De arts bleef akelig kalm: 'Er zijn ook maar een paar ramen die nog ouderwets helemaal openen, en niet die van de kamers, maar...'

Oscar sloot zich af. Hij stelde zich voor hoe ze hinkend op één been, zich vastklauwend aan het bed en de muur, naar die rolstoel was gesukkeld, en hoe ze dan, zonder gezien te mogen worden, op zoek was gegaan naar een geschikte plek. Had ze vaak moeten proberen of het raam al dan niet open kon, of was het een toevalstreffer geweest? Was ze haar stunt al een tijdje aan het voorbereiden of had ze impulsief gehandeld? Was ze bang geweest, net voor de daad? Had ze opluchting gevoeld? Had ze dan geen moment aan hem gedacht? Wat had hij verkeerd gedaan? Of wat had hij niet gedaan dat hij wel had moeten doen?

Hij dacht aan haar gezicht, lang en smal, de ogen groot, zware wenkbrauwen, dunne lippen, een litteken aan haar linkerslaap, van het ongeluk, en veel verstrooid haar dat altijd zo veel mogelijk gezicht leek te willen bedekken. Hij wist niet of ze mooi was, alleen dat hij dat vond.

Hij leunde tegen de vensterbank, naast het aquarium. Het leek wel of de vissen onrustiger zwommen, maar dat was onzin. Oscar kerfde met zijn nagel in de huid van de andere hand tot het pijn deed. Hij begreep niet hoe ze het had gekund, zo, nu. Hij had zelfs nooit een poging ondernomen, hij was zo bang voor het verpletteren, het stikken, het bloeden, het verzuipen, het breken, het snijden, het pijnlijke verdwazen, hij kon zo veel geweld niet aan, dat was wat hem al die jaren hier had gehouden, dacht hij. De laatste maanden begon hij te geloven dat het misschien toch nog iets anders ook kon zijn.

Hij voelde het kille raam tegen zijn schouders, hij hoorde de discussie tussen de ouders en de dokter, hij verdroeg geenszins de aanblik van dat lege bed. Hij probeerde zich te herinneren hoe ze had gekeken toen hij gisteren afscheid had genomen, hij kon het zich niet voor de geest halen. Ze had behalve hallo het hele bezoek lang niks gezegd, maar dat had hij gewoon aanvaard.

Hij draaide zijn hoofd naar links en toen naar rechts, als om te controleren of het er nog wel zat. Hij kon nog steeds niet slikken. Hij staarde naar het aquarium naast hem, en opeens zag hij, tussen de rechterwand en het raam, een vel tekenpapier liggen, in vieren gevouwen. Hij maakte het open, Suzes handschrift: 'Oscar, wil jij nu voor hen zorgen? Anders gaat Suzy je missen.' Ze had er een schriele jongen bij getekend die met een stok over zijn schouder de verre horizon tegemoet liep. In oude kinderboeken zat er om zo'n stok dan een doek geknoopt, in deze tekening een aquarium in een netje. Hij vouwde het papier dicht en stak het in zijn achterzak.

'Oscar?'

Hij had de vraag van Suzes vader niet gehoord, en hij had geen zin om dat toe te geven. Hij keek nog een keer naar het lege bed, de dokter en de ouders.

'Wij moeten dringend weg,' zei hij.

Hij tilde het aquarium op, zonder te vragen of hij dat wel mee mocht nemen, en liep zo snel als hij kon lopen met vissen in zijn armen de kamer uit. Het huilen van de moeder galmde na tot op de gang, en verdween weer met de deur die dichtviel.

Hij snelde de gangen door, naar buiten, het water klotste in zijn armen. Bij de fietsenstalling bleef hij staan. Wat moest hij nu met die klotevissen? Hij zou ze in het kanaal gaan kieperen, dat zou hij doen. Meteen besefte hij dat ze vast geen uur zouden overleven. Kon hij ze evengoed wegspoelen in het toilet, makkelijker en ook voor hen de korte pijn. Hij keek naar de drie beestjes die zich nergens van bewust waren, en dacht toen: naar de winkel, daar moeten ze naartoe. Hij hoefde zijn geld niet terug, die eigenaar zou ze gewoon aannemen zonder meer, dan was hij ervan af. Dat was het plan.

Hij zette de bak op zijn bagagedrager, één hand aan het stuur en één aan het aquarium. Hij staarde naar Johannes, Bernhard en Suzy. Hij wou dat hij ook alleen maar hele dagen heen en weer hoefde te zwemmen, met water dat elke keer weer week, vanzelf. De wereld die zich plooide naar jou, in plaats van almaar omgekeerd, hoe zalig moest dat zijn.

Hij voelde de zon op zijn gezicht. Op haar tekening had Suze ook een zon getekend, dat dan wel. Hij keek de lucht in, naar de bijna gouden randen van de halfdonkere wolken. Hij wou dat hij morgen gewoon terug kon komen, en dat ze daar dan lag, met haar rug naar hem toe, het hele bezoek lang zwijgend desnoods. Hij wou dat hij haar toch één keer had aangeraakt.

Misschien is gemis wel het meest tastbare bewijs van geluk, moest hij toen denken, van geluk dat is geweest, weliswaar, maar evengoed demonstreert dat het bestaat, als concept.

Hij maakte het slot los, en trok de fiets uit het rek naar zich toe, het water in de bak klotste ontstemd. 'Tja, blijkbaar is het aan ons nu,' zei hij tegen de vissen. De vissen zeiden niks terug, de vissen zwommen verder.

misschien was dat wel echte
eenzaamheid meer nog dan geen mensen zien
eigen gedachten die niet worden tegengesproken

EEN

Ze was niet bang om te sterven, ze vond het een onaangename gedachte dat ze haar pas zouden vinden als de geur van verrotting tot bij de straat zou komen, opgemerkt door een toevallige passant in deze rustige wijk. Louise vroeg zich af hoelang dat zou duren, afhankelijk van de kamer waarin het zou gebeuren en het seizoen van dat moment, en wat er dan nog van haar over zou zijn. Ze sloeg de krant dicht. Het was een klein bericht, beneden in de rechterhoek, over een man die maanden had liggen ontbinden in zijn berghok. Twee tranen huilde ze, om die kerel die ze nooit had gekend, en om zichzelf misschien, al hoopte ze van niet, want zelfmedelijden, daar was ze tegen.

Ze had er wel eens een foto van gezien, van zo'n opgezwollen grauwgroen geworden lijk, het benam haar de adem. En dat ze een nogal levendige verbeelding had hielp in dezen ook al niet. Ze zag het voor zich, hoe de bacteriën die haar die middag nog hielpen om haar zomersalade met rode biet te verteren, meteen hun geweer van schouder wisselden en haar furieus van binnenuit weg begonnen te vreten, hoe nagels na tien, en haren al na vijf dagen loskwamen en uitvielen, hoe duizelingwekkende hoeveelheden insectenlarven krioelend uit zo'n lichaam barstten. Na een aantal weken ben je totaal onherkenbaar geworden, voorgoed niet meer de mens die je zo lang was. Een weerzinwekkend idee.

Zij wist ook wel waarom ze nooit een huisdier had genomen. Het vooruitzicht van een kat of cavia die, uit domme verveling of wrokkige honger, zo'n beetje aan een wang of een oor zou beginnen te knagen, of van een parkiet of een kanarie die zich een weg door taaie huid zou pikken, dat zou haar al op voorhand hinderen in de mogelijk ontluikende liefde voor dat beest. Louise verdroeg geen potentiële vijanden om zich heen, dat waren de dagen al genoeg. En ja, zij wist ook wel dat konijnen en vogels in kooien zaten, en dat een kat die geen blikvoer kreeg wellicht liever op muizen zou gaan jagen dan op een neus te kauwen, maar angsten waren altijd irrationeel, en zulke gedachten overweldigden haar nu eenmaal, ook al bekwaamde zij zich al een leven lang in nuchterheid omdat zij wist dat de realiteit er nu eenmaal was om mee te moeten leven.

Louise vouwde de krant op, legde hem op de hoek van de tafel en nam een glas water. De gemiddelde levensverwachting van een vrouw in dit land was drieëntachtig, had ze onlangs nog gelezen, maar ze was er zeker van dat zij niet nog tweeëntwintig jaar te gaan had. Sommige dingen weet je gewoon, vond zij.

Buiten stond de zon schreeuwerig hoog aan de hemel, in de straten verstreek de tijd en achter de dunne gordijnen van haar huis heerste een fantasieloze, dwingende stilte die nooit meer leek te zullen overgaan. Misschien was het niet zozeer dat ze dood wilde, maar eerder dat ze hoopte dat het eindelijk eens op zou houden, dat leven waarin alle dagen zondagen waren geworden. Vroeger haatte Louise zondagen. Het weeë schuldgevoel van toch weer niet te hebben schoongemaakt. Het krijsen van de cirkelzaag van de eeuwig klussende buurman. De leegte van niks dat per se moest gebeuren. De dwangbuis van niet te bevatten verlatenheid.

Louise deed wel haar best, vond ze zelf, op haar beste momenten. Ze praatte tegen de planten, tegen de koe van het vel in de woonkamer, tegen denkbeeldige interviewers die slimme vragen stelden, tegen zichzelf ook, als ze de moed niet vond voor denkbeeldig contact. En af en toe sprak ze zelfs tegen hem.

Soms zette ze het liedje luider en dan danste ze in haar keuken, met opgetrokken schouders en de armen wijd, met een subtiel schuddende kont en de vlot bewegende elastieken benen die ze nog altijd had. Nu en dan zag ze hem dan voor zich. Frederik kon dansen als geen ander. Ze hadden het vaak gedaan samen, gewoon zomaar in de woonkamer, de muziek hoefde niet eens hard te staan. Af en toe dacht ze het nog te kunnen voelen, hoe alles in haar gilletjes slaakte als hij haar optilde en rondzwierde alsof ze niks woog. Het kwam altijd plots dat ze hem miste, als kramp in een kuit, een rilling over een rug, en altijd hevig.

Vaak had ze het gevoel dat zelfs het huis haar wou helpen. Nu en dan sprong de deur naar de overloop zomaar open, of viel er een boek met een doffe plof omver, of begon de thermostaat opeens veel luidruchtiger te tikken, alsof de dingen haar wilden zeggen dat ze niet helemaal alleen was. Louise kon eigenlijk best goed alleen zijn, beter dan de meesten alvast, dat zei ze dan tegen zichzelf. Dat had ze ook aan haar boeken te danken. Wie leest, haalt anderen dichtbij, vond zij.

Het moeilijkst bleef het eindeloze cirkelen van haar denken op kwade dagen. Misschien was dat wel echte eenzaamheid, meer nog dan geen mensen zien: eigen gedachten die niet worden tegengesproken, vooral in haar geval, zij die er als kind al van overtuigd was geraakt dat ze niet deugde, en daar een heel leven lang bewijzen van had gekregen.

Louise was net aan een nieuwe roman begonnen, de eerste vijf bladzijden veelbelovend, toen ze plots geklepper hoorde. De brievenbus, maar dat kon eigenlijk niet. Ze legde haar boek neer en staarde naar de Amerikaanse eiken buiten, alsof er antwoorden aan hun takken hingen. Toen kroop ze toch weer overeind uit de chaise longue, ook al had ze zich net fijn geïnstalleerd, met een kussen in de nek en een koel glas water op het bijzettafeltje.

Terwijl ze de trap afliep, bereidde ze zich al voor op de teleurstelling die zo meteen zou komen. Ze stelde zich voor dat het een snoeppapiertje was, plagerig naar binnen gestopt door een balorig jongetje uit de buurt, een postkaart uit Mallorca met een van de verre buren als feitelijke geadresseerde, of een folder van de plaatselijke supermarkt, in haar bus geduwd door iemand die normaal een bril droeg en de sticker 'geen reclamedrukwerk' over het hoofd had gezien. Maar toen ze voor haar brievenbus stond, zag ze een witte enveloppe in verhard karton, A5-formaat, met in hanige letters haar naam erop. Nergens een afzender te bespeuren, geen postzegel noch een adres.

Behalve rekeningen en een occasionele brief van de bank of het telecombedrijf dat een nieuwe actie voor wou stellen, kreeg Louise eigenlijk nooit post, en al helemaal geen post die eigenhandig werd bezorgd. Nu en dan een doodsbrief van een kennis van lang geleden, en met kerst een kaartje van haar neef die in Canada woonde, dat wel, die had ze sinds de begrafenis van haar enige zus vier jaar geleden niet meer gezien, besefte ze nu, maar verder.

Ze ritste de enveloppe open en vond een zwart-witfoto. Een vijver, van de kant gezien, een meisje dat stil aan het zwemmen was, en een jongen die met veel bombarie het water indook. Niemand die ze kende, maar daar ging het duidelijk ook niet om, het was gewoon een sterk beeld.

Louise had altijd gehouden van fotografie, wat verder niet echt iemand wist, dacht zij. Ze hield de enveloppe ondersteboven, op zoek naar het begeleidende briefje, maar er viel niks op de grond. Op de achterkant van de foto stond: 'voor u', in datzelfde handschrift, alleen dat.

Louise hield de foto voorzichtig vast, alsof die breekbaar was, aarzelde even, en trok toen met een ruk de voordeur open, de hitte walmde haar tegemoet. Ze tuurde meticuleus de straat af. Er reed een fietser traag voorbij, twee koolmezen wipten op een stoepsteen heen en weer alsof ze iets te vieren hadden, en zij bleef beide kanten op kijken, alsof ze niet besefte dat ze te laat was om nog een glimp van de bezorger te kunnen opvangen.

Ze deed de deur weer dicht en liep de trap op. In de woonkamer zette ze de foto op het dressoir tegen de muur. Normaal hield zij van strak, in haar huis geen vazen op vensterbanken, geen ingelijste foto's op lage kasten, geen kleedjes over tafels zoals bij allerlei leeftijdgenoten, Louise vond ouderdom geen excuus voor sentimentele soorten slechte smaak. Maar deze foto zomaar in een lade stoppen, dat lukte haar toch niet.

Wie zou haar dit in godsnaam hebben gegeven? En waarom? Ze ging weer zitten, nam haar boek weer op. Na vier alinea's betrapte ze zich erop dat ze geen mens zou kunnen navertellen wat ze net gelezen had, en moest ze weer opnieuw beginnen.

TWEE

Ze vond het belachelijk van zichzelf, maar de dag nadien was ze op een drafje naar beneden gekomen, voorzichtig enthousiast als een kind dat weet dat het stout is geweest maar toch hoopt dat Sinterklaas wel is gekomen, zoals vorig jaar. Ze maakte de brievenbus open en vond natuurlijk alleen haar krant, zoals alle andere dagen. Ze zag de verontrustende foto op de voorpagina en liep bedrukt naar de keuken.

Terwijl ze de ijskast opentrok, dacht ze: alle mensen willen erkenning voor wat ze doen, zeker als het iets moois is, dus de afzender zal zich vast nog bekendmaken, niet zozeer om haar, dan wel om zichzelf. Twee minuten later vond ze dat alweer een redenering die alleen maar wees op een dom soort hoop. En hoop, daar was zij tegen, want dat houdt alleen verlangen in stand en verlangen is gevaarlijk, dat wist zij al lang.

Louise ging verder met haar dag alsof het er een was als alle andere. Ze las de krant, werd daar bovenal onrustig van, nam een douche, maakte een stevige wandeling in het bos vlakbij, haalde een kleine aubergine, een granaatappel, Griekse yoghurt en wat verse kruiden voor het avondeten, voor vanmiddag had ze nog soep met brood van gisteren. Ze keek de kassière in de ogen en wenste haar met enige nadruk een fijne dag, omdat ze dat ook meende. Na de lunch lonkten de chaise longue en haar boek. Rond drie uur, gisteren het moment waarop de enveloppe in haar bus was gevallen, dacht ze even dat ze iets hoorde. 'De dingen die we onszelf aandoen,' riep ze tegen de polyscias, en toen herpakte ze zich weer.

Ze las honderdtweeëntwintig bladzijden en sukkelde toen even in slaap. Lang was het niet geweest, maar dat kon ze niet verdragen van zichzelf: dutjes associeerde ze met haar moeder, die haar leven lang elke middag anderhalf uur had geslapen, en zij wilde in niks op haar ma lijken. Ze ging zitten, deed haar haar weer goed, rolde haar hoofd in haar nek en liep naar de keuken voor een kop koffie.

Ze stond nog boven aan de trap toen ze het al zag: een nieuwe enveloppe, zelfde formaat. Ze trippelde naar beneden en besefte terwijl ze dat deed dat dat het enige juiste woord was. Ze scheurde hem met een ruk open. Een verloren landschap in een ver weg land, met een broeierig roodpaarse gloed eroverheen. Geweld dat in de lucht leek te hangen op een voor het overige zo vredige plek. Dit beeld was misschien nog mooier dan het eerste, vond Louise. 'Nog', stond er achterop. En ook dit keer: nergens een afzender.

Gejaagd liep ze naar de keuken, alsof er dringend iets moest gebeuren nu, terwijl ze toch heel goed besefte dat ze helemaal niks kon ondernemen, zelfs als ze dat zou willen. Heel even overwoog ze om zich morgen, zoals oude mensen doen, te parkeren aan het keukenraam, en glurend te wachten tot de fotobezorger zou komen opdagen. Meteen vond ze het een bespottelijk plan, zij ging zich niet gek laten maken, daarvoor had ze al te veel gezien en meegemaakt. Ze zette de foto naast de eerste en las nog vierendertig bladzijden, daarmee bleef ze behoorlijk onder haar dagelijks gemiddelde.

De derde dag stak de foto in de brievenbus toen ze terugkwam van haar wandeling. Een bijna abstract beeld van een man die iets lijkt te willen beklimmen, al is niet eens duidelijk wat. Geen zwart-wit, maar ook amper kleur eigenlijk, intrigerend aardedonker dat beangstigt en oplicht tegelijk. Het ging in stijgende lijn, vond zij, ze wilde er almaar opnieuw naar kijken, proberen te voelen, meer dan te vatten, wat ze zag. En achterop: 'Want voor u is het nooit genoeg.' Louise voelde hoe haar mond richting glimlach plooide, zomaar vanzelf.

De vierde dag kwam er geen foto. Louise zei hardop tegen de grote cactus in de hoek dat ze dat niet erg vond. Toen ze de vijfde dag 's ochtends beneden kwam, erg vroeg, ze had niet goed geslapen, was de krant nog niet bezorgd, maar er zat wel een enveloppe in de bus. Een foto van een bijna weerspiegelend bleke rug en een hoofd met springerig haar dat maar voor de helft te zien was, daarachter een troosteloos stuk muur. Louise rilde en glimlachte tegelijk. 'Ik heb lang gewacht.' Dat stond er. Ze las het zeven keer opnieuw.

De zesde dag hoorde ze het geklepper toen ze een rok stond te strijken. Ze spurtte naar beneden, twee trappen af, zo snel ze maar kon, trok de deur open, maar buiten viel er dit keer niks meer te zien, behalve een geparkeerde auto voor die grote villa verderop, en het jongetje van een van de buren dat met een bal stuiterde op de oprit van hun huis, ze wist niet hoe hij heette.

Het was een foto waar zij zelf op stond. Eentje van veraf geschoten, niet helemaal scherp op een manier die haar flatteerde. Hoe oud zou ze daar zijn geweest? Twintig misschien, of iets ouder. En waar was die genomen? Louise speurde elke centimeter af op zoek naar tekenen van herkenning, die ze elke keer opnieuw niet vond. Haar hart racete harder dan bij haar dapperste ochtendwandeling. Ze draaide de foto om, en daar stond: 'de mooiste', en een paar centimeter lager: 'Peter'. Met een punt erachter.

Peter? Louise verborg haar gezicht in haar handen om beter na te kunnen denken. Een Peter. Ze probeerde terug te gaan naar die jaren, maar dat lukte niet goed. Wie redenen heeft om te vergeten, vergeet alleen de kleinere dingen die eigenlijk best herinnerd mochten worden. Ze kon zich geen enkele Peter voor de geest halen. Ze werd er zo zenuwachtig van dat ze een glas rode wijn inschonk om te kalmeren.

Die nacht sliep Louise amper een uur of drie, maar ze kwam evengoed niet te weten wie die Peter zou kunnen zijn. Toen ze gedoucht had kleedde ze zich aan en liep naar de vestiaire om haar lullige plastic jasje aan te trekken. Buiten donkerde de regen, maar daar liet zij zich niet door weerhouden. Toen ze een nieuwe enveloppe in de brievenbus zag steken, trok ze haar regenjas toch weer uit. Deze was namelijk piepklein, eentje die je zou gebruiken voor een kaartje bij een bos bloemen misschien. Vanbinnen zat een groenige steekkaart met daarop: 'Gij nu', en op de achterkant: 'Peter', en een adres. Geen telefoonnummer, geen achternaam, alleen dat postadres.

Hij wou dat ze langskwam, hij wou haar zien. Louise begreep er niks van. Ze wist niet wat ze hiermee moest. Nu het zo brutaal dichtbij kwam, voelde het bovenal ongemakkelijk. Ze moest plots zo fel aan Frederik denken dat ze uit mekaar leek te scheuren van gemis, alsof het nog maar net gebeurd was. En dat na al die jaren. En dat allemaal door een onbekende man. Ze duwde het kaartje tussen het oud papier, met een bruusk gebaar, alsof het besmet was.

Louise hoorde de regen en de wind daarbuiten, ze hield haar adem in. Ze overwoog om vandaag per uitzondering niet te wandelen, ze werd al wiebelig bij de gedachte, maar hing het jasje toch weer in de kast en ging aan tafel zitten, en daar bleef ze, roerloos als een sneeuwvlakte. Ze bekeek de foto's op de kast. Wie was die man? Wat wilde hij van haar? Waarom zat er bij dat adres geen foto van hemzelf? Zou hij niet willen dat ze hem herkende? Of zou hij gevaarlijk kunnen zijn? Onzin, hij had een foto van haar gemaakt, zo lang geleden, dus ze had hem gekend, dat kon niet anders. Ze vouwde haar handen en liet meteen weer los. Het kon toch niet zomaar iemand wezen die alleen iets liefs wilde doen voor haar?

Buiten klaarde het langzaam op. Er zoemden zeurende vliegen in de kamer. Ze stond op, liep gestaag de trap af, naar de keuken. Ze staarde een tijdje naar de kastdeur, en trok toen toch het oud papier uit de kast. Ze had het kaartje fanatiek tussen het andere papier gepropt, nu moest ze alles doorzoeken om het terug te vinden. Op haar knieën nam ze de opengescheurde enveloppen, oude kranten en weggegooide notities één voor één vast, en legde die naast zich neer. Pas toen de stapel al een centimeter of twintig hoog was, vond ze het terug.

Het was een dorp op een kilometer of dertig hiervandaan, misschien was ze er wel eens doorheen gereden, ze kon er zich geen voorstelling van maken. Haar auto gebruikte ze nog maar zelden, maar omdat ze vrij afgelegen woonde had ze hem nooit weggedaan. In het handschoenenkastje lag vast die ene gps nog. Misschien moest ze dat toch eens even gaan controleren. Misschien.

DRIE

Ze had haar haar gewassen en zich opgemaakt met meer aandacht dan gemiddeld. Ze had licht ontbeten, haar wandeling geskipt en ze was naar de garage gelopen. Ze had de auto twee keer moeten starten, maar toen trok hij op gang. De gps deed het ook nog.

Ze ging tanken, reed langs straten, pleinen, open velden, lelijke, onbestemde bermen die naar nergens leken te leiden, en toen zag ze op het schermpje dat ze over twee minuten, dertig seconden haar bestemming zou bereiken. Ze was links afgeslagen en had haar wagen aan de kant van de weg gezet. De radio moest uit, de gordel los. Een hele tijd was ze daar blijven zitten. Gedachten bonkten alle kanten op. Uiteindelijk had ze rechtsomkeer gemaakt.

Sinds die vruchteloze rit moest ze almaar aan Frederik denken. Alsof de tijd niet meer bestond. Hij was de man die haar had geleerd wat liefde was, die haar op den duur had doen geloven dat ook zij zich graag gezien kon voelen. Hij was goed met woorden, had de warmste armen en een blik die zij kon lezen zoals niemand het ooit eerder had gedaan. Hij was zo'n man die niet had durven geloven in zijn eigen verdriet, tot zij zei dat het goed zou komen. Hij was een doener en een meedenker, een veelwiller en een allesweter, een woestigaard met veel broos vel. Hij was de hare en zij de zijne, dat wisten ze eigenlijk allebei. Officieel mocht het misschien niet zo heten, maar dat had zij verdragen, want wachten is niet wachten als de ander er ook is nadat hij weer vertrekt.

En toen, opeens, na al die tijd, had hij haar laten weten dat hij zou komen, en dit keer om te blijven. Louise had gaten in de lucht gesprongen, de wijn in huis gehaald die hij zo lekker vond, de juiste plaat al klaargelegd, een tweede handdoek aan het rek gehangen in de badkamer, een douche genomen, en daarna nog een. Ze had gezongen, met de radio mee, en nu en dan haar armen al eens uitgestrekt, om alvast te oefenen. Ze had plannen gemaakt, en zich afgevraagd wat de zijne allemaal zouden zijn.

Vanavond, had hij gezegd. Zij wipte van de sofa naar de keukentafel met ongekende vrolijkheid, zij spoot nog wat extra parfum op haar truitje onder de armen, en controleerde tot drie keer toe haar haar in de grote spiegel op de gang. Het was uiteindelijk nacht geworden, maar zij bleef wakker. Frederik was niet iemand die zomaar wat zei. Toen het paarsige ochtendlicht door de ramen naar binnen scheen, toen de telefoon wel degelijk bleek te werken, toen er ook op dat moment geen auto haar straat inreed, was ze dan toch maar naar boven gegaan.

Pas vijf dagen later kwam ze te weten dat hij het was, 'man overleden na aanrijding op zebrapad', vier straten bij haar vandaan, bij de winkel waar hij wel vaker wijn voor hen kocht. De begrafenis was blijkbaar die ochtend geweest. Toen ze een dag later op het kerkhof kwam, zag ze dat hij in een graf voor twee lag. De andere naam stond er al op, maar dan zonder data. Louise was er nooit meer naar teruggegaan.

'That which does not kill us makes us stronger', ongeveer de meest geciteerde zin van Nietzsche, zij had 'm nooit begrepen. Dat was wat mensen zichzelf wijsmaakten om het leven te blijven verdragen, misschien, maar met de werkelijkheid had dat niks te maken.

Louise nam de autosleutel in haar handen, en ze vroeg aan de croton naast de televisie of ze nu terug moest gaan of niet. Ze duwde de scherpe punt in de palm van haar hand. Toen legde ze 'm op het tafeltje bij de deur, voor straks, dacht ze, of voor morgen.

VIER

Ze was niet meer teruggegaan. Of nog niet, misschien. Er waren geen enveloppen meer gekomen, wat ze niet vreemd vond, het was haar beurt nu. Naar de vijf foto's – die ene van zichzelf had ze tussen de oude tijdschriften in de kast gelegd – moest ze vaak kijken, dat wel. En terwijl ze tussen de bomen liep, merkte ze de eekhoorns amper op, ze trapte per ongeluk in een konijnenpijp en was bang dat ze het hol onbruikbaar had gemaakt, en soms was ze al thuis voor ze besefte dat ze niet één vogel zou kunnen noemen die ze had horen zingen, terwijl ze daar een kei in was. Twee romans had ze na een paar uur lezen weer weggelegd omdat ze de tristesse die meewiegde in elke bladzijde niet goed kon verdragen. En gisterenavond had ze zich er onmogelijk toe kunnen brengen om voor zichzelf te koken, terwijl ze nochtans dat ene recept zo graag wilde proberen toen ze het uitkoos en alle ingrediënten in huis haalde.

Ze had Frederik gevraagd of hij het ook zo vreselijk had gevonden dat ze geen tijd meer hadden gekregen samen, of beter: of hij het even onverdraaglijk vond als zij, want dat was een vraag die ze echt niet kon beantwoorden, er was zoveel geweest wat hij niet met zoveel woorden had gezegd, en een ja zou haar helpen, dacht ze.

'Leven is gevaarlijk,' zei ze toen de interviewer vroeg hoe zij dit bestaan zou samenvatten. Daarna had ze gedacht dat het maar goed was dat ze nooit echt geïnterviewd werd, en voor eeuwig vastgepind op al te snel gekozen woorden. Toch liet ze de autosleutel liggen, daar waar ze 'm goed kon zien.

Louise warmde broccolisoep op. Een wat onhandig grote, gespikkelde bleekgroene klomp walste in een steelpan. Ze was boos op zichzelf omdat ze er niet aan had gedacht om de soep gisterenavond uit de diepvries te halen, dat overkwam haar nu nooit, ontdooien was zo'n gedoe. Ze kon de houten lepel niet vinden, waar was die in godsnaam naartoe? Terwijl ze naarstig naar een ander exemplaar zocht, in die onderste lade waar de spullen lagen die te goed waren om weg te gooien, maar te onpraktisch om daadwerkelijk te gebruiken, ging de bel. Louise schrok. Ze had dat geluid al zo lang niet meer gehoord dat het haar een paar tellen kostte om te geloven dat het wel degelijk de bel was aan haar voordeur, van haar huis, voor iemand die dus kwam om haar te zien. Het moest Peter zijn, dat kon bijna niet anders.

Louise bleef als bevroren staan waar ze stond. Alsof de minste beweging haar de afgrond in zou storten. Hij was zelf gekomen, voor haar, terwijl zij aan zet was, ze kon het nauwelijks bevatten. Ze keek rond in haar huis en vroeg zich af of het er ordelijk genoeg uitzag om iemand te ontvangen. Ze checkte de broek en de blouse die ze droeg, vond het jammer dat ze niet toch die rok had aangetrokken vanmorgen, ze rook aan haar oksels, ze keek in de weerspiegeling van het venster van de microgolfoven of haar make-up niet uitgelopen was. Ze wist dat ze nog een paar flessen goeie wijn in huis had. Ze was er klaar voor. Eigenlijk. Als hij het was tenminste.

Ze liep de trap op. Beneden kon ze alleen de deur openmaken, maar boven zat een video-intercom die haar vermoeden kon bevestigen. Met ingehouden adem keek ze naar het scherm, en daar stond hij. Een rijzige man met witgrijs haar en sterke schouders. Goed gekleed, zo te zien. Hij zette een stap achteruit en staarde naar de gevel, alsof hij zocht naar tekenen van leven. En opeens wist ze het weer. Peter, de jongen met wie ze ooit achter dat rare huis met dat asymmetrische dak had gekust. Hij droeg zijn haar toen langer dan de meesten en hij had geroken naar de zee, dat wist ze nog. Hij was niet eens zo vreselijk veel veranderd.

Ze had gehoopt dat hij nog iets van zich zou laten horen nadien, maar dat was nooit gebeurd, en op het einde van die zomer was ze samen met Ricky, een wat arrogante jongen met rood haar en grote tanden die haar soms aan het lachen maakte, dat wel. Peter Vantyghem, of Peter Van Tongerloo, zoiets was het, dacht ze, iets met een v en een t. Ze keek naar hem en heel even werd ze weer dat meisje, wat onprettig voelde. Dat had verder met hem niks te maken, maar met haar, zij die niet graag dat meisje was, in dat leven toen.

De bel ging een tweede keer. Louise moest nu naar beneden. Ze zou het kunnen, ze zou het durven, dat was toch wie zij was en wilde zijn: altijd dapper. Hij zou vast niet vinden dat het tegenviel, zo in het echt, na al die jaren, en als hij dat toch dacht, dan zou hij na al die moeite tactvol blijven. Louises mond was droog, haar handen waren klam. Soms zitten er te veel gedachten in een hoofd om nog te kunnen denken.

Ze sloot haar ogen om haar kalmte terug te vinden en ze zag Frederik, hoe hij zich nog één keer had omgedraaid, toen hij wegreed op de fiets na dat laatste bezoek, en een hand op had gestoken, hoog, en ook al kon ze zijn gezicht niet echt goed zien van die afstand, zij had geweten dat hij lachte, zoals hij vast alleen naar haar lachte, ook al had ze dat nooit kunnen verifiëren. Ze hoorde de verpletterende stilte die in haar huis was geslopen toen ze ontdekte dat hij nooit meer terug zou komen.

Ze opende haar ogen weer en zag, op zes bij zes centimeter, Peter staan, hij leek al even diep in en uit te ademen als zij. Hij kwam dichterbij, misschien van plan om een derde keer te bellen, maar hij week weer achteruit en oefende een aantrekkelijke glimlach. Mensen zijn altijd het mooist wanneer ze zich ongezien wanen, dacht ze. En toen wist ze het, dat ze open wilde doen.

Ze liep heel snel nog even naar de badkamer, spoot wat parfum, ze keek niet in de spiegel om te vermijden dat ze daardoor van gedachten zou veranderen, en zo ging ze behoedzaam naar de hal en daalde de trappen af. Louise kneep haar handen samen, ze moest naar het toilet, dacht ze, dringend. Genoeg flauwekul nu, openmaken. Ze nam de klink in haar rechterhand, draaide die om, de deur zwaaide open, en daar stond niemand meer.

Louise zette een stapje naar buiten en keek naar links. De Amerikaanse eiken die ze zo goed kende, de slordige straatstenen, het felle middaglicht, maar mensen waren er niet te zien. Ze draaide haar hoofd de andere kant op, en daar, net voorbij dat lelijke huis met dat potsierlijke torentje, liep hij. De schouders wat gebogen nu, maar met een fikse tred, alsof hij zo zijn waardigheid probeerde te bewaren. 'Als ge u nog eens omdraait, dan wenk ik u,' zei Louise. En ondertussen liep Peter verder en verder weg van haar. Als ze zou roepen, zou haar stem vast niet zo ver reiken. Louise weifelde, schraapte haar keel.

Ze wou dat ze zich niet zo zou voelen nu, niet precies zoals die keer, lang geleden, toen ze nog zo klein was en dacht dat ze dood zou gaan als er niet iemand kwam om haar te helpen. Ze ademde stevig in, haar mond ging een tikje open. Toen draaide hij de hoek om, en zag ze hem niet meer.

Heel even bleef ze staren naar dat punt waar hij daarnet nog liep, in zijn donkere pak, op die sportieve schoenen. Ze voelde hoe ze zachtjes beefde, zoals altijd vlak voor ze hard begon te huilen. 'Niet doen, gij,' zei ze tegen zichzelf, met haar stem zo kordaat als ze die kreeg. Toen ging ze weer naar binnen.

Uit de keuken kwamen plofgeluidjes. De broccolisoep had de tegels volgespetterd. Louise zuchtte niet, ze draaide het vuur uit, kieperde de aangebrande groene smurrie weg en ging onder de spoelbak op zoek naar een spons. Terwijl ze daar op haar knieën zat, haar hoofd in die kast, zei ze: 'Ach, de dingen lopen zoals ze moeten lopen.' De kamerplanten hoopten dat ze dat zelf niet echt geloofde.

Ze rommelde tussen oude stofdoeken en glazen potten die ze had bewaard zonder te weten waarvoor precies, en vond niet wat ze zocht. Louise begon de kast dan maar uit te laden, ze moest toch wat. Haar blik gleed gedachteloos over alle rommel die ze in de loop van al die jaren had verzameld. Ze zette een schaaltje in keramiek op de tegelvloer en begreep niet waarom ze zoiets lelijks toch had gehouden. Ergens waaide een raam dicht, en daarna nog een keer. Ergens liep een man alleen. Ergens bleef er iemand dood die te lang had gewacht.

Ergens vond een man een brief onder een steen. Ergens gaf een jongetje zichzelf de schuld. Ergens droomde een weduwe over vroeger, terwijl er in de naburige tuin twee pekinezen blaften. Ergens praatte een student tegen de vissen, omdat er niemand anders was. Ergens ging een liefde verloren. Ergens leerde iemand nee te zeggen. Ergens lag een man met een hart op een operatietafel. Ergens begroef, in alle stilte, een vrouw een vader. Ergens schreeuwde een kind dat werd gehoord.